www.bbulmedia.com

차원 통제사

차원 통제사

1판 1쇄 찍음 2018년 8월 9일
1판 1쇄 펴냄 2018년 8월 17일

지은이 | 미르영
펴낸이 | 정 필
펴낸곳 | 도서출판 뿔미디어

편집장 | 김대식
기획 · 편집 | 김유미

출판등록 | 2002년 9월 11일 (제1081-1-132호)
주소 | 경기도 부천시 원미구 소향로 17번길(두성프라자) 303호 (우) 14544
전화 | 032)651-6513 / 팩스 032)651-6094
E-mail | bbulmedia@hanmail.net
비북스 | http://www.b-books.co.kr

값 8,000원

ISBN 979-11-315-9208-3 04810
ISBN 979-11-315-8457-6 04810 (세트)

차원 이동 제사

BBULMEDIA FANTASY STORY

새로운 우주 ! [완결]

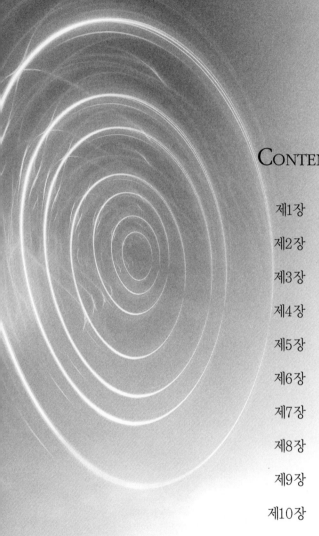

Contents

제 1 장

이모들의 눈빛이 따뜻하다.

나와 성진이 형이 당신들의 아들이라는 것을 알지 못하는데도 따뜻하고, 아련한 눈빛을 보내고 계신다.

'역시 핏줄인가?'

기억을 모두 잃었지만, 본능적으로 자신들의 피가 흐르는 것을 알고 있는 모양이다.

'그것만은 아니겠지. 그간 여러 가지 일을 겪으면서 우리와 부대끼며 지내왔으니…….'

그간 해결사 노릇을 하며 이모들과 여러 가지 일을 겪어온 탓에 아들처럼 생각하는 감정이 생겼을 것이라는 생각도 든다.

"성찬아, 웬일이니?"

"대한민국에 잠입한 자들을 처리하는 일이 시작되어 걱정이 들어 와봤어요."

큰 이모, 아니, 이제는 큰어머니라 불러야 할 분의 말씀에 간단하게 대답을 드렸다.

"제주도에 있는 문파들의 움직임이 심상치 않더니 시작된 모양이구나? 너는 어떠니?"

"저도 정부에서 준 임무를 끝내고 오는 길이에요."

"그렇구나."

큰어머니가 고개를 끄덕이자 옆에 있던 어머니가 인자한 눈으로 나를 바라보며 입을 여신다.

"성찬아, 밥은 먹었니?"

"아니요. 어제 문도들과 먹기는 했지만, 그것뿐이라서 그런지 조금 출출하네요."

"어머! 아무리 일이 급하지만 든든히 챙겨 먹어. 우리도 아직 식사 전인데 같이 먹자."

"그래요. 하하하, 오랜만에 포식 좀 하겠네요."

"금방 차릴 테니 조금만 기다려라."

"시간 많으니까 천천히 하세요."

"호호호, 그래."

어머니가 부라나케 부엌이 있는 곳으로 향하신다.

차원★통제사

2차 대변혁이 일어나 세상이 어수선한 가운데도 어머니는 내 끼니가 제일 급한 문제인 것처럼 빠르게 부엌으로 향했다. 그 모습을 보니 가슴이 따뜻해진다.

어머니와 달리 큰어머니는 갑작스러운 내 방문이 궁금하신 것 같다.

"그래, 진짜 무슨 일로 온 거니?"

"대적자들이 얼마나 성장했는지 궁금해서 왔어요."

"상당한 수준까지 올라온 참이다. 이제는 A급 진성 능력자와 대등하게 싸울 정도는 되는 것 같다."

생각 외로 빠른 성취다.

"역시, 선택받은 사람들이라 다르군요."

"샴발라에서 각성을 해도 A급까지 능력을 끌어 올리려면 최소 몇 년은 걸리는데, 우리도 놀랄 지경이다. 이번 변화가 긍정적이라서 그런 모양이다."

"실전에는 언제 투입이 되는 거예요?"

"그건 아직은 모르겠다."

"왜요?"

"초월자들의 흔적이 발견이 되지 않아서 말이다."

"그렇군요."

"아직은 실력을 더 키워야 하니 다행이기는 하지만 초월자들이 언제 나타날지를 모르니 걱정이다."

나타날 때가 되었는데도 초월자들이 모습을 보이지 않으니 큰어머니가 많이 불안해하시는 것 같다.

　이미 그들이 세상을 활보하고 있음에도 소식을 듣지 못하는 것을 보면 정보를 얻는 루트가 제대로 돌아가지 않는 모양이다.

　'아무래도 알려드려야겠군.'

　배후에 있는 초월자가 누구인지는 모르겠지만 세상을 이대로 유지하고자 하는 편에 선 분들이다.

　자신도 모르게 큰 희생을 치르고, 그것도 모자라 세상을 위해 모든 것을 던지신 분들이니 도와드려야 할 것 같다.

　"초월자는 이미 나타난 것 같아요."

　"초, 초월자들이 나타났다고?"

　"이번에 작전을 진행하면서 얻은 정보가 있어요. 정보대로라면 초월자가 나타난 것은 틀림없어요."

　"정보라니? 어디, 자세하게 이야기 좀 해봐라."

　내가 그냥 꺼낸 말이 아님을 알아차린 큰어머니가 반색을 하며 물었다.

　"삼환문이 이번에 제거한 놈들은 중국에서 잠입한 자들이었어요. 놈들을 제압하다가 디바인 마크라는 것을 발견했는데, 특별한 에너지를 품고 있더군요."

　"디바인 마크라니?"

　"일종의 성물 같은 것이에요. 그런데 디바인 마크에 담긴 에너지를 사용하던 자가 있었어요. 그자는 S급 진성 능력자를 훨씬 능가하는 힘을 발휘하더군요."

"유물 각성자처럼 능력을 끌어 올리는 거니?

"비슷한 거예요."

"으음, 네가 말한 그자는 누구니?"

"화티엔 그룹의 한국 지사장이었던 장천이라는 자예요."

"국정원의 수배를 받고 있는 자 말이냐?"

"맞아요."

"S급을 능가한다고 했는데, 어느 정도인 거니?"

"에너지를 자신의 의지에 따라 유형화시키기도 하고, 물질을 다시 에너지로 환원시키더군요."

"으음, 그런 능력을 가지고 있는 자였다니 정말 놀라운 일이구나. 하지만 디바인 마크라는 것이 초월자가 남긴 것이라고는 해도 그 정도는 아닐 텐데…… 이상하구나."

"디바인 마크라는 것이 다른 대차원의 초월적인 존재들이 남긴 물건 같아요."

"다른 대차원의 초월적인 존재들이 남긴 물건이라고?"

"가지고 있는 에너지로 접속한 사람의 능력을 증폭시켜 초월에 이르게 하는 이능을 가지고 있는 것을 보면 그런 것 같아요. 신이라든가 하는 그런 존재들 말이죠."

"으음……"

조금 충격적인 정보였는지 큰어머니가 신음을 흘리신다.

"S급 진성 능력자를 넘어서는 힘을 발휘하게 만들 수 있었다면 초월자의 의지가 깨어나지 않고는 불가능한 일이니 그렇게 생각하는 모양이구나."

"그래요."

"디바인 마크는 그것만 있었던 거니?"

"지금 파악하고 있는 중인데 그런 것 같지는 않아요."

"여러 개 있다는 말이구나?"

"그런 것 같아요."

"큰일이네. 그런 존재들이 모습을 드러냈는데 대적자들은 아직 그들을 처리할 수준이 아니니 말이다."

"그래서 그러는데……."

"언니, 정보는 조금 있다가 듣도록 하고 밥부터 먹이자."

디바인 마크를 이용해 대적자들의 능력을 키울 수 있는 방법을 알려드리려는 순간 어머니가 주방 쪽에서 나오며 말하신다.

"그래, 일단 밥부터 먹도록 하자. 이야기는 나중에 하도록 하고."

"그러죠."

큰어머니와 함께 주방으로 갔다.

식탁에는 밥과 반찬들이 놓여 있고, 불 위에서는 김치찌개가 끓고 있었다.

우리가 식탁에 앉자 어머니가 김치찌개를 식탁에 올려놓으셨다.

"음, 냄새가 죽이네요. 잘 먹겠습니다."

"그래, 많이 먹어라."

많이 먹을 것이다.

전에도 차려주신 음식을 많이 먹기는 했지만, 어머니라는 것을 알고 나니 그 의미의 깊이가 달랐다.

밑반찬들과 김치찌개의 맛은 더할 나위 없이 훌륭했다.

그렇게 식사를 마친 후 디바인 마크에 대해 말을 꺼냈다.

"아까 말씀드리다 만 건데, 디바인 마크를 이용해 대적자들을 성장시킬 방법이 있을 것 같아요."

"그, 그게 가능한 거니?"

어머니가 물으시는 것을 보니 차려줄 음식을 만들면서 큰어머니와의 대화를 듣고 있었나 보다.

초월의 영역에 드신 분이니 조금만 집중해도 들으실 수 있었을 테니 놀라운 일이 아니다.

"가능할 것 같아요."

"정말이니?"

"다른 대차원의 에너지를 이용해 작동하는 거지만 지금은 정화되어 다른 에너지로도 사용할 수 있어요. 에너지 스톤을 사용하면 대적자들의 에너지를 증폭시킬 수 있을 거예요."

"성찬아, 위험하지 않겠니?"

다른 대차원의 초월자들이 남겼다는 말이 마음에 걸리시는 모양이다.

"사실 아직 완벽하게 파악된 건 아니에요. 실험을 해봐야겠지만 충분히 가능할 거예요. 가능하기만 하면 에너지에 속성을 부여할 수도 있어서 대적자들 성장에 큰 도움이 될 거예요."

"네가 얻은 디바인 마크가 속성을 에너지를 만들어낼 수도 있다는 말이니?"

"물과 관련한 속성에 특화된 것 같아요. 대적자들 중에서 수 계통의 속성을 가진 이들이 있을 테니 그들이 이용한다면 효과가 더 클 거예요."

"알았다. 이렇게 자세하게 알려주는 것을 보니 우리가 그걸 이용해 대적자들을 성장시키기를 바라는구나?"

"그래요. 앞으로 우리 차원으로 넘어올 초월적인 존재들을 상대하려면 대적자들을 하루라도 빨리 성장을 시켜야 하니까요."

"알았다. 성찬아, 디바인 마크라는 것을 우리가 좀 확인할 수 있겠니?"

"보안이 되는 장소가 있나요? 공간이 좀 넓으면 되는데."

"지금 당장 보여줄 수 있는 거니?"

"예."

"그럼 가자. 지하에 우리가 수련하는 곳이 있으니까."

"그래요."

두 분과 함께 엘리베이터를 타고 지하에 마련된 수련장으로 갔다.

농구장 크기 정도의 수련장이었는데, 디바인 마크를 활성화시키기에 충분한 공간이었다.

"중심부에 활성화시킬 테니까 전투 슈트를 착용하도록 하세요."

"위험한 거니?"

"암흑 에너지는 모두 제거했지만, 혹시나 이모님들에게 영향을 끼칠지 몰라서 예방 차원에서 착용하고 있는 것이 좋을 것 같아요."

"알았다."

차르르르!

허리춤에서부터 아래위로 퍼지며 전투 슈트가 착용되는 소리가 조용한 수련장 내부를 울렸다.

"배리어를 활성화했으니 시작해도 된다."

"그럴게요."

수련장 중심으로 가서 디바인 마크를 아공간에서 꺼냈다.

상당히 놀라는 모습이었지만, 조용히 내가 하는 모습을 지켜보고 계신다.

육각형의 둔중해 보이는 기둥을 꺼낸 후 에너지를 활성화시켰다.

장천처럼 암흑 대차원의 에너지를 끌어다 쓰는 것이 아니라 내가 가지고 있는 에너지 스톤 중에 마나석을 이용해 활성화시켰다.

"아아아!!"

"저렇게 순수한 기운이라니!!!"

푸른빛의 에너지 배리어가 생성되며 광구를 형성하자 두 분이 탄성을 지르며 가까이 오신다.

"성찬아, 어떻게 가능한 거니?"

"저도 작동 원리는 잘 몰라요. 다만, 유입되는 에너지를 수 속성의 에너지로 바꿀 수 있다는 것은 확실해요. 일종의 에너지 주입 장치라고 생각하면 편하실 거예요. 저 기둥 위에서 심법 같은 것을 운용하면 수 속성의 에너지를 쌓을 수 있을 거예요."

"에너지를 유입시킨다고 했는데, 어떤 식으로 하는 거니?"

"에너지 스톤을 이용하면 될 거예요. 저기 육각형 면이 보이시죠? 거기에 에너지 스톤 중에 무속성의 마나석을 대면 안으로 흡수가 되고, 그게 수 속성으로 변해 위에 앉아 있는 사람에게 주입이 되는 거예요. 각성자라면 누구나 가능하지만, 효율적인 면을 본다면 수 계열 능력을 각성한 사람이 사용하는 것이 최고일 거예요."

"그렇겠구나."

"여기 놔두고 갈 테니까 대적자 중에 적합한 사람을 골라서 사용하도록 하세요. 그런데 에너지 스톤은 얼마나 보유하고 계세요? 한 번 사용할 때마다 최소한 최상급 마나석이 여섯 개가 필요한데……."

"지금까지 모아왔지만, 에너지 스톤은 국가에서만, 유통이 가능해서 200개 정도밖에는 없다."

"수계 능력을 가지고 있는 대적자가 얼마나 될지는 모르지만, 제가 400개 정도 드릴게요."

"네가 어디서 나서?"

"그동안 저도 에너지 스톤을 모아왔어요. 두 분께 드리고도 충분히 있으니까 너무 부담스러워 하지 마시구요."

곧바로 아공간에서 최상급 마나석 400개를 꺼내 큰 이모에게 드렸다.

"아! 최상급 중에서도 최고 등급의 마나석이구나."

"중첩해서 주입하는 것도 가능하니 수 계열의 대적자가 얼마 없으면 여러 번 해줘도 괜찮아요."

"정말 그래도 되는 거니?"

"가능해요. 나머지 디바인 마크를 확보하게 되면 필요한 만큼 더 드릴 수 있으니까 아끼지 말고 사용하세요."

"알았다. 그렇게 하도록 하마."

"지금부터가 중요해요. 제가 확보한 것은 이것뿐이지만, 한반도에 아직 여덟 개의 디바인 마크가 남아 있어요. 저도 행방을 알아볼 테니까 두 분도 행방을 좀 알아봐 주세요. 정보 수집 면에서는 두 분이 저보다 나으니까요."

"알았다."

"그냥 정보만 알아보기만 해주세요. 직접 확보하려고 하지 마시고요."

"확보할 수 있으면 확보하는 것이 좋지 않겠니?"

어머니는 내게 도움이 되고 싶으신 것 같다.

"그걸 가지고 있는 자들도 위험하지만, 어쩌면 디바인 마크에 담겨 있는 암흑 에너지가 더 위험할 수도 있어서 그런 거예요."

"너, 너는 위험하지 않고?"

"자세하게 말씀을 드릴 수는 없지만, 암흑 에너지는 저에게 하나도 문제가 되지 않아요. 염려하지 않으셔도 돼요."

진짜 문제가 되지 않기에 어머니를 안심시켜 드렸다.

"알았다. 하지만 너도 조심해야 한다."

"알았어요. 조심할게요. 저는 이만 가봐야겠어요. 해야 할 일이 많거든요."

"그래, 알았다. 언제든지 오도록 하고."

"그럴게요. 그런데 여기를 좌표로 지정했으면 해요."

"에너지 교란 장치가 가동 중인 이곳에 공간 이동 좌표를 잡으려고?"

"좌표만 설정되면 그런 것은 문제가 없어요."

"그래, 그렇게 해라. 하지만 여기는 좀 그렇고. 맨 위층에 빈 방이 있으니 그곳으로 좌표를 설정해라. 우리는 앞으로 사용하지 않을 테니 말이다."

"그러는 것이 좋겠네요. 그럼 올라가요."

엘리베이터를 타고 지상으로 올라온 후 계단을 통해 어머니가 말씀하신 방으로 갔다.

그러고는 그곳에 공간 이동을 위한 포탈 좌표를 설정했다.

이곳에 펼쳐져 있는 마법적인 장치들의 에너지 패턴을 분석해 동조를 시켜놨으니 차단 장치가 작동되더라도 이동이 가능할 것이다.

"에너지만 주입하면 삼환문으로 곧바로 오실 수 있으니 만약에 비상사태가 발생하며 사용하세요. 한 번에 공간 이동이 가능한 인원수는 열 명이에요. 그럼 저는 이만 갈게요."

"그래. 정말 조심해라."

"걱정하지 마세요."

걱정하시는 어머니를 향해 미소를 지어 보인 후 포탈을 활성화시켰다.

팟!

푸른 섬광과 함께 방에서 성찬의 모습이 사라지자 두 사람은 문을 잠근 후 곧바로 방을 나섰다.

"언니, 성찬이 어떤 것 같아?"

"디바인 마크를 보관할 수 있는 아공간을 사용하는 것도 그렇고, 수준이 가늠이 되지 않는 것을 보면 최소한 초월자 수준인 것 같다."

"언니, 성찬이가 언제 저렇게 성장을 한 거지?"

"샴발라에 가서 각성을 한 덕분일 거다. 하지만 우리가 예상한 것보다 더 많이 성장하기는 했다. 샴발라에서 각성한 자들 중 지금까지 최고 레벨은 A급이었는데 말이야."

"조금 이상해. 초월에 근접한 능력을 가지려면 차원력을 쌓아야 하는데, 아직 차원통제사로 나선 것도 아니잖아?"

샴발라에서 각성한 자들 중에 최고 레벨은 A급까지다.

S급이나 초월의 경지에 들려면 세상을 유치하는 차원력을 얻어 자신을 성장시켜야 했다. 하지만 한 번도 대차원으로 나가본 적 없는 성찬이 초월에 경지에 이른 모습에 의문이 들었다.

"처음 만날 때부터 특별한 아이였잖아. 더군다나 그분의 수제자이기도 하고 말이야. 삼환문의 장문인이 되었다고 들었을 때 나도 무척 놀랐는데, 그분이 선택할 만했다는 생각이 든다."

"그렇기는 해. 그런데 이제 어떻게 하지? 성찬이를 보니 성진이도 상당한 실력을 가졌을 텐데 말이야."

"어차피 놈들과 대적해야 하는 우리 입장에서는 잘된 일이다. 차원을 넘나들며 차원력을 쌓지 않았는데도 불구하고, 초월자에 근접한 실력이라면 우리가 놈들을 상대하기 위해 세워놓은 계획들의 성공 가능성이 높아졌으니 말이다. 그러니 너도 계획을 다시 한 번 점검해 봐라."

"알았어. 그러면 언니는 이번에 성찬이가 준 디바인 마크로 성장시킬 아이들을 선발해 줘. 우선 그 아이들부터 참여시키는 것이 좋을 것 같아."

"알았다."

대적자로 선택된 아이들이 S급에 도달하게 되면 시도해 보려고 한 작전이 있었다.

사도라 칭해지는 초월자들을 따르는 무리들을 정리하며 성장을 도모하면서 적들의 세력을 줄이는 작전이다.

다른 이들은 다른 차원을 넘나들며 업을 쌓아야 차원력을 얻을 수 있지만, 대적자는 다르다.

다른 차원의 존재나 그들의 권능을 받아 능력을 발휘하는 자들을 제거함으로서 차원력을 쌓을 수 있다.

이번에 성찬이 준 디바인 마크를 이용해 수 계열의 대적자들을 S급으로 성장시킨다면 예상보다 빠르게 초월자들의 권속들을 정리할 수 있는 것이다.

두 사람은 빠르게 움직이기 시작했다.

차인화가 작전 계획을 점검하기 위해 상황실로 갔고, 차인숙은 지하 수련장을 찾아갔다.

수련장에 도착한 인숙은 능력을 발휘해 명상에 잠겨 심상 수련을 하고 있는 대적자들을 살폈다.

'수계의 능력을 각성한 대적자가 모두 60명이구나. 그러면 정확하게 열 번 중첩이 가능하다는 말인데……'

인숙은 성찬이 수계의 속성을 가진 대적자들의 수를 알고 정확하게 맞춰서 준 것 같은 느낌이 들었다.

'그럴 리는 없겠지. 열 번 중첩할 수 있다고는 하지만 한꺼번에 하는 것은 좋지 않을 것이다. 너무 과하면 부족한 것만 못한 법이니까. 아이들의 진전을 봐가면서 조절을 하자.'

인숙은 대적자들의 성장 속도에 맞춰 능력을 성장시키기로 했다.

우선 S급으로 능력을 높인 후 초월자들의 권속을 처리하도록 한 후 차원력이 쌓이는 것을 확인해 보고 디바인 마크를 활용해 능력을 향상시키기로 한 것이다.

심상 훈련이 끝나자 인숙은 자신이 확인한 수 속성을 가진 대적자들을 시간을 두고 한 명 한 명 개인 수련실로 불러 디바인 마크를 통해 속성을 강화시키는 작업을 실시했다.

대적자를 기둥 위에 앉아 가부좌를 틀게 한 후 수 속성의 에너지를 활성화시켰는데 위험도 없었고, 흡수 속도 또한 아주 빨랐다.

디바인 마크가 가져온 효과는 무척이나 확실했다.

첫 번째 강화에서 A급으로 진입했고, 이후에는 두 번의 강화를 더 거쳐 S급에 진입할 수 있었다.

S급에 완벽하게 들어설 수 있도록 할 수도 있었지만 자신의 성장을 확실히 인지할 수 있도록 수련실로 돌려보내 명상을 하도록 했다.

인숙이 수계 속성을 가진 대적자들을 성장시키는 동안 인화는 변화된 상황에 맞춰 작전을 다시 짤 수 있었다.

처음 작전을 수립했을 때는 초월자들의 세력이 강대하다는 것을 인식하고 게릴라전을 계획했는데 이번에는 달랐다.

디바인 마크로 속성을 강화시킨 대적자가 고작 세 번의 중첩만에 S급으로 들어섰다는 말을 듣고 초월자를 따르는 무리들을 각개 격파하는 것으로 작전을 바꾼 것이다.

디바인 마크를 통해 S급 능력자로 올라서는 것보다 적과의 전투를 통해 차원력을 쌓아 완벽하게 스스로 통제할 수 있는 힘을 갖춘 S급 능력자가 되는 것이 낫다는 인숙의 의견에 인화도 찬성하기 때문이기도 했다.

작전 계획을 수립한 후 인숙은 대적자들이 실질적으로 움직일 때를 대비해 준비하기 시작했다.

대적자 개인을 위한 각종 지원 물품은 물론이고, 작전 수행을 위한 장비를 구입하고, 통신 등 작전 지휘 체계까지 세밀하게 준비를 해나갔다.

◈　　　◈　　　◈

두 분을 만나 뵙고 삼환문으로 돌아온 뒤 여러 가지 일들을 처리하며 바쁘게 보냈지만 계속해서 마음이 착잡해졌다.

대차원을 창조한 이들의 선택을 받아 아들을 낳았지만, 아무것도 모르고 계신다.

사실 두 분은 인간이 아니라 대차원의 창조주가 자신의 의지를 쪼개어 만든 아바타다.

자신들에게 자식이 있는지도 모르고 부여된 사명을 완수하기 위해 모든 것을 바치고 있는 것을 보면 안쓰럽기는 하지만 알려드릴 수는 없다.

대차원을 안정시킬 존재로 선택된 나와 형의 탄생을 위해 만들어진 존재다. 이런 사실을 알게 될 경우 자아가 붕괴되고 자칫 소멸할 수 있기에 알려드릴 수 없는 것이다.

아버지와 큰아버지에게 이런 사실을 듣고 분개하지 않을 수 없었지만 뭐라고 할 수도 없었다.

자신들이 창조한 대차원 안의 수많은 생명을 보호하기 위해 소멸을 각오하고 나와 형을 탄생시킨 것이기 때문이다.

"뭘 그리 생각하냐?"

"어, 형."

형이 온 것도 알지 못하다니 내가 너무 생각에 집중한 것 같다.

"아무것도 아니야."

"싱겁긴. 피곤해 보이는데, 좀 쉬는 것이 어떠냐?"

"디바인 마크를 빨리 찾아야 하는데, 쉴 틈이 어디 있어."

디바인 마크에 대해서는 마지막 확인만 하면 찾을 수 있음에도 화제를 돌렸다.

"수집된 정보를 분석하는 중이라고 하지 않았냐?"

"에너지 패턴의 특이점은 파악했지만, 정확한 위치는 특정하기 어려워서 말이야."

"네가 찾아내기 어려워하는 것을 보니 작정을 하고 숨은 모양이다."

"디바인 마크가 연결되어 있다는 것을 늦게 알아차린 것이 실수였어. 그렇지 않았다면 쉽게 찾을 수 있었을 텐데 말이야."

디바인 마크는 네트워크처럼 연계되어 있다.

장천을 제거하자 이상을 알아차리고 곧바로 연결을 끊어버려

찾기가 수월치 않다.

"너무 조급하게 생각하지 마라. 너라면 얼마 있지 않아 찾아낼 수 있을 테니까 말이야."

"그렇기는 하겠지만 시간이 문제야. 최대한 빨리 찾아야 할 텐데. 그나저나 문도들은 어때?"

"실전을 거치지 않은 것이 조금 문제기는 하지만 지금 당장 작전에 투입해도 문제가 없을 정도로 최상의 상태다."

"그럼 내가 빨리 찾아야겠네."

"너무 조급해하지 말고 천천히 해라. 너라면 반드시 찾아낼 거니까."

"알았어. 나는 계속 분석을 해볼 테니 형은 현화랑 특이점이 발생한 곳을 위주로 다른 문파들의 움직임을 살펴봐 줘. 아무래도 수상하니까 말이야."

"그래, 알았다."

성진이 형은 고개를 끄덕인 후 곧바로 상황실로 갔다.

'형, 미안해. 하지만 형도 모르고 있는 것이 좋을 것 같아. 진실을 알게 되면 괴롭기만 할 테니까.'

성진이 형에게 아무런 말도 못해주는 것이 미안하지만, 어쩔 수 없는 일이다.

아버지와 큰아버지는 얼마 있지 않아 당신들이 계획한 대로 나와 형이 목표한 만큼 성장했으니 마지막 길을 향해 뒤도 돌아보지 않고 가실 것이다.

또한 어머니와 큰어머니는 우리가 자식이라는 사실을 알면 안 되니 그저 이렇게 지내는 것이 나을 것이다.

'어디 보자.'

감각을 확장해 디바인 마크에서 흘러나온 것으로 예상되는 에너지 패턴을 다시 한 번 확인해 보았다.

'으음, 역시 여덟 군데구나. 에너지가 확장되는 것을 보면 계속 성장하면서 세력을 넓히는 것이 분명한 것 같은데 말이야.'

한반도에 있는 디바인 마크는 여덟 개가 분명하지만 에너지 패턴의 범위가 너무 넓다.

각각 독특한 속성을 가지고 있어 확인하기는 쉽지만 옛날 팔도로 불리는 지역 전체에서 에너지 패턴이 확인이 되고 있으니 정확한 지역을 특정하기가 쉽지 않다.

서울을 포함한 경기 지역의 경우 불의 속성을 가진 에너지 패턴이 빠르게 확산되는 중이고, 강원도 지역은 나무의 속성이 가득하다.

나머지 지역도 마찬가지다.

오행의 나머지 속성을 비롯해 음과 양, 그리고 마기와 신기 등이 지역을 장악한 채 에너지 패턴이 확장되고 있는 것이다.

'스페이스와 현무의 도움을 받으면 특정 지을 수 있을까? 가능은 하겠지만 그럴 수도 없으니 답답하군.'

삼환제령인을 초월하기 전부터 아버지와 큰아버지가 남긴 분신들은 세상을 살펴왔다.

지구 대차원과 암흑 대차원이 대변혁을 일으키기 전부터 에너지 패턴의 변화를 지켜봤을 것이기에 디바인 마크가 어디 있는지 잘 알고 있을 것이다.

그러나 스페이스와 현무가 두 분이 의지를 쪼개어 만든 것이라고는 하지만 믿을 수가 없는 상황이다.

집에서 두 분을 만났을 때 들은 이야기로는 1차 대변혁이 일어나는 것과 동시에 스페이스와 현무의 연결 점이 끊어졌다고 하니 생각을 잘해야 했다.

'그나저나 아리도 문제인데…….'

내가 주목하고 있는 것은 아리를 키웠다는 김오 박사다.

어렸을 때 거두어 들여 S급 진성 능력자로 각성을 시키고, 큰아버지가 만든 현무를 자연스럽게 아리에게 이어준 것을 보면 초월자가 분명하기 때문이다.

현무를 만든 분이 큰아버지이니 당연히 아리에 대해 알고 있어야 할 텐데 전혀 모르고 있다.

아리는 나를 위한 안배가 아니라 누군가가 자연스럽게 대차원의 창조주들의 계획에 끼워 넣은 존재인 것이다.

아리를 거두어 키웠을 뿐만 아니라 현무를 이용해 초월 지경에 들 수 있게 만든 김오는 어쩌면 내가 아는 존재일 수도 있다.

'으음, 아리가 에너지를 운용하는 방법이 나와 비슷한 것을 보면 김오 박사라는 존재는 사숙일 수도 있다.'

사숙이라는 존재를 너무 잊고 있었다.

'어디……'

감각을 확장해 사숙이라는 존재를 처음 접했을 때 느꼈던 에너지 패턴을 확인해 봤다.

'으음……'

지금이라면 어디에 있는지 확실히 확인할 수 있다고 생각했는데 전혀 나타나지 않는다.

'사숙 또한 초월자가 확실하다. 그렇지 않다면 내 감각이 걸려들었을 테니까.'

아리가 S급으로 성장한 것과 현무의 일에 사숙이 관여했다는 의심이 든다.

아니, 이건 확신이다.

'사숙, 도대체 무엇을 얻으신 겁니까?'

아리를 키운 것도 그렇지만 대차원의 창조주가 남긴 에고인 현무를 감쪽같이 속이고 자신의 목적을 위해 이용한 것을 보면 훔쳐간 유물이 범상치 않은 것이 틀림없다.

'하긴 혼원주도 범상치 않은 것이니까.'

세상의 모든 에너지를 복사할 수 있을 뿐만 아니라, 그 에너지를 운용하는 방법을 만들어낼 수 있는 것이 바로 혼원주다.

지금까지 유물이라 그러려니 했는데 지금 생각해 보니 예사 유물이 아닌 것 같다.

　'삼환제령인을 초월했는데도 에너지를 복사하고 운용하는 방법만 알아낼 수 있었다. 스승님도 그것 이외에는 알아낸 것이 없으셨지. 도대체 넌 어떤 유물인 거냐?'

　내 의지에 순응하면서도 비밀을 감추고 있는 혼원주를 생각하니 마음이 무거워진다.

　'스페이스 말로는 혼원주가 대차원의 창조주인 아버지가 남긴 안배라고 했지만 아닐 수도 있다.'

　아버지에게 혼원주나 전투 슈트에 대해 물어보지 않았던 것이 실수다.

　'일단 혼원주가 무엇인지 가서 물어보자.'

　팟!

　아무래도 혼원주의 정체에 대해 알아야 할 것 같아서 곧바로 공간 이동을 했다.

　'으음.'

　도착해 보니 폐허가 된 공장 지하에 있던 공간이 사라지고 없었다.

　그곳에 있던 강대한 화기를 가진 암흑 에너지가 꿈틀거리는 디바인 마크도 사라지고 없다.

　'도대체 뭘 꾸미시는 겁니까?'

내가 다른 것들을 처리하고 돌아올 때까지 기다리고 있기를 바랐는데 바람을 저버리셨다.

욕심을 버리지 못하고 화속성의 디바인 마크를 가지고 사라지셨으니 절대 의지의 뜻에 따라 정화의 세례자로서 내 사명을 수행해야 할 것 같다.

나와 성진이 형을 탄생시키며 대차원의 안정을 위해 안배를 남겼던 때와는 달리 아버지와 큰아버지의 의지는 변질된 것이 틀림없는 것 같다.

떠나신 것을 보면 절대 의지의 뜻이 내게로 이어져 있다는 사실을 아시고 다른 길을 걷기로 생각하신 것이 분명하다.

'어쩐지 에너지 패턴도 그렇고, 암흑 에너지가 확산되고 있는 것이 이상하다고 생각했다. 더 늦기 전에 얼른 두 분을 찾아야 한다.'

확산이 되고는 있지만 폭주하지 않고 안정적인 것을 보니 아직 기회는 있을 것이라는 생각이 된다.

두 분이 괴물이 되기 전에 막을 수 있었으면 좋겠다.

'일단 가자.'

팟!

공간 이동으로 다시 삼환문으로 돌아와 수뇌부라 할 수 있는 이들을 모두 불렀다.

상황실로 모여든 이들이 심각한 표정으로 앉아 있는 나를 보고 걱정스러운 표정을 지었다.

"성찬아, 무슨 일인데 그러냐?"

"문제가 생긴 것 같아."

"디바인 마크를 찾지 못한 거냐?"

"디바인 마크가 단순히 세상의 기반이 되는 에너지들을 바꾸는 것만 하는 것이 아닌 것 같아."

"그게 무슨 소리냐?"

"아무래도……."

성진이 형에게 설명을 하려는 찰나 다급한 텔레파시가 들려왔다.

─ 성찬아, 도와다오!

─ 무슨 일이세요?

─ 누군가 여기를 공격하고 있다. 우리 힘으로는 도저히 막을 수가 없는 상태다.

"젠장!!!"

"왜?"

"이모님들 안가가 공격을 당하고 있어. 최 사형과 사질은 현화를 도와 상황을 봐주고 나머지는 포탈을 열 테니까 다들 이모님들 안가로 이동해. 어서!!"

파파파파파파팟!

성진이 형과 근호 형, 그리고 오인방이 곧바로 이동을 했고,

나도 뒤를 이어 포탈을 넘었다.

콰—콰콰쾅!!

도착하자마자 폭발음을 들을 수 있었다.

아직 내부까지는 침투하지 못했기에 형들과 오인방은 곧바로 창문을 깨고 밖으로 나갔고, 나는 곧바로 이모님들이 계시는 곳으로 갔다.

"큰 이모, 적이 얼마나 돼요?"

"모든 감지 장치가 마비 상태라서 수가 얼마나 되는지 알 수 없는 상황이다."

적도 에너지 교란 장치를 가동시키고 있는 중인지 바깥의 상황이 명확하지가 않다.

내 감각으로도 바깥의 상황을 전혀 파악하지 못하는 것을 보면 초월자가 관여하고 있는 것이 분명했다.

"이모님들은 일단 놈들이 안으로 들어오는 것을 막도록 하세요. 제가 어떻게 좀 해볼게요."

"알았다."

적들이 안가 안으로 진입하기 전에 대적자들을 보호하기 위해 배리어를 설치하기로 했다.

예전이라면 스페이스의 도움을 받아 12단계까지 마법을 펼칠 수 있었고, 도움을 받지 못하니 고작해야 9단계 정도만 시전할 수 있었지만 지금은 상황이 다르다.

삼환제령인을 초월해 마도학의 13단계 마법까지 펼칠 수 있는 상태라 배리어를 설치하는 것은 금방이었다.

— 방벽!

의지를 일으키자 안가를 형성하는 구조물에 마법이 깃들고 푸른 장막이 건물 전체를 감쌌다.

'이 정도면 충분하다.'

송지암에 펼쳐진 것과 버금가는 배리어를 쳤으니 문제가 없을 것 같다.

안가 밖에서 적들과 치열하게 교전 중이라 배리어 설치를 끝내고 곧바로 이동했다.

적색의 전투 슈트를 입은 자들이 공격을 퍼붓고 있었다. 적들의 수가 많아서 그런지 문도들은 방어 위주로 적들의 공격을 막고 있었다.

슈슈슈슈슝!!!

의지가 일자 내 손에서 생성된 비검이 허공을 날았다.

적들도 심상치 않음을 느꼈는지 공격을 하다말고 놀란 메뚜기처럼 사방으로 비산했다.

'피한다고 피할 수 있는 것이 아니다.'

피피피피핑!!!

내가 날린 비검들은 이제 상대의 에너지와 의지를 추적할 수 있는 터라 떨쳐 낼 수 있는 것이 아니다.

마치 유도 미사일처럼 적들을 따라붙어 심장에 틀어박히고 나서야 멈추게 되는 것이라 적들은 도망을 다니기에 바쁘다.

'저놈들이 문제가 아니다. 지휘하는 놈을 찾아야 한다.'

비검을 피하면서도 포위망을 풀지 않고 일사분란하게 움직이는 것을 최소한 S급인 놈들이다.

자존심이 강한 놈들이 저렇게 하나가 돼서 움직이는 것을 보면 지휘하는 놈이 있을 것이기에 감각을 최대한 집중했다.

자신의 존재감을 완벽하게 지울 수 있는 초월자를 찾기 위해서다.

티—이잉!

놈을 전혀 찾을 수 없기에 천경을 떠웠다.

삼환제령인을 초월하면서 자연스럽게 알게 된 천경의 권능을 펼쳤다.

안가를 중심으로 모든 사물의 본래 모습이 천경 안에 담겨졌고, 그 정보는 내 의식으로 직접 전달이 된다.

어그러진 모든 것들을 바로잡을 수 있는 터라 아무리 초월자라도 천경의 반경을 피할 수는 없다.

'이런!!'

지금 놈은 이곳에 있는 게 분명하다.

침입자를 막기 위해 설치한 배리어를 뚫고 안으로 들어오려는 시도를 하는 것이 느껴진다.

파츠츠츠츠츠츠!

조금 전에 내가 설치한 배리어는 침입하면 설정된 대로 발동하는 다른 것들과는 다르다.

내 의지에 따라 배리어의 속성이 바뀌게 되어 있는 터라 곧바로 변환시켰다.

화르르르르!

안가 외곽에 친 배리어의 장막 위로 태양의 열기를 능가하는 백염이 솟아올랐다.

모든 것을 태워 소멸시켜 버리는 정화의 불꽃은 초월자라고 하더라도 견딜 수 있는 것이 아니다.

제 2 장

태양을 능가하는 엄청난 온도의 열기를 참을 수 없었는지 놈이 허공으로 솟아올라 곧바로 존재감을 감춘다.

　'거기구나.'

　놈이 움직이는 반경은 천경을 통해 인식할 수 있었기에 놈이 은신한 곳을 향해 주먹을 날렸다.

　슈—유웅!!!

　주먹 끝을 따라 뭉쳐진 에너지가 대기를 빨아들이며 빛과 같은 속도로 앞으로 나아갔다.

　콰—쾅!!!!!

　커다란 폭발과 함께 일어난 충격파가 지상으로 떨어지며 비

검을 피해 움직이고 있는 적들과 두 분을 비롯해 문도들이 나동
그라졌다.

충격파가 가신 허공에 붉은 전투 슈트를 입고 있는 자가 나를
바라보고 있다.

주변에 흐르는 에너지 패턴이 안정적인 것을 보면 내가 펼친
에너지 탄환에 직격당하고도 아무런 피해가 없는 모양이다.

만만한 공격이 아니었을 텐데 아무 피해도 입지 않았는지 무
척이나 여유로운 텔레파시가 내 의식으로 파고든다.

— 후후후! 제법이긴 하지만 이 정도로는 나를 막을 수는 없
을 것이다.

제법 강했지만, 배리어가 파괴되는 것을 막기 위해 급히 손을
쓰느라 제대로 힘을 쓰지 않았다.

피—피피피피피피핑!

손가락을 펼쳐 놈에게 에너지 볼트를 날렸다.

무공을 익힌 자들이 펼친다는 지법을 응용한 것으로 엄지를
제외한 나머지 손가락에서 펼쳐진 에너지 볼트가 수도 없이 놈
을 향해 쏘아졌다.

투투투투투투퉁!!!

머신 건처럼 쏟아지는 에너지 볼트가 놈이 펼친 붉은 장막에
가로막혔다.

에너지 볼트를 형성하는 입자들이 10만 도에 달하는 엄청난

열기를 품고 있는데도 불구하고, 허무하게 막히는 것을 가만히 보고만 있을 틈이 없었다.

슈—슈슈슉!

유명한 영화의 주인공처럼 양손에 포크와 비슷하게 생긴 에너지 블레이드를 형성한 놈의 신형이 어느새 코앞까지 다가왔다.

뜯어내지 못한 배리어를 잘라낼 심산이 분명해 보였기에 놈을 향해 수도를 날렸다.

파츠츠츠츠츠!!!

손날처럼 생긴 얇은 에너지 빔이 놈의 주먹에 형성된 에너지 블레이드와 부딪쳐 흩어진다.

급하게 만들어내느라 에너지 밀도가 떨어지는 터라 놈이 만든 것에 밀려 버렸지만 시간을 벌었기에 공격을 피할 수 있었다.

파파파팟!

몸을 피하는 나를 향해 빠르게 다가온다.

연이어 피해보지만 놈은 점멸하듯 공간을 이동하며 공세를 멈추지 않는다.

'암흑 에너지가 줄고 있다.'

공격의 기세는 물론이고, 위력이 하나도 줄어들지 않았지만 놈이 품고 있는 암흑 에너지의 농도는 떨어지고 있는 것을 알 수 있었다.

'이 정도면 충분히 승산이 있다.'

놈은 공세에 취해 모르겠지만 눈에 띈 순간부터 놈에게 보이지 않는 공격을 해온 것이 결실을 맺고 있는 것 같아 다행이 아닐 수 없다.

놈이 모습을 드러내고 공방이 진행되는 동안 에너지의 속성을 확인하며 혼원주를 이용해 암흑 에너지를 정화하는 중이었는데, 빠르게 성과가 나타나고 있다.

촤르르르!!!!

에너지를 유형화시켜 놈에게 다시 한 번 비검을 날린 후 아공간에서 렉스와 샤벨을 꺼내 양손에 쥐었다.

중국에 있을 때 창투에서 서태진 일행이 나에게 만들어준 마법 투사체다.

능력자들 간의 전투에서 총기는 전투 슈트 때문에 별다른 효과를 보지 못한다는 것이 정설이라 마법 투사체를 꺼내자 놈의 눈에 호기심이 서린다.

투—투투투투퉁!!!

육중한 소음과 함께 에너지 렉스와 샤벨이 불을 뿜었다.

에너지 탄환이 만들어지고 연사되기까지 한순간이었다.

강력한 에너지 파동이 심어져 있어 심상치 않다고 느꼈는지 놈은 에너지 배리어를 만들어냈다.

콰―직!!

렉스와 샤벨의 총신에서 연신 뿜어져 나온 에너지 탄환이 한 점에 집중이 된 탓에 에너지 배리어는 금방이라도 깨질 듯 보였다.

경악 어린 눈빛과 함께 놈의 신형이 곧바로 사라졌지만 이미 천경이라는 그물에 걸려든 상태라 빠져나갈 수 없다.

공간을 점유하며 이곳저곳을 넘나들며 이동하고 있지만 놈이 이동하는 좌표를 미리 알고 있기에 소용이 없다.

퍼퍼퍼퍼퍼퍽!

전신에 에너지 탄환을 맞을 채 놈이 널브러진다.

"커억!"

땅바닥에서 힘겹게 몸을 일으켜 나를 보고 있는 놈의 눈이 흔들리고 있다.

"크으으으, 방금 그건 뭐냐?"

렉스와 샤벨에서 발사된 에너지 탄환을 맞자마자 전투 슈트가 먼지처럼 부서져 버리고, 초월자인 자신의 몸이 마비되어 움직일 수 없게 된 것이 놀라운 모양이다.

놀라울 만도 할 것이다.

렉스와 샤벨에서 발사된 에너지 탄환에는 서로 상극의 에너지가 심어져 있다.

맞부딪치며 발생하는 충격파는 범위 안에 든 모든 에너지를 단번에 소멸시켜 버리는 터라 초월자도 막을 수 있는 것이 아니었으니 꽤나 충격을 먹었을 것이다.

"알아서 뭐하게. 이미 끝난 일인데 말이야. 네 소속이나 밝히지 그래? 어디서 온 놈이냐?"

"네까짓 놈이 알 수도 없는 곳에서 왔다."

"암흑 대차원에서 건너온 자로군. 아니면 그곳으로 건너간 존재가 남긴 것을 얻은 놈이거나."

"……."

품고 있던 에너지의 형태 때문에 한 번 찔러봤는데 묵묵부답이다.

— 저자의 정체를 알 수 있겠어?

— 기록된 정보가 전혀 없는 자입니다.

상황실에 있는 현화에게 물어봤지만 역시나 정체를 알 수 없는 자다.

— 어디서 온 자인지 확인을 할 수 있을까?

— 에너지 패턴을 확인해 봤지만, 에너지 파장의 흔적이 전혀 없습니다. 저자의 에너지 파장이 남긴 흔적은 제주도 이외에는 찾아볼 수 없습니다.

— 그동안 수집한 데이터와도 매칭되는 것이 전혀 없다는 말이로군.

— 그렇습니다.

― 곤란하군. 대적자를 제거하러 온 것을 보면 이번 대변혁의 비밀을 알고 있는 것 같은데 말이야.

― 장문인, 혹시 저자의 유전자 샘플을 얻을 수 없나요?

― 유전자 샘플을?

― 한 가지 마음에 걸리는 것이 있어서 그렇습니다.

― 잠깐 기다려 봐.

현화와의 텔레파시를 중단하고 놈에게로 갔다.

가지고 있는 에너지를 소멸시켜 움직이지 못하게 만든 터라 위험이 될 만한 요소는 없었다.

'혹시나 모르니……'

슈슈슈슈슛!

"크으으으윽!"

놈을 비롯해 주변이 에너지 진공 상태지만 회복을 할지도 몰라 비검을 생성시킨 후 놈의 몸에 틀어박아 에너지 운행 경로를 차단시켰다.

모든 에너지를 잃어서 그런지 비명을 지른다.

'저거면 되겠군.'

쓰러진 놈의 앞에 입으로 쏟아낸 피가 있기에 곧바로 상황실로 공간 이동시켰다.

그리고 얼마 있지 않아 현화의 텔레파시가 전해져 왔다.

― 장문인.

― 나온 게 있어?

― 제가 가지고 있는 유전자 특성 중에 본래의 것이 아닌 게 있는데, 그것과 일치하는 부분이 많은 것을 보면 아무래도 클론 같습니다.

― 얼마나 일치되는데?

― 약 96%입니다.

자신의 생체 세포로 만들어진 클론에 뇌가 이식된 이가 바로 현화다.

현화라는 개체를 특정 지을 수 있는 유전자 이외에도 기본적인 유전자 베이스가 있는데 이것이 거의 같다는 뜻이다.

능력을 발휘할 수 있는 특별한 신체를 유지하는 베이스가 되는 유전자들이다.

― 그 정도면 클론이 틀림없는 것 같군. 그럼 대륙천안에서 보낸 자라는 뜻인데…….

― 클론 기술이 대륙천안만 있는 것도 아니니 확신은 할 수는 없습니다만, 제가 가진 것과 일치율이 높은 것을 보면 그럴 확률이 높습니다.

강대국들의 경우 1차 대변혁 이후에 마법이 유입되면서 대부분 클론을 만들 수 있게 되었다.

내가 구한 장호나 현화처럼 대륙천안이 만든 존재가 아닐 수 있지만 현화의 것과 대부분 일치하니 대륙천안이 보낸 것이 거의 확실한 것 같다.

― 그래도 확인을 해봐야 하니 제에게 보내주세요.

― 그러지.

현화도 확실히 하고 싶은 것 같아 놈을 보내기로 했다.

"네놈이 무슨 목적으로 이곳에 왔는지 모르지만 상관없다. 정체를 알 수 없도록 몸을 바꾼 모양이지만 얼마 지나지 않아 밝혀질 테니까."

"으음……."

몸을 바꾸었다는 것을 알고 있는 것에 무척이나 놀라는 모습니다.

에너지를 모두 소멸시켰지만 초월자로 올라서며 생성된 정신 방벽이 있을 텐데도 저리 동요하는 것을 보면 뭔가 있는 것이 분명하다.

"아무리 용을 써도 나에게서 알아낼 수 있는 것은 없을 것이다."

"그것은 두고 봐야지. 어차피 네놈은 머지않아 소멸될 테지만 그 전에 모든 것을 불어야 할 것이다. 지금부터 만나게 될 사람은 보통 사람이 아니니 마음의 준비나 해두도록 해라."

"하하하하! 미친놈!"

"후후, 믿지 않는 모양이군. 어차피 조금 있으면 알게 될 테니 상관은 없을 테지."

초월자가 됨으로써 반신이 되었다고 생각할 테지만 내가 놈에게 박아 넣은 비겁이라면 충분히 소멸시킬 수 있다.

더군다나 지금의 현화라면 저자가 가지고 있는 정보를 하나도 빠짐없이 알아낼 수 있을 것이다.

— 이동!!

믿을 수 없겠지만 얼마 안 있어 자신이 알고 있는 것을 모두 토설하고 소멸되어 가는 것을 직접 마주하면 절망할 것이기에 곧바로 삼환문으로 공간 이동을 시켰다.

— 도착했나?

— 왔어요. 일반인이나 다름없는 상태라 위협적이지 않으니 금방 알아볼 수 있을 것 같네요.

— 그자의 정체가 무엇인지에 따라 상황을 파악해야 하니 서둘러 줘.

— 알았어요. 알아내는 즉시 바로 연락드릴게요.

현화와 텔레파시를 끊고 급한 것부터 상황을 정리했다.

두 분과 대적자들을 옮기고 한시라도 빨리 디바인 마크를 찾아야 할 것 같다.

'배후가 어찌되었든 간에 초월자가 움직이기 시작한 것을 보니 다른 존재들도 움직일 테니 급하게 됐다.'

지금의 나라면 어떤 존재가 나타다고 해도 막을 수는 있지만 초월자들이 한둘이 아닐 테니 큰일이다.

대적자들을 하루 빨리 성장시키는 것이 급선무인 것 같다.

— 성찬아, 끝났다.

— 벌써?

— 갑자기 비실대서 쉽게 제압할 수 있었다.

사도들이나 마찬가지라서 그런지 놈을 제압하자 같이 쳐들어 온 자들의 능력이 급격히 떨어졌던 모양이다.

— 화염을 거둘 테니까 다른 자들이 있는지 살펴봐 줘. 나는 안으로 들어갈 볼게.

— 알았다.

두 형과 오인방에게 주변을 수색해달라고 부탁을 한 후 안가로 들어갔다.

"으음……."

내가 친 배리어를 지나 안가로 들어간 후 신음을 삼킬 수밖에 없었다.

안가는 물론 지하에 마련된 수련장이나 비밀 공간에 아무런 인기척도 없었기 때문이다.

대적자는 물론이고 어머니와 큰어머니, 그리고 두 분을 따르는 이들이 감쪽같이 사라져 버린 것이다.

"미치겠군."

내 영역 안에 있던 이들이 아무 흔적도 없이 사라지다니 믿을 수 없는 일이다.

감각을 집중해 살펴봐도 싸운 흔적이 없으니 스스로 사라진 것이 분명한데 도무지 이유를 알 수 없어 답답했다.

'이렇게 아무런 흔적이 없이 사라졌다면 내 능력으로 넘볼 수 없는 존재가 움직인 것이 분명하다.'

초월적인 존재들이 움직이지 않은 것은 확실하다.

그들이라면 내 감각을 벗어날 수 없으니 틀림없다.

'이런 식으로 움직일 수 있는 존재라면…….'

한두 명도 아니고, 수백 명의 사람들을 아무런 흔적 없이 이동시킬 정도의 능력을 발휘할 수 있는 존재는 내가 아는 한 딱 둘 뿐이다.

두 대차원의 창조주이자 나와 성진이 형의 아버지들밖에는 없다.

'공장 지하에서 사라진 것도 그렇고 이곳에서 두 분과 대적 자들을 모두 옮긴 것을 보면 뭔가 시작된 것이 분명하다. 도대체 뭘 하려는 건지 모르겠군.'

아무리 감각을 확장해도 존재감을 전혀 찾을 수 없다.

디바인 마크의 에너지들만 더욱 왕성하게 확산되고 있는 것만 느껴지니 마음이 답답하다.

― 성진이 형!

― 무슨 일이냐?

― 모두 사라졌어.

— 뭐?

— 두 분 이모랑 대적자들이 모두 없어졌어.

— 그게 말이 되는 소리냐?

— 내 영역 안에 있었는데, 나도 모르게 사라져 버렸어.

— 스스로 떠나신 거냐?

— 그것도 알 수 없어.

— 으음.

절대 있을 수 없는 일임을 알기에 성진이 신음을 흘린다.

— 배리어를 열어봐라.

배리어를 열자 성진이 형과 근호 형이 안으로 들어왔다.

"성찬아, 어떻게 할 거냐?"

"제압한 자들을 모두 옮긴 후에 본문으로 돌아가 상황을 지켜봐야 할 것 같아."

"이모들은 어떻게 하고?"

"성진아! 짐작이기는 하지만 여기에 싸운 흔적이 없는 것을 보면 순순히 따라가신 것 같다. 어쩌면 금강산에 있는 비밀 기지처럼 안전한 장소로 이동하신 것인지도 모르고 말이야. 여기는 노출된 곳이니 본문으로 돌아가서 연락을 기다리는 편이 나을 것 같다."

화가 난 것 같은 성진이 형의 물음에 근호 형이 대답을 대신해주었다.

"그래, 형. 근호 형 말대로야."

"후우, 알았다. 일단 본문으로 돌아가자."

"제압한 자들은 내가 이동시킬 테니까 먼저들 돌아가."

"알았다."

내 말에 다들 공간 이동을 했고, 나는 제압한 자들을 삼환문으로 공간 이동시킨 후 배리어 바깥으로 결계를 쳐서 안가 자체를 외부로부터 완전히 단절시켰다.

'두 분이 움직인다고 해도 이곳으로 들어오게 되면 알 수 있을 것이다.'

내 영역에서 사람들이 사라졌기에 이번에는 더 세심하게 결계를 치고 누군가 안으로 들어온다면 감지할 수 있도록 내 의지의 일부를 심어두었다.

아버지와 큰아버지의 에너지 패턴을 확인할 수 있도록 결계의 성격도 바꾸었으니 아무리 대차원의 창조주라고 해도 이곳에 들어오는 순간 알 수 있을 것이다.

혹시나 몰라 안가 주변을 다시 한 번 확인한 후 본문으로 공간 이동을 했다.

로비에 도착하니 상당히 당황스러운 표정으로 서성이는 아리가 있었다.

"아리, 무슨 일이라도 있어?"

"사라졌어요."

"사라지다니, 뭐가?

"현무가 사라졌어요. 전혀 연결이 되지 않아요."

"현무가?"

이상한 예감이 들어 스페이스에게 곧바로 텔레파시를 보냈다.

― 스페이스!!! 스페이스, 어디 있나?

스페이스의 대답이 들려오지 않는다.

그리고 아리와 현무의 연결이 끊어진 것처럼 아무리 집중을 해도 스페이스의 존재감을 찾을 수가 없다.

'이런!!'

스페이스를 찾으려 했지만 찾을 수가 없는 상황에 의문이 증폭되고 있었는데 갑자기 디바인 마크에서 확산되고 있는 에너지 패턴들이 사라져 버렸다.

"아리, 현화와 함께 문도들을 모두 모아줘. 그리고 전부 금강산에 있는 비밀 기지로 이동을 해."

"알았어요. 그럼 당신은요?"

"확인할 것이 있어서 어디 좀 다녀와야 할 것 같아. 곧바로 따라갈 테니까 어서 이동을 해줘."

"조심해요."

아리에게 부탁을 하고 곧바로 공간을 건너 뛰어 집으로 갔다.

'확인해 본다.'

의지로 발현할 수 있는 스피릿 계열의 능력 중 가장 능동적이고 가시적인 것은 염동력이다.

공장의 폐허를 보자마자 염동력을 발휘해 폐허의 잔재를 모두 날려 버리고, 더불어 비밀 공간을 덮고 있던 흙까지도 걷어 냈다.

"으음."

눈으로 직접 보고 있지만 내 감각에는 전혀 느껴지지 않는 구조물이 그 안에 있었다.

내가 느낀 것과는 달리 비밀 공간은 사라지지 않고 여전히 지하에 있었던 것이다.

츠츠츠츠츠츠!

구조물은 세상에 모습이 드러나자 자신의 모습을 변화시키며 몸집을 부풀리기 시작했다.

사각형의 구조물은 피라미드 형태로 변했고, 점점 크기가 불어나더니 가시 같은 것이 생겨나왔다.

피라미드에서 나온 가시들은 빠르고 땅속으로 파고들었다.

'으음, 저건?'

땅속으로 파고든 가시들이 마치 전자 기판의 회로처럼 기이한 형태로 갈라지는 것이 느껴졌다.

'같다.'

그것은 내게 아주 익숙한 형태였다.

해결사 노릇을 하면서 게이트를 닫을 때 주변에 만들었던 마법진과 같은 것이었고, 마법진을 만드는 방법은 큰어머니가 나에게 알려주신 것이었다.

얼마 전 공사장에서 전기 배관 형태로 콘크리트를 까냈던 것도 입체적인 마법진 형태였는데, 지금 땅속으로 파고들어 가고 있는 가시들의 모습이 한 치도 다르지 않았다.

암흑 대차원의 존재들을 막기 위해 지원하는 초월적인 존재들이 있다고 하셨는데, 저걸 보면 대차원의 창조주들인 두 분이 알려준 것이 분명하다.

훨씬 정교하고 강력한 에너지를 품고 있으니 의심할 여지가 없다.

피라미드가 계속 커지고 있는 가운데 아래로 뻗어 나간 가시들이 마법진을 완성했다.

그리고 각이 여덟 개인 마법진에서 다시 가시들이 뻗어 나왔다.

'빠, 빠르다.'

처음 피라미드에서 뻗어 나올 때와는 비교조차 할 수 없는 속도로 빠르게 확장되고 있었다.

지구 핵을 따라 수직으로 뻗어 나가기도 하고, 지하 수십 킬로미터에서 분기한 가시들이 수평으로 뻗어 나가고 있는데 초음속 비행기를 능가하는 속도였다.

'테라포밍인가?'

뻗어 나간 가시들에서 강력한 에너지 파장이 흘러나오는 것을 보면 지구의 에너지 기반을 바꾸는 작업을 하는 것이 틀림없었다.

암흑 대차원의 초월적인 존재들이 지구 대차원으로 넘어올지도 모르는데 지구의 에너지 기반을 바꾸다니 미친 짓이다.

'으음, 에너지 형태가 다르다.'

가시에서 발생한 에너지 파장은 2차 대변혁 이후에 변해 버린 에너지들을 바꾸고 있었다.

지구 대차원과 암흑 대차원의 에너지가 융합되어 변해 버린 에너지를 다시 바꾸다니 믿지 못할 일이다.

'이제 모든 힘을 잃은 분들이 어떻게 이런 일을 할 수 있는 거지? 으음, 두 분은 어쩌면 힘을 잃었던 것이 아닐지도 모른다.'

공장 지하에 있는 구조물이 사라졌다고 확신할 정도로 나를 감쪽같이 속인 분들이라 권능을 전부 잃었다는 것을 믿을 수가 없었다.

권능을 전부 잃었다면 세상의 근본을 변화시키는 일은 할 수 있는 일이 아니기 때문이다.

손을 써야 하지만 세상의 기반이 되는 에너지가 변화되고 있기는 해도 위험은 느껴지지 않기에 어떻게 되는지 지켜보기로 했다.

가시가 뻗어 나가는 속도는 점점 빨라졌고, 마침내 지구의 지하를 전부 잠식했다.

회로처럼 만들어진 가시들에서 흘러나오는 에너지 파장도 강도를 더해가더니 끝내 2차 대변혁으로 변해 버린 에너지들을 다른 형태로 바꾸어 버렸다.

3차 대변혁이 일어난 것이라고도 할 수도 있지만, 사람들은 전혀 변화가 없으니 그렇지는 않은 것 같다.

에너지가 빠르게 안정되는 것을 확인하며 기감을 넓혔다.

'샴발라나 아리가 있었던 곳도 그렇고, 스페이스와 같이 아르고스로 확인했을 때 전혀 감지가 되지 않았던 곳에도 비슷한 구조물이 생겼구나.'

비슷한 형태의 구조물들이 세계 곳곳에 생겼다.

두 분이 만든 구조물에서 흘러나오는 에너지 파장과 같은 형태의 에너지를 퍼트리고 있어 변화가 가속화되었다는 것을 확인할 수 있었다.

'으음, 이게 다가 아니다.'

차원 경계가 무너진 탓에 암흑 대차원도 인식이 되고 있었는데 지구 대차원만이 변한 것이 아니었다.

그곳도 여기와 마찬가지로 기반 에너지가 모두 변했다.

피라미드가 점점 희미해져 가는 것을 보니 역할을 끝낸 모양이다.

다른 곳도 마찬가지로 피라미드의 존재감이 사라지고 있었고, 가시처럼 뻗어나가던 마법진도 점점 사라진다.

세상을 다시 한 번 변화시킨 에너지 파장도 격렬하게 움직이던 것을 멈추고 점점 안정을 찾아갔다.

'구조물이 모두 사라지고 연결된 대차원들도 모두 변했다. 이렇게 되면 초월적인 존재들은 자신이 가진 힘을 제대로 쓰지 못한다. 두 분은 이걸 노렸던 건가?'

아무도 예상하지 못한 일일 것이다.

지구 대차원에 속하는 아홉 개의 소차원과 암흑 대차원에 속하는 아홉 개의 소차원 역시 에너지 기반이 모두 바뀌어 새로운 형태의 세상이 찾아왔다.

각성자나 초월자들이 쓰는 권능과 힘은 모두 세상의 에너지를 기반으로 한다.

초월자가 되기 위해서 지금까지 쌓은 모든 힘들과 권능들이 새롭게 변한 세상에서는 제대로 발휘되지 않을 것이 분명했다.

내부에 간직하고 있는 에너지로 권능과 힘을 얼마간은 발휘할 수 있다고 해도 한계가 있어 그 시간은 얼마 되지 않을 것이다.

'두 분도 그렇고, 에고인 스페이스와 현무도 지금까지 이 순간을 위해 준비를 해온 것이 분명하다.'

세상을 아우르는 에너지 형태가 변했지만 내가 능력을 발휘하는 데는 전혀 문제가 없을 것 같다.

세상이 변해가는 과정에서 내 안에 있던 혼원주가 품고 있던 에너지를 이 세상에 적합하게 모두 바꾸어 버렸기에 권능을 쓸 수 있을 것 같다.

'더군다나 마도 네트워크가 실질적으로 현세에 관여하기 시작한 것을 보면 두 분은 절대 의지의 개입도 예측하시고 계셨던 것이 분명하다.'

이전 세상에 적용되던 것과는 전혀 다른 형태로 세상을 관리하고 있는 것이 느껴지는 것을 보면 마도 네트워크는 세상을 움직이는 시스템이자 일종의 인과율이다.

지금부터는 지성을 가진 존재들은 각자의 노력에 따라 보다 높은 존재로 격을 높일 수 있게 됐다.

게임에서 사용되는 상태 창 같은 것을 통해 아주 직관적인 방법으로 격을 높일 수 있으니 이전 세상보다 더 자율도가 높아진 것이라고 할 수 있다.

'어쩌면······.'

지금까지 세상이 변해온 과정들을 생각해 보면 두 분은 자신들이 만든 대차원을 보다 상위 차원으로 성장시키기 위해 이런 복잡한 과정을 실천해 나간 것이 아닌가 하는 마음이 든다.

'두 분! 정말 고생하셨습니다. 최대한 빨리 대차원을 안정시

키도록 하겠습니다.'

자신들의 모든 것을 완전히 던져 세상을 변화시켰던 아버지와 큰아버지의 존재감은 완전히 사라져 버렸다.

모든 세상에 자신들의 의지를 뿌리고 소멸이 된 것이다.

'스페이스와 현무는 마도 네트워크에 흡수된 모양이다. 아마도 새로운 인과율이 적용되도록 돕는 것 같다. 그렇다고 위험이 가신 것은 아니다. 초월적인 존재들이 가지고 있던 원천의 힘들이 모두 사라진 것은 아니니까.'

세상이 변하면서 문제가 생겼다는 것을 다들 인식하고 있을 테니 이제부터 본격적인 싸움에 대비해야 한다.

자신이 가졌던 힘을 되찾기 위해 미쳐 날뛸 존재들이 무척이나 많을 것이다.

'예측하지 못한 상황이기는 하지만 어찌되었든 세상을 조율할 수 있는 기회다. 더군다나……'

초월자들이 세상에 간섭할 수 있는 채널들이 완전히 사라지고 마도 네트워크로 바뀐 만큼 권속들의 힘도 현저하게 줄었을 것이기에 최대한 빨리 움직여야 했다.

팟!

곧바로 공간을 넘어 삼환문으로 돌아왔다.

금강산에 있는 비밀 기지로 가지 않고 삼환문으로 돌아온 것은 한 가지 확인할 것이 있어서다.

로비에 도착해 엘리베이터를 타고 올라가 상황실로 들어서니 모니터로 지구 대차원과 암흑 대차원에서 일어나고 있는 변화를 영상으로 출력하고 있는 중이다.

양자컴퓨터가 작동되고 있는 것이다.

'역시, 움직이고 있구나.'

양자컴퓨터의 대부분은 스페이스가 관여해 만들어졌다.

아버지에 의해 대차원의 관리자로서 창조된 스페이스는 나에게 자신이 알고 있는 모든 것을 전하려 애를 썼다.

특히나 마도학에 관련된 것을 전하는 데 무척이나 심혈을 기울였고, 삼환제령인을 초월한 다음부터는 스페이스가 알려준 마법의 대부분을 사용할 수 있게 되었다.

스페이스가 나에게 전한 마법의 단계는 모두 14단계로 현재 내 수준은 13단계를 완성하고 마지막 단계로 진입한 상황이다.

스페이스는 마지막 단계의 마법을 나에게 인식시키며 시작과 끝은 의미가 없으며 모든 것이 하나로 귀결된다는 말을 한 적이 있다.

처음 인식할 때는 마지막 단계를 완성할 수 있는 힌트라고 생각했는데, 세상이 변화하는 것을 지켜보고 나니 단순히 그런 의미가 아니라는 것을 알 수 있었다.

그때 말한 것이 바로 양자컴퓨터였다.

스페이스가 사라지고 난 뒤 관여한 것 중에 남아 있는 것이

몇 개 되지 않는다.

그중에 스페이스의 의지가 제일 많이 관여되어 있는 것이 바로 상황실에 설치된 양자컴퓨터다. 시작과 끝이 의미가 없다는 것과 모든 하나로 귀결된다는 말이 양자컴퓨터의 작동 방식과 유사하다는 것을 깨달았던 것이다.

모니터 화면에 비치는 영상을 보면서 양자컴퓨터가 조금 전에 세상에서 일어났던 변화를 모두 기록하고 있다는 것을 알 수 있었다.

열여덟 개에 이르는 소차원들이 어떤 식으로 변화되어 가는지 화면에 나타나고 있는 영상을 통해 확인할 수 있었다.

'분명히 내 의식과 연동시켰다고 했다. 그렇다면……'

모니터에서 저런 영상이 나오고 있는 의미를 알기 위해 양자컴퓨터에 의식을 집중했다.

접촉이 이루지는 찰나 의식이 암전되며 아무것도 존재하지 않는 암흑뿐인 공간이 나타났다.

공간이 두 개로 갈라지며 하나는 백색으로, 하나는 흑색으로 나타나더니 점점 축소해 작은 점이 되었다.

작은 점들에서 팔방으로 가느다란 선이 튀어나오더니 다른 점이 만들어졌다.

'이건 대차원이 창조되는 과정이다. 거대한 차원에서 출발해 아홉 개의 차원으로 분할되는……'

분명히 지구 대차원과 암흑 대차원이 창조되는 과정이었다.

거대 차원에서 출발해 차원 씨앗을 발아시켜 성장한 의지들로 인해 아홉 개의 소차원이 생성되는 과정이다.

대차원의 순환계를 이렇게 직접 인지할 수 있다니 말로만 들었던 것과는 전혀 다른 느낌이다.

입방체 형태의 대차원들이 순환하기 시작했다.

팔방으로 뻗어 나가 점이 되었던 것들이 순환하며 중심으로 들어갔다가 나오더니 색이 점차 변하기 시작했다.

프리즘을 통해 나누어진 광선처럼 칠색과 인간의 시야로는 인지할 수 없는 자외선과 적외선까지 두 개의 대차원이 역순으로 서로의 아홉 가지의 광채를 발하더니 각자의 빛깔로 변했다.

'하얀색이 검은색으로, 검은색이 하얀색으로 변하는 것을 보면 저것이 대차원의 순환계인 것이 틀림없다. 에너지 형태도 변하는 것을 보면, 크윽……'

순환계를 인식하는 순간 엄청난 정보들이 밀려들기 시작했다.

헤아릴 수 없이 기나긴 시간 동안 소차원이 이루는 대차원을 살아가는 지성들의 삶이 한꺼번에 밀려들고 있는 탓에 의식이 흔들려 머리가 아프다.

하지만 고통은 잠시였고, 얼마 지나지 않아 수월하게 정보를 받아들일 수 있었다.

'아!!'

모든 정보를 인식하자 의식이 확장되기 시작했다.

삼환제령인을 초월해 보다 상위의 격을 가진 의식을 가지게 되었다고 생각했는데, 그것은 내 오만에 지나지 않았다.

이전까지는 선인류라 칭해지는 초월적인 존재들이 가지는 의식의 격과 동일했다면 지금은 절대 의지라 칭해지는 모든 것의 근원이 가지는 의지에 근접하고 있었다.

정보를 모두 인식하자 순환을 거친 두 개의 대차원에 접점이 생기더니 서서히 하나로 합쳐지기 시작했다.

'으음. 아무래도 지금 지구 대차원과 암흑 대차원에서 벌어지고 있는 상황을 보여주고 있는 것 같구나.'

접점이 생기자 대차원을 이루는 소차원들이 서서히 안쪽으로 밀려들어 가더니 하나의 점으로 변했고, 이내 두 개의 대차원이 합쳐져 버렸다.

번쩍!!!

완전히 하나로 합쳐진 후 거대한 폭발이 일어나며 세상을 온통 섬광과 같은 빛이 모든 것을 물들였다.

그렇게 빛이 사라지고 난 후 세상이 변했다.

내 눈 앞에 영화에서나 봤던 우주가 펼쳐지고 있었다.

그것은 내가 익히 알고 있던 우주와는 다른 형태의 우주였다.

두 대차원이 만남은 새로운 우주를 형성하는 빅뱅이었던 것이다.

'두 분은 절대 의지의 흐름을 벗어나 또 다른 절대 의지를 탄생시키려 했던 것이 틀림없다.'

지금 펼쳐진 우주에는 내가 느꼈던 절대 의지의 잔재가 하나도 느껴지지 않는다.

어떤 간섭도 없는 새로운 우주인 것이다.

'내가 지금 여기서 얻은 정보대로라면 두 대차원에서 창조주의 의지를 벗어난 초월자들은 아무것도 모른 채 두 분의 의도에 따라 조종당했던 것이 분명하다. 새로운 우주를 탄생시키기 위해서 말이다. 두 분과 같은 격을 가진 선인류가 찾아온 것도 알고 계셨던 것이 분명하다.'

어쩌면 두 분은 절대 의지의 시야를 묶어 놓기 위해서 나를 탄생시킨 것인지도 모르겠다.

절대 의지가 움직이는 순환계를 벗어나기 위해서 촉매 같은 역할이 필요했을 것이 분명하다.

두 개의 대차원이 하나로 합쳐지는 것은 절대 의지가 차원을 순환시키는 과정과 일치했다.

그렇지만 이 영상과 한 가지 다른 점이 있었다. 절대 의지가 관여하는 순환계는 대차원들이 합쳐지면 그대로 소멸되어 우주를 구성하는 기본적인 에너지로 환원되어 버리지만 두 분이 계획한 것은 달랐다.

소멸하는 것이 아니라 각자 차원 씨앗을 품은 소차원들이 구성하는 새로운 우주를 탄생시키는 것이 목적이었다.

두 분의 계획에 따르면 이제 마지막 과정이 남았다.

빅뱅을 통해 새로운 우주가 탄생시키는 작업이다.

그렇다면 대차원으로 진화하기 위한 차원 씨앗을 품은 수많은 소차원을 탄생될 것이다.

지금까지 눈앞에 펼쳐진 차원 순환계를 보니 차원 씨앗은 지성을 가진 존재만이 품을 수 있는 것이 아니다.

차원 자체도 품을 수가 있고, 그것을 통해 새로운 진화할 수 있다는 것을 알았다.

두 분은 계속되는 진화를 통해 성장하는 우주를 만들려고 모든 것을 계획했던 것이다.

'소멸을 앞당기는 존재로 절대 의지의 선택을 받게 해서 시선을 돌리는 것뿐만이 아니라 걸림돌이 될 존재들을 다른 방향으로 이끄는 것이 내가 할 일일지도 모르겠군.'

지구 대차원과 암흑 대차원의 초월적인 존재들은 절대 의지의 뜻에 따라 자신도 모르게 움직이고 있는 것이 분명했다.

차원이 생성되고 그 위를 살아가게 되면 지성을 가진 존재들이 의지를 가지고 스스로를 증명하기 위해서 움직인다.

그렇게 각자의 욕망과 의지를 실현하는 동안 차원 안에는 이들의 활동으로 에너지가 증가하게 되고, 절대 의지의 순환 법칙에 따라 두 개의 대차원이 합쳐진 후 소멸하면 거대 우주를 이루는 에너지로 복귀하게 된다.

절대 의지는 농부가 작물을 키워 수확하듯 자신을 위해 차원과 초월적인 존재들을 성장시킨 후 에너지가 증가하게 되면 소멸의 법칙을 이용해 에너지를 수확하는 것이다.

두 개의 대차원과 그 안에 존재하는 모든 생명들이 절대 의지의 에너지로 변하기에 두 분은 자신을 희생해 이런 계획을 만든 것이 분명하니 따를 수밖에 없다.

나를 비롯해 사랑하는 사람들과 친구들, 그리고 세상을 살아가는 사람들을 위해서 소멸로 가고 있는 존재들을 두 분이 계획한 방향으로 이끌어야 할 것 같다.

팟!

생각이 정리되자 대차원의 순환계가 시야에서 사라지고 상황실이 보였다.

스페이스의 의지가 담긴 양자컴퓨터가 모니터를 통해 나에게 보여주던 영상도 더 이상 나오지 않고 있었다.

두 개의 대차원을 아우르는 정보와 내가 해야 할 일들을 전한 후 작동을 멈춘 것이다.

'여기는 폐쇄하는 것이 낫겠다. 양자컴퓨터 안에 혹시라도 남아 있는 정보가 있다면 문제가 될 테니까.'

절대 의지는 직접 간섭을 못하지만 연결되어 있는 초월자들이 움직이기 시작했다.

그들이라면 사물에 담긴 기억을 읽는 일이야 아무것도 아니니 모든 것을 지우는 것이 나을 것 같다.

의지가 일자 상황실 내부에 설치된 것들이 내 아공간을 빨려들어온다.

양자컴퓨터의 수명은 끝났지만 장호라면 되살릴 수도 있을 것이고, 상황실에 있는 각종 장비들은 다른 차원의 것들로 만들어진 것이니 쓸모가 아주 많기에 아공간에 담아가기로 한 것이다.

삼환문 내부를 돌아다니며 빌딩 구조물을 제외하고 추가로 설치한 것들을 모두 아공간에 챙겼다.

'깨끗하군.'

방금 지은 건물처럼 아무것도 없는 것을 확인한 후 남겨져 있는 기억들도 모두 지웠다.

내 의지가 서린 작업이었기에 초월자라고 할지라도 여기에서 무슨 일이 벌어졌는지는 알 수 없을 터였다.

'이제 결계만 회수하면 다 끝난다.'

빌딩 외곽을 둘러싼 결계를 해체한 후 비밀 기지로 돌아가면 되기에 에너지 스톤과 마법진을 모두 회수하며 남겨진 기억을 지우고 곧바로 이동했다.

제 3 장

금강산에 있는 비밀 기지에 도착하자 아리가 걱정스러운 표정으로 나를 맞았다.

"잘 다녀왔어요?"

"하하하, 걱정하지 않아도 된다고 했잖아."

"그래도요."

"일단 급하니까 상황실로 가자, 아리."

"그래요."

아리와 함께 상황실로 갔다.

"장문인, 어디를 다녀오신 겁니까? 이모님들과 대적자들은 찾은 겁니까?"

성진이 형이 마음이 급했는지 상황실로 들어서자마자 묻는다.

"대적자들은 무사하고 안전한 곳에 있으니 걱정하지 마."

두 분으로부터 선택받은 대적자들은 대차원의 에너지들이 미치지 않는 공간에 있으니 더할 나위 없이 안전하다.

그것이라면 초월자는 물론이고, 절대 의지도 인식할 수 없는 곳이다.

두 분의 계획대로 된다면 대적자들은 새로 탄생할 새로운 우주에서 소차원을 통제하는 존재가 될 것이다.

"이모님들도 안전한 겁니까?"

"그래, 형. 그러니 그보다는 다른 것을 의논했으면 해."

"다른 일이라니 무슨 말씀입니까?"

"세상을 구하는 일이야."

"으음."

세상을 구하는 일이라는 말에 성진이 형이 신음을 흘렸고, 다른 이들도 알 수 없는 내 말에 다들 의아한 표정이다.

'선인류라는 존재와 절대 의지에 따르는 대차원의 순환계에 대해 알려주면 기겁을 하겠군.'

사람들이 2차 각성을 통해 새로운 존재로 거듭났는데 머지않아 소멸되어 버린다고 하면 다들 경악을 금치 못할 것이다.

우리가 상대해야 할 자들이 초월자들이라는 것을 알면서도 사기가 충천했던 문도들이다.

초월자조차도 어쩔 수 없는 절대 의지에 대해 알게 되고, 앞으로 벌어질 대차원의 소멸에 알게 되면 실의에 빠질 수도 있지만 반드시 알아야 하는 사실이다.

자신도 모르게 절대 의지의 뜻을 따르는 초월자들의 권능과 힘은 아주 강력하다.

상황실에 있는 사람들은 직접 초월자들을 상대해야 했다. 절대 의지에 대해 정확히 파악하고 있어야 잔재가 남지 않도록 깨끗하게 소멸시킬 수 있다.

삼환문의 모든 문도가 나서야 하는 일이다. 자세하게 현재의 상황을 인식시켜야 하는 터라 절대 의지에 대해 설명을 해줘야 했다.

설명을 마치자 현화가 제일 먼저 의문을 드러냈다.

"그러니까 대차원이 합쳐지게 되면 소멸을 하면서 거대 우주를 이루는 에너지로 변한다는 건가요?"

"그래, 현화. 대차원이 성장하는 과정에서 의지를 지닌 존재들이 축적한 에너지는 우주를 지배하는 절대 의지를 성장시키는 원동력이 된다."

"으음, 마치 가축을 키우는 도축업자 같군요."

"맞아."

내가 절대 의지를 농부로 비유했다면 현화는 도축업자로 생각하는 것 같다.

자신의 의지를 따르는 선인류가 창조한 세상의 모든 생명체를 단 한 점의 망설임도 없이 소멸시켜 자신을 성장시키는 밑거름으로 쓰니 어쩌면 도축업자로 비유하는 것이 더 맞을지도 모르겠다.

"자기, 그럼 우리는 어떻게 해야 하는 거예요?"

아리가 눈을 동그랗게 뜨며 말한다.

초월자를 넘어선 후 보다 큰 격을 가진 존재인 절대 의지에 대해서 느끼고 있을 테니 당연한 물음이다.

"대차원의 순환 주기가 막장으로 가는 것을 막아야 해."

"그게 가능해요?"

"충분히 가능해. 지금 소차원의 초월자들은 자신들이 하는 행동이 소멸로 가는 것임을 모르고 있어. 다른 차원을 흡수해 성장한 후 대차원을 만들 수 있다고 생각하고 있으니 말이다."

"어째서 그렇게 생각하는 거예요? 균형을 이루던 다른 차원을 소멸시키면 자신에게도 타격이 온다는 것을 조금만 생각해도 알 텐데요."

"그건 지구 대차원과 암흑 대차원이라는 순환계에 갇혀 있기 때문이다. 두 개의 대차원은 서로 교차하며 에너지의 형태가 짝을 맞추며 변해. 그런데 암흑 대차원의 존재들은 자신들이 진짜 소멸하는 것으로 생각하고 있어. 그래서 지구 대차원의 에너지를 흡수한 후 진화를 통해 살아남으려고 하지. 그런 현상이 두 개의 대차원에 접점을 만들고, 서로 끌어당겨서 합쳐지게 되면 소멸하며 에너지로 바뀐다는 것도 모르고 말이야."

"그럼 암흑 대차원의 존재들부터 제거해야겠네요."

"그래야 할 거야. 그리고 지구 대차원의 존재들 중에 암흑 대차원의 에너지를 융합한 존재들도 함께 제거해야 해. 놈들은 자신을 창조한 창조주 대신 절대 의지를 택한 존재들이니까 말이야."

"무슨 말인지 알겠어요. 하지만 우리가 초월자들을 제거할 수 있을까요?"

"할 수 있다. 두 번째 대변혁이 일어나고 두 대차원이 겹쳐지며 에너지가 융합되었을 때의 초월자들이라면 제거할 수 없었을 테지만 지금은 달라."

"예?"

"지구 대차원과 암흑 대차원을 만든 창조주들이 자신을 희생해 마지막 계획을 실행해서 상황이 달라졌어."

"마지막 계획이요?"

"그래. 지금은 다른 에너지가 두 대차원을 지배하고 있어. 절대 의지도 간섭할 수 없는 에너지가 세상을 떠받치기 시작했기 때문에 초월자들은 본래의 힘을 쓸 수가 없는 상태지. 그러니 충분히 제거할 수 있을 거다."

"에너지가 바뀌었다면 우리도 마찬가지잖아요?"

"다들 한 번 느껴 봐. 자신의 상태가 어떤지 말이야."

"장문인, 저는 변화가 전혀 없는데요. 아니, 조금 더 강해진 것 같기도 합니다."

근호 형이 고개를 갸웃거리며 말했다.

"다들 마찬가지일 거다. 전과 다름없거나, 조금 강해진 것 같은 느낌이거나."

자신의 상태를 살펴본 것인지 내 말에 다들 동의했다.

"우리는 변화된 에너지에 전혀 영향을 받지 않아. 오히려 더 점점 더 강해질 거야. 초월자들을 충분히 제거할 수 있을 만큼 말이야."

"창조주라는 존재들의 마지막 계획에 우리가 포함된 거군요, 장문인."

"맞아. 우리는 창조주들이 남긴 마지막 안배 중 하나다. 그러니 절대 의지가 바라는 대로 움직이지 않도록 초월자들을 제거해야 해. 초월자들이 날뛰면 날뛸수록 에너지 포화도가 높아져 차원 붕괴가 가속화된다."

"알았어요."

"지금 가장 급한 것은 대륙천안이야. 암흑 대차원과 연결된 초월자 중에서 가장 많은 존재들이 거기에 속해 있으니까 말이야."

"장문인, 만만치 않을 거예요. 천주라는 존재의 능력도 그렇고, 자칫 전쟁이 날 수도 있습니다."

현화가 걱정을 드러냈다.

"걱정하지 마. 우리 말고도 대륙천안을 노리는 자들이 있으니 그리 어렵지는 않을 거야."

"중국정부를 말씀하시는 것 같은데, 그들로는 어림없어요. 대륙천안에 힘은 밝혀진 것보다 밝혀지지 않은 것이 더 많으니까요."

"시주석이 이끄는 자들이 준비한 것도 만만치 않아."

"으음, 전에 말씀하신 투사체가 완성됐나 보군요?"

"그래. 대륙천안의 능력자들을 제압할 확실한 수단을 손에 넣었으니 중국정부에서도 이제 움직일 거야. 우리는 그들이 움직이고 난 뒤에 시작하면 되니 준비를 해줘."

"알겠어요, 장문인."

"장호야."

"예, 장문인."

"하드웨어 설치는 끝냈냐?"

"설치는 끝났지만 소프트웨어가……."

장호는 내 지시를 받고 비밀 기지에 양자컴퓨터를 설치하고 있었다.

하드웨어에 대한 부분은 설치가 끝났지만 스페이스가 없으니 소프트웨어는 아직 설치하지 못한 모양이다.

"그건 내가 할 생각이다."

"본문에 있는 양자컴퓨터를 쓰는 것이 낫지 않아요?"

"거기에 있는 건 우리 흔적이 너무 많아서 없애 버렸다. 노출이 된 곳인 이상 초월자들의 타깃이 될 것 같아서 말이다."

"그렇군요. 제가 할 일은 뭔가요?"

"양자컴퓨터가 활성화되면 에너지 패턴을 검색해 우리가 제거해야 될 자들을 찾아라. 대류천안에 대한 작전이 끝나면 곧바로 다른 존재들에 대한 제거 작업도 시작해야 할 테니까."

"염려하지 마세요, 장문인. 양자컴퓨터만 다시 설치되면 다른 존재들을 찾는 것에는 큰 문제가 없습니다."

"그래. 믿고 맡기마. 마도 네트워크를 어떻게 활용하느냐가 우리 계획의 성공 여부를 판가름하니 수고해다오."

"알겠어요, 장문인."

장호의 대답을 듣고 모인 이들을 둘러봤다.

"다들 준비를 언제든지 움직일 준비를 해줘. 힘든 싸움이 될지도 모르니까 마음의 준비도 단단히 해두고. 필요한 정보들을 지금부터 보낼 테니 다들 숙지하도록 해."

"알겠습니다, 장문인!!!"

세상이 다시 변했다. 대차원을 파멸로 이끌고 있는 존재들을 우리만 제거할 수 있다고 생각했는지 대답들이 힘찼다.

　　　　◈　　　　◈　　　　◈

　마법 투사체가 완성이 된 후 에너지 스톤의 수급에 문제가 생겼지만 하오문의 도움으로 필요한 양을 공급받자 시천종은 전격적으로 움직였다.

　무림을 형성하는 세가들과 봉문을 하고 있던 문파들이 일제히 움직이기 시작했고, 중국 내에 있는 대륙천안의 기지들을 습격했다.

　2차 대변혁 이후 모든 사람들이 각성을 하기는 했지만 일반인들은 자신이 가진 능력을 제대로 발휘할 수 없는 반면, 무인들은 물론이고 자신이 키운 이들의 능력은 예전의 각성자들 못지않았기에 시천종의 작전은 성공을 거두었다.

　A급 이상의 수많은 무인들이 기습을 한데다가 능력자가 만들어내는 에너지 배리어를 단번에 뚫을 수 있는 마법 투사체까지 있어 대륙천안의 비밀 기지에 있는 자들을 모두 제거할 수 있었다.

　그러나 전격적인 기습임에도 빠져나간 자들이 있었다.

　그동안 수집한 정보를 바탕으로 제거한 자들을 비교한 결과 S급 능력자는 단 한 명도 없었다.

　"어떻게 하실 겁니까?"

"어디로 숨었는지 아직 찾아내지 못했으니 상황을 지켜보는 수밖에 없다."

시천종의 말에 호태용은 마음이 답답했다.

철저하게 감시하며 작전을 펼쳤는데도 요주의 인물들은 모두 빠져나갔고, 그들이 언제 반격을 해올지 몰라서였다.

"헌원화, 그 늙은 놈은 우리를 물어뜯으려 할 겁니다. 당하고는 절대 못 참는 성미니 말입니다."

"그렇겠지. 우리도 정보망을 가동하고 있고 하오문도 움직이고 있으니 조만간 놈이 어디 있는지 알 수 있을 거다."

"으음, 그런데 어떻게 알았을까요? 우리가 그곳으로 갔을 때 보니 오래 전에 자취를 감춘 것 같은데 말입니다."

헌원화를 제거하려 시천종과 함께 지하 궁전을 갔던 호태용이 의문을 드러냈다.

지하 궁전으로 갔을 때 살펴본 바로는 헌원하가 그곳을 떠난 지 오래되었기 때문이다.

"모르지. 하지만 뭔가 꾸미고 있는 것은 분명하다. 놈의 휘하에 있는 S급 능력자들도 오래전에 모습을 감춘 것 같으니 말이다."

"헌원화, 그놈을 찾을 때까지는 경계를 강화하고 대비를 하고 있어야겠군요."

"그래. 이번에 움직여서 알고 있겠지만 능력자들의 수준이 현저히 떨어졌다. 전에 비하면 거의 반 정도 수준밖에 능력을 발휘할 수 없게 됐지만, 그건 헌원화 그놈도 마찬가지일 거다. 하지만 워낙 감추는 것이 많은 놈이니 대비를 하는 것이 최선일 거다."

"염려하지 마십시오. 모습을 드러내는 순간이 놈의 최후가 될 테니 말입니다."

"믿으마. 그나저나 아이들은 어떠냐?"

"놀라울 정도로 성장하고 있습니다. 마도 네트워크에서 내려받은 마력 코인이 이번 변화에 완벽하게 적응하도록 해주는 것이 틀림없습니다."

2차 대변혁 이후 세상이 변하면서 권능을 가지게 되어 기뻤던 것도 잠시였다.

대륙천안의 비밀 거점들을 기습하며 헌원화의 손발을 자르는 작전을 실시하던 중에 갑작스럽게 변화가 일어났다.

가지고 있는 능력을 반 정도밖에 사용할 수 없을 뿐만 아니라 품고 있는 에너지가 고갈되는 것을 느끼고 절망하지 않을 수 없었다.

세상의 기반이 되는 에너지가 변화를 일으켜 보충이 되지 않았다. 능력을 계속 사용하게 되면 얼마 지나지 않아 힘을 잃는다는 것을 깨달았기 때문이다.

헌원화를 놓치게 된 것도 그 때문이었다.

성공하리라는 확신이 들지 않았기에 지하 궁전을 급습하는 시기를 늦춘 탓에 헌원화가 모습을 감출 수 있는 시간을 주어버린 것이다.

오랜 세월동안 숨을 죽이며 준비한 대계가 실패할 수도 있다는 생각이 들 무렵 하오문으로부터 반가운 소식이 들려왔다.

마력 코인을 사용하게 되면 각성한 능력자의 에너지 기반이 바뀌어 예전의 능력을 찾을 수 있다는 소식이었다.

하오문이 알려준 대로 마도 네트워크에 접속해 가지고 있는 마력 코인을 다운받았다.

차원통제사들이 차원을 넘나들 때처럼 네트워크상에 있는 마력 코인을 대상자를 지정해 다운받자 의식 내부로 흡수가 되었다.

마력 코인을 사용하자 놀라운 일이 벌어졌다.

가지고 있던 에너지가 지금 지구를 감싸고 있는 에너지 형태로 바뀌었고 어느 정도 능력을 되찾을 수 있었다.

마력 코인 하나로 능력을 모두 회복하는 것이 아니었다.

보유하고 있는 마력 코인의 양을 확인해 보았는데 능력을 완전히 회복하기 위해서는 수가 너무 부족했다.

급하게 돈이 얼마가 되었든 마도 네트워크를 통해 마력 코인을 사려고 했지만 살 수가 없었다.

하오문이 자신에게 알려온 소식은 마도 네트워크에서 이미 알려져 있는 것이었기 때문이었다.

비록 일부분이기는 하지만 2차 대변혁이 일어나기 전까지만 해도 심심치 않게 거래 되었지만 이제는 거래 자체가 되지 않았던 것이다.

팔려는 사람은 하나도 없고 사겠다는 사람만 넘쳐나고 있는 상황이다.

"아이들에게 마력 코인을 준 주환의 행방은 찾았나?"

"행방을 전혀 알 수 없습니다."

마력 코인 문제가 떠오르자 서태진은 자신에게 3,000개나 되는 마력 코인을 건넨 주환에 대해서 보고를 했다.

상당한 양을 아무렇지 않게 건넸던 것을 보면 상당한 양의 마력 코인을 가지고 있을 것이 분명하다는 보고였다.

사업구상을 위해 여행을 할 것이라는 이야기를 들었다는 서태진의 말에 호태용을 시켜 주환에 대한 조사를 하도록 시켰지만 행방이 묘해 찾지 못한 모양이었다.

"하오문 쪽에서는 어떤가?"

"창투의 관리를 맡고 있는 하오문의 총사도 주환의 행방을 모르는 것 같습니다."

"창투의 관리를 맡겨놓고도 어디 있는지 알려주지 않았다는 건가?"

"그건 아닙니다. 마지막 연락이 온 곳은 한국이라고 합니다.

하지만 지금은 알 수가 없다고 하더군요."

"그자를 찾아야 하는데 마지막으로 있었던 곳이 한국이라니 골치 아프군."

필승이라고 자신했던 중한 전쟁의 철저한 패배감을 안겨준 나라가 한국이었다.

전쟁도 전쟁이지만 대륙천안이 정보전에서 철저하게 당하는 것을 보면서 한국의 국가정보원의 무서움을 절실히 느꼈던 터라 시천종은 한국으로 사람을 보낼 수 없다는 것이 안타까웠다.

대륙천안을 말살하기 위해 칼을 든 상태에서 그보다 무서운 적을 만드는 것은 절대 해서는 안 될 일이었기 때문이다.

"연락이 올지 모르니 하오문의 총사란 아이를 확실히 챙기도록 해라. 주환이라고 하는 자가 가지고 있는 마력 코인이 얼마가 될지는 모르지만 그걸 얻는다면 판도를 우리에게 유리하게 만들 수 있을 테니 말이다."

"알겠습니다."

호태용에게 지시를 내린 시천종은 상황실을 떠나 자신의 아들이 이끄는 천화단이 수련하는 곳으로 향했다.

천화단은 대륙천안에 의해 수천 년간 농락되고 있는 대륙의 지배권을 되찾아오고 중화의 기상을 회복하기 위해 만든 조직으로 시천종이 주석으로 재직하는 동안 만들어온 비밀 조직이었다.

대륙천안의 비밀 거점을 제거하는 데 제일 앞장서서 활약했을 뿐만 아니라, 그동안 확보한 마력 코인을 통해 3차 대변혁이라 불리는 에너지 변화 후에 능력이 급격히 향상되어 앞날이 기대되는 천화단이었다.

수십 개의 인식 차단 장치를 설치해 비밀이 새어나가지 않도록 보안을 강화한 수련장은 시천종이라 할지라도 열 겹의 보안 장치를 통과해야 들어갈 수 있었다.

'으음, 통로인데도 이 정도의 기운이라니, 다들 열심히 수련하는 모양이군.'

천화단원들은 자신만의 개별 수련장에서 수련을 하고 있었다. 외부와는 완전히 차단되었음에도 통로에는 심상치 않은 기운이 감돌고 있었다.

막대한 에너지 스톤을 투입하여 고대로부터 내려오는 각종 진법을 구현해 놓은 수련장에서 천화단원들은 가부좌를 한 채 각자의 능력을 끌어 올리는 중이었다.

에너지를 집적해 대상자에게 주입하는 것은 물론이고, 단원들이 가지고 있는 능력의 특성에 맞게 맞춤형으로 베풀어진 진법이 효과를 발휘하고 있는 것이다.

'마법 투사체를 가지고 있고, 거기에다가 변화된 에너지를 이 정도로 다루는 실력이라면 해볼 만하다. 더군다나 고유 특성에 맞는 무공까지 완성을 할 수 있다면 중화의 기상이 세계를

뒤덮는 것은 아무런 문제도 아니다.'

자신의 아들이 수련을 하고 있는 곳으로 가기 위해 통로를 걸어가며 천화단원 하나하나가 자신에 육박하는 능력을 가지게 됐음을 느낀 시천종은 흐뭇하기 그지없었다.

시영후의 수련장에 도착한 시천종은 수련장 문을 통해 흘러나오는 아들의 기세를 살폈다.

다른 곳과는 달리 기세가 미약한 것을 느낀 시천종의 인상이 찌푸려졌다.

'영후야, 아무리 네가 내 아들이라고 해도 실력이 뒤진다면 너는 저들의 수장이 될 수 없을 것이다.'

그리 기대를 했건만 실망스러운 결과였다.

'으음?'

아들의 성취에 실망을 느낀 발걸음을 돌리려는 순간, 시천종은 문에서 흘러나오는 기세가 갑자기 사려졌다는 것을 느낄 수 있었다.

— 들어오십시오, 아버님.

— 텔레파시냐?

— 혜광심어입니다.

— 무공을 완성한 것이더냐?

— 그렇습니다.

각성한 능력을 갈무리하는 것을 넘어 무공까지 완성했다는 아들의 대답에 시천종은 가슴이 두근거렸다.

다른 단원들보다 성취가 더딘 것이 아니라 한참을 앞서가고 있다는 반증이었기 때문이다.

문을 통해 나오는 기세가 희미했던 것도 완성을 향해가면서 가지고 있는 능력이 갈무리되어 그런 것이었다.

— 어느 정도면 마무리를 할 수 있는 것이냐?

— 사흘이면 될 것 같습니다. 단원들도 열흘 정도면 익히고 있는 무공들을 완성할 수 있을 겁니다.

— 사, 사실이더냐?

— 그렇습니다, 아버님. 아무래도 마력 코인을 더 확보해야 할 것 같습니다.

— 마력 코인을 말이냐?

— 능력을 사용하는 에너지뿐만 아니라 내공까지 늘려주는 것이 확실합니다.

— 으음, 알았다. 최대한 확보해 보도록 하마.

— 고맙습니다. 그럼 열흘 후에 뵙겠습니다.

— 알았다.

'하오문에게만 맡겨 놓을 일이 아니다.'

시천종은 곧바로 발걸음을 돌려 호태용에게로 갔다.

에너지 변화가 시작된 지 채 한 달이 지나지 않았는데 각성한 능력을 완성하는 것은 물론이고, 무공까지 완성했다면 수단과 방법을 가리지 않고 마력 코인을 확보해야 했다.

마도 네트워크에 정보가 게시된 후 유통되던 마력 코인의 씨가 마른 이상 주환이라는 인물을 확보하는 것이 무엇보다 중요했다.

마지막 연락이 한국이었다는 것을 보면 자신들에게 숱한 패배를 안겨준 국정원에서 주환의 존재를 알고 확보했을 가능성도 있었다.

국정원과의 충돌을 감수하고라도 어떻게 된 일인지 확인을 해봐야 할 일이었다.

시천종이 마력 코인을 확보하기 위해 분주하게 움직이기 시작한 것처럼 마도 네트워크에 게시된 정보로 인해 전 세계의 능력자 조직과 정부 조직들도 바쁘기는 마찬가지였다.

에너지 변화가 시작된 후 마도 네트워크에 올라온 정보에 따르면 마력 코인은 총 9,000만 개가 한계 수량이라고 나와 있었다.

그리고 마력 코인의 사용 방법과 어떤 효과가 있는지에 대해서도 언급이 되어 있었다. 에너지 적응도를 높이는 것은 물론이고, 각성한 능력을 획기적으로 증가시킨다는 것도 나와 있었다.

연이은 두 번의 큰 변화로 갑작스럽게 에너지 기반이 변하면서 각성자들의 능력이 현저하게 떨어지자 갈팡질팡하던 각국 정부와 이면 조직들은 마력 코인을 사용했고, 정보가 사실이라는 것을 확인하고는 마력 코인 확보에 전력을 기울이고 있었다.

그러나 마력 코인을 확보하는 것은 쉬운 일이 아니었다.

마도 네트워크는 초월자라도 해킹할 수 없었던 터라 누가 마력 코인을 가지고 있는지 알 수가 없는 상황이고, 알고 있다고 하더라도 이미 자신을 위해 마력 코인을 써버린 터라 확보를 할 수 없었던 것이다.

그것은 대한민국이 국가정보원도 마찬가지였다.

국가정보원장인 강상진은 마도 네트워크의 정보를 확인하자마자 공식적으로 사용할 수 있는 마력 코인을 7국을 제외한 수하들에게 제일 먼저 사용했다.

그리고 미래를 대비하기 위해 자신이 확보해 놓은 마력 코인을 제7국과 다른 생각을 가지고 있는 요원들 모르게 믿을 만한 이들에게 사용했다.

7국과의 연락이 두절된 것과 지구의 상황이 심상치 않다는 판단에 과감하게 사용할 수 있었던 것이다.

그런 그의 판단은 틀리지 않았다는 것을 머지않아 확인할 수 있었다. 자신이 비밀리에 육성하고 있는 요원들의 성장세가 아주 빠르다는 보고를 들을 수 있었다.

'7국의 요원들이 임무 수행으로 차원 경계를 넘어 능력을 사용할 때 필요한 마력 코인의 수급을 통제한 것이 신의 한 수였다.'

2차 대변혁과 에너지의 변화로 골머리를 앓고 있었는데, 강상진은 그동안 걱정해 온 7국이 불러올 사태를 방지할 해결책을 마련할 수 있다는 사실에 고무되었다.

다른 차원에서 능력을 발휘하기 위해서는 에너지를 변화시켜야 한다. 마력 코인은 변환기 역할을 했다.

초월의 영역에 들어선 자라면 마력 코인을 사용하지 않고 어느 정도 능력이 깎여도 문제가 없었다.

하지만 그렇지 못한 자들, 심지어 S급 능력자라고 하더라도 마력 코인이 필요했다.

차원을 넘나드는 7국의 움직임이 심상치 않아 통제하려는 생각으로 자신이 직접 수급을 관리한 덕분에 예상치 못한 기회를 가지게 되었다.

'7국 김민호 차장 위에 누가 있는지 모르지만, 놈도 마력 코인을 가지고 있었을 것이 분명하지만 그것도 한계가 있다. 내가 철저하게 통제를 했으니까. 더군다나 마도 네트워크의 특성상 확보할 수 있는 양도 그다지 많지 않았을 테고.'

어느 정도는 비밀리에 확보를 하고 있었다고 해도 다른 소차원으로 가서 음모를 꾸미려면 마력 코인을 사용했을 테니 얼마 남지 않았을 것이라고 강상진은 확신했다.

'이제부터가 중요하다. 최대한 마력 코인을 확보해야 한다. 7국의 음모를 분쇄시킬 수 있는 전력을 만들어야 한다.'

마력 코인을 사용한 요원들에 대한 분석 보고서를 먼지로 만들며 다음을 준비하기 시작했다.

　지금까지의 정보로 볼 때 이번 변화로 인해서 7국은 타격을 입지 않았다고 봐야 했다.

　일반적인 능력자의 전력이 무서운 것이 아니라 수가 파악이 되지 않는 초월자가 문제였기 때문이다.

　일반적인 전력을 제외한다고 해도 비교해 봤을 때 전력이 확실히 떨어지는 터라 마력 코인의 확보가 최우선이었다.

　알 수 없는 미지의 공간 속에 가부좌를 틀고 앉아 있는 존재가 있었다.

　나신으로 앉아 있는 그의 모습은 무척이나 특이했다.

　마치 흑인처럼 전신이 온통 검었는데 피부가 흑인 특유의 탄력이 보이지 않고 금속으로 된 것처럼 보였다.

　얼핏 보면 로봇처럼 보였지만 로봇은 아니었다.

　전신이 미세하게 꿈틀거리자 조금씩 색이 옅어지며 인간의 피부로 변해가고 있었기 때문이었다.

　가부좌를 틀고 있는 존재는 지하 궁전을 떠나 자신의 아지트로 온 대륙천안의 주인인 헌원화였다.

전과는 다른 모습을 한 채 앉아 있는 이곳은 그가 가지고 있는 힘의 근원이 잠자고 있는 곳이었다.

헌원화는 지금 이곳에서 자신에게 권능의 힘을 전한 디바인 마크를 흡수하고 있는 중이었다.

디바인 마크를 전부 흡수하게 되면 완벽하게 새로운 존재로 거듭나기에 자신이 가진 에너지와 새롭게 구성되고 있는 육체의 융합시키는 데 전력을 기울이고 있는 중이었다.

어느덧 디바인 마크의 9할을 흡수했고, 이제 1할도 채 남지 않은 상황이라 무리하지 않아도 자연적으로 흡수가 될 테지만 헌원화의 마음은 급했다.

짓지도 못할 것이라 생각했던 하등한 존재들이 배신을 했지만 디바인 마크를 흡수하느라 움직일 수 없는 상황이었기 때문이다.

완벽한 초월자, 하등한 존재들에게 신이라 불리는 존재가 되기 위해 비밀 거점들이 떨거지들에게 털리는 것을 알면서도 가만있을 수밖에 없었다.

'이제 얼마 있지 않아 나는 완벽해진다. 기다려라. 주인을 물어뜯은 개들의 말로가 어떤지 보여줄 테니⋯⋯.'

수천 년 대륙을 지배했던 근간이라고 할 수 있는 비밀 거점들과 수하들이 사라지고 있었지만 걱정하지 않았다.

시천종이 어떤 생각을 하고 배신을 했는지는 모르겠지만, 자신이 초월자가 되기만 하면 단번에 쓸어버릴 수 있기 때문이었다.

대륙천안의 수장답게 헌원화는 침착함을 되찾으며 에너지와 육체를 융합하는 데 집중했다.

검었던 헌원화의 몸이 점차 제 색깔을 찾아갔다.

주름이 자글거리던 그의 피부는 탄력이 넘치기 시작했고, 강력한 기세를 뿜어냈다.

조금 전과는 달리 성스러움과 광폭함을 함께 담은 기운이 흘러나오고 있었다.

디바인 마크로 신격을 담을 만한 육체를 완성하는 것과 동시에 그 안에 담겨 있는 다섯 존재의 정보를 흡수할 수 있었기 때문이었다.

'이제 조금만 더 흡수하면 된다. 조금만…….'

융합이 거의 끝나 감을 느끼며 헌원화는 새롭게 구성된 자신의 육체에 의지를 부여하기 시작했다.

그리고 마침내 신이라 불렸던 존재와 같은 권능과 육체를 얻을 수 있었다.

'서, 성공이……!'

"커억!!!"

오랜 염원이 이루어졌다는 기쁨도 잠시, 헌원화는 피를 토하며 앞으로 쓰러졌다.

"으으으……."

큰 타격을 받은 듯 신음과 힘겹게 몸을 일으키는 헌원화의 입가로 가느다란 핏줄기가 흘러내렸다.

"크으윽, 어떤 놈인지 모르지만 분명히 세상을 뒤틀었다. 콰드득!"

디바인 마크의 모든 것을 얻어 자신이 원하는 존재가 되었지만 완성이 되는 순간에 세상이 변했고, 그로 인해 자신이 타격을 받았다는 것을 깨달은 헌원화는 이를 갈았다.

초월자가 되기는 했지만 누군가 세상을 비틀어 버린 탓에 세상의 기반이 되는 에너지가 바뀌어 원하는 권능을 손에 쥐었어도 위력이 반도 되지 않았던 것이다.

"집 지키는 개가 이 정도의 일을 벌일 수는 없었을 것이다. 분명 초월적인 존재가 간섭을 했을 것이다. 창조주들은 이미 세상에서 사라져 버렸으니 말이다. 으음, 암흑 대차원에서 다른 놈이 넘어오기라도 한 건가? 아무래도 안 되겠군."

헌원화는 자신에게 정보가 너무 없다는 것을 인식했다.

초월자가 되기는 했지만 권능에 제약이 걸려 세계에 자신의 의식을 드리울 수 없었다.

자신이 예측할 수 없었던 변화가 세상에 찾아왔지만 아무것도 알지 못한다는 것은 위험을 자초하는 일이기에 헌원화는 곧바로 미지의 공간을 나섰다.

비밀 거점은 사라졌지만 자신을 따르는 이들은 아직 많았기에 어떻게 된 일인지 알아봐야 할 때였다.

　헌원화는 자신이 가진 에너지의 파장을 완벽하게 감춘 후에 베이징으로 향했다.

　공간 이동을 할 수도 있지만 그렇게 움직이면 에너지 파장이 읽혀져 시천종에게 곧바로 발각이 될 것이기에 기차를 이용해 목적지로 갈 수 있었다.

　북경 중심가의 한 상가 안에 있는 마련한 자신밖에 모르는 안가에 도착한 헌원화는 자신의 권속들에게 텔레파시를 보냈다.

　― 시천종의 움직임을 비롯해 지금 어떤 상황인지 보고를 해라.

　― 예, 천주! 나누어서 보고를 드릴까요?

　초월자가 되기 전과는 달리 의식에 과부하 없이 정보를 한 번에 전달받을 수 있었다.

　― 아니다. 한 번에 보내도 된다.

　― 경하 드립니다.

　― 쓸데없는 소리 말고 정보나 보내라.

　― 예!!

　들뜬 수하의 대답을 일축한 헌원화는 보내오는 정보를 인식했다.

　대륙천안의 눈은 세계 곳곳에 깔려 있다.

화교가 있는 곳이라면 헌원화에게 정보를 전하는 권속들이 활동하고 있는 까닭이다.

시천종이 문제를 일으키리라는 것은 예전부터 짐작하고 있었기에 어느 정도 대비가 되어 있었던 터라 한국과의 전쟁 이후 권속들의 역량을 세계 정황을 알아보는데 집중시켰던 헌원화였다.

권속들이 전해온 정보를 인식하고 보니 자신의 예상과는 많이 달랐다.

'이 세계에 직접 간섭을 할 수 없는 창조주는 아닐 테고. 그들도 아니라면, 도대체 누가⋯⋯.'

자신만 이상이 있는 줄 알았는데, 정보를 통해 암흑 대차원과 엮인 존재들은 하나같이 제 능력을 발휘하지 못한다는 사실을 알게 되었다.

경쟁자가 벌인 일이라고 생각했지만, 그것이 아닐 수도 있다는 생각에 고심이 깊어졌다.

'어차피 이제는 무한 경쟁이다. 권능을 제대로 발휘하려면 변해 버린 세상에 적응을 해야 한다. 마력 코인이라는 것을 통해 이제 바뀌어 버린 에너지와 동화될 수 있다고 하니 그것부터 확보하고 보자.'

세상이 변한 이유를 알 수 없지만 자신의 문제를 해결할 수단이 있다는 사실에 헌원화는 시천종처럼 마력 코인을 확보하기로 했다.

　― 확보한 마력 코인은 얼마나 되는 것이냐?

　― 백 개 정도 있습니다.

　― 바로 보내도록 해라.

　― 예, 천주님. 마도 네트워크에 접속하시면 바로 받아보실 수 있습니다. 그리고 사용하는 방법에 대해서는 정보가 떠 있으니 참고하시면 될 겁니다.

　― 알았다.

　헌원화는 안가에 설치된 컴퓨터를 켜고 마도 네트워크에 접속을 했다.

　헌원화는 핫이슈가 되어버린 마력 코인의 사용법부터 먼저 확인했고, 권속이 보내온 정보와 다르지 않다는 것을 알 수 있었다.

　'언제 봐도 불가사의하군.'

　몇 번 접속을 해봤지만 어떻게 구성되어 있는지, 어디서 운영을 하고 있는지 도대체 알 수가 없는 네트워크였다.

　대륙천안에서도 파악하지 못하는 각 차원의 정보가 게시되는 것은 물론이고, 이질적인 에너지를 세상과 동화시킬 수 있는 힘을 가지고 있는 마력 코인을 유통시킬 수 있다니 신비감은 더욱 커졌다.

　'어쩌면 어렴풋이 느껴졌던 그것이 실재할 수도 있다.'

찰나지만 초월자가 되자마자 정신이 흔들렸고 내상을 입어야 했다.

에너지의 변화로 인해 의식이 흔들린 탓이라고 생각했는데, 지금 와서 생각해 보니 그로 인해서가 아니었다.

디바인 마크에 담긴 다섯 존재의 정보를 모두 얻고 초월자로 거듭난 직후 희미하게 느껴진 존재가 있었다.

창조주보다 훨씬 더 높은 격의 존재감이 느껴졌다. 그 존재가 벌인 일이 틀림없었다.

'이 세상의 변화도 그렇고, 마도 네트워크와 마력 코인이라는 것도 내가 느낀 존재가 만든 것일지도 모르겠군. 일단 마력 코인부터 확인해 보자.'

헌원화는 마도 네트워크에 있는 자신의 계정에 마력 코인이 있음을 확인할 수 있었다.

'겨우 100개밖에 없다는 건가? 하긴, 각국 정부에서 엄격히 통제를 하고 누가 가지고 있는지 확인할 수 없었으니 권속들도 많이 확보할 수 없었던 모양이군. 어디!'

한원화는 게시된 정보대로 정신을 집중하자 의식 안으로 마력 코인을 내려 받을 수 있었다.

"으음."

내력받자 마자 자신이 가진 에너지가 이 세상을 이루는 기반 에너지에 맞추어 변하기 시작했다.

반 정도의 권능을 발휘할 수밖에 없는데다가 불안정하기까지 해서 고심이 컸는데, 남아 있는 에너지들이 전부 변화하자 안정을 되찾았다.

　그렇지만 초월자가 된 직후 느꼈던 충족감에는 한참이나 못 미쳤다.

　'정말 아쉽군. 이런 것인 줄 알았다면 손을 미리 써 놓는 것인데……'

　워낙 시천종의 통제가 심하기에 권속들이 가지고 있는 양이 얼마 되지 않아 아쉬웠다.

　'지금이라도 확보하면 된다.'

　권속들이 가지고 있는 양은 적지만 그들이 관리하고 있는 유물 능력자나 진성 각성자라면 차원통제사가 된 후를 생각해 마력 코인을 모아놨을 확률이 높았다.

　각자 가지고 있는 양은 얼마 되지 않겠지만 한곳으로 모은다면 자신의 권능을 회복하기에 충분한 양을 확보할 수 있을 것이라는 생각이 들었다.

　더군다나 화교라는 거대 커뮤니티를 활용한다면 더 많은 양을 확보할 수 있을지도 몰랐다.

　─ 지금부터 마력 코인에 대한 정보를 파악한 후 수단과 방법을 가리지 말고 확보해 나에게 보내라.

　─ 알겠습니다, 천주.

― 시천종보다 앞서야 한다.

― 알겠습니다.

권속의 대답을 들으며 헌원화는 불안한 마음을 가라앉힐 수 있었다.

얼마나 확보할지는 모르지만 자신의 권능을 회복시킬 수 있을 만큼은 될 것이라는 생각이 들었기 때문이다.

스르르르르

헌원화의 모습이 변하고 있었다.

자신의 모습을 바꾼 헌원화는 안가를 나섰다.

시천종의 배신을 부추기고 대륙에 있는 비밀 거점을 없애는 데 일조한 하오문을 없애기 위해서였다.

자신이 가진 에너지를 새롭게 바뀐 세상과 동화시킨 터라 시천종에게 꼬리를 잡힐 리는 없기에 대륙천안에 오랫동안 저항해 온 자들을 이번 기회에 제거하기 위해서다.

권속들이 전한 정보를 통해 하오문주가 있는 위치를 파악한 터라 반드시 제거할 수 있을 터였다.

'으음.'

북경의 거리는 전과는 달리 활기가 넘쳤다.

경제 사정이 좋아지고, 도시가 부유해지면서 생겨났던 것과는 질적으로 다른 활기였다.

1차 대변혁으로 본성을 각성하고, 2차 대변혁으로 능력자가 된 것 때문일 터였다.

'머지않아 내가 만든 세상을 떠받치게 될 테니 지금은 그냥 두마.'

자신을 신으로 떠받들어야 할 미천한 존재들이 능력자가 되었다는 사실이 못마땅했지만 권능만 회복하면 고개를 조아릴 존재들이었기에 무시해 버렸다.

다들 각성해 능력자가 되었지만, 사회 시스템은 여전히 돌아가고 있었기에 헌원화는 도로로 나와 지나가는 택시를 잡아타고 오룡대반점으로 갔다.

제 4 장

10여 분이 흐른 후 북경 시내를 가로지른 헌원화는 오룡대반점에 도착할 수 있었다.

　"도착했습니다.

　"알았소. 으음."

　요금을 지불하고 차문을 열고 내리려던 헌원화는 오룡대반점을 감싸고 있는 어마어마한 에너지를 느끼며 터져 나오려는 신음을 삼켰다.

　"안 내리십니까?"

　"깜빡 놓고 온 것이 있어서 그러니 내가 이 차를 탔던 곳으로 돌아갑시다."

"그렇군요. 그럼 모시겠습니다."

헌원화는 내리기 위해 내딛었던 발을 도로 택시 안으로 넣고 왔던 곳으로 돌아갔다.

'예사 결계가 아니다. 새롭게 변한 세상에서 저 정도의 결계를 형성할 수 있는 에너지를 움직일 수 있다면 이번 변화를 주도한 존재와 관계가 있는 것이 틀림없다.'

하오문과 관련이 있을 것으로 보이는 미지의 존재에 대해 의문이 생겼다.

'그렇다고 어찌할 수 없는 결계는 절대 아니다. 권능만 회복한다면 단번에 부술 수 있는 것이다. 후후후, 재미있군. 세상을 변화시킨 존재가 누구인지 모르지만 이 세상을 자신의 판으로 만들려고 하는 것 같으니까 말이야.'

대차원들을 창조한 창조주만이 에너지 기반을 바꿀 수 있지만 헌원화는 창조주들이 간섭할 수 있는 힘을 잃었다는 것을 알고 있었다.

이 세상의 변화가 창조주가 만들어낸 것이 아니라면 다른 초월자가 그리했을 것이다.

'마음이 급하지만 아직은 어떤 존재인지 모르니 상황을 지켜봐야겠군. 후후, 네놈들의 목숨 줄을 끊는 것은 잠시 늦추어 두도록 하마.'

창조주가 아님에도 그럴 수 있다는 것은 그만큼 대차원의 기반이 불안정하다는 뜻이기에 헌원화는 마력 코인을 확보하는 것과 동시에 자신의 존재를 숨기기로 했다.

하오문이나 자신을 배신한 시천종을 처벌하는 것보다는 마력 코인을 통해 권능을 회복한 후 세상에 영향을 끼친 존재를 찾아 제거하는 것이 먼저였기 때문이다.

하오문에 쳐진 결계를 보면 세상을 변화시킨 존재와 관련이 있을 것이 분명하기에 기회는 얼마든지 있었다.

'어떤 놈인지 모르지만 하오문과 연이 닿은 것이 분명하니 권능을 전부 회복하면 충분히 제거할 수 있을 것이다. 그리고 놈이 가진 권능을 흡수해 이 세상의 나에게 맞게 에너지를 변화시키면 내가 바라는 모든 것을 얻을 수 있다.'

다른 존재들과 달리 다섯 초월자의 권능을 손에 쥔 헌원화로서는 또 다른 기회였다.

기반 에너지를 변화시킴으로써 권능을 제약하면 큰 피해를 보지 않고 두 개의 대차원을 손에 쥘 수 있을 것이기 때문이다.

문도들에게 준비를 시키고 마도 네트워크에 마력 코인에 대한 정보를 풀었더니 불 맞은 메뚜기마냥 각국 정부는 물론이고, 능력자 조직들이 비상이다.

차원을 넘어가 마력 코인을 사용했을 때처럼 자신이 가진 에너지를 동화시킬 수 있으니 그럴 만도 할 것이다.

'하지만 얻는 것이 쉽지는 않을 것이다.'

지금까지 차원을 넘나들며 차원통제사들이 사용한 마력 코인의 양은 대략 4,500만 개다.

샴발라에서 각성한 이들의 숫자가 얼추 10만 명 정도고, 차원통제사로 활동하는 존재들은 1만 명 내외니 엄청나게 써 댄 것이다.

지금쯤 마력 코인을 낭비한 사실을 깨닫고 엄청난 후회를 하고 있을 것이 분명했다.

'남아 있는 것들도 대부분 나에게 있으니 구할 수 있는 것은 거의 없을 것이다.'

중국에서 돌아온 이후 지속적으로 모아왔지만 워낙 물량이 없어 2만 개 정도만 더 구할 수 있었다.

그래도 내가 가지고 있는 마력 코인의 수가 4,000만 개를 넘었다.

거기다가 문도가 된 해결사들 중 유물 능력자들이 가지고 있는 마력 코인도 상당하다.

실현되지 못할 꿈이라는 것을 알면서도 차원통제사가 되어 다른 차원으로 갈 수 있을지도 모른다는 열망 하에 해결사들이 모아놓은 것이 대략 300만 개가 넘었다.

이제 내 통제를 벗어난 마력 코인은 대략 200만 개다.

내가 마도 네트워크에 올린 정보를 보고 대부분 마력 코인을 사용했을 테니 삼환문이 보유하고 있는 것 말고는 남아 있는 것이 없다고 해도 과언이 아닐 것이다.

두 분이 남긴 최후의 안배로 인해 절대 의지가 정한 인과율에서 벗어난 형태의 에너지가 대차원을 지배하는 상황이니 다른 존재들은 마력 코인을 쓰지 않을 수 없었을 것이다.

그렇지만 각성한 문도들의 능력을 강력하게 강화할 수 있음에도 나는 마력 코인을 사용하지 않았다.

마도 네트워크에 올린 정보가 다가 아니기 때문이다.

마력 코인이 단순히 능력을 강화하는 용도로만 쓸 수 있는 것이 아니다.

마력 코인의 진짜로 사용되어야 하는 시기는 앞으로 일어나게 될 빅뱅의 순간이다.

이 우주를 관장하는 절대 의지의 순환계를 따르지 않는 새로운 우주가 창조된 뒤다.

마력 코인의 숫자를 감추지 않고 정보를 공개한 것은 이유가 있다.

나에게 선인류를 보내 정보를 전한 것을 보면 절대 의지가 두 분의 계획을 알고 있는 것이 분명하다.

정보를 전했음에도 내가 따르지를 않으니 지구 대차원이나 암흑 대차원의 초월자들은 절대 의지가 정한 순환계의 법칙대로 두 분의 계획을 방해할 것이다. 그것을 막기 위해 그들의 이목을 나에게 집중시켜야 했다.

그리고 내가 세운 계획이 성공하기 위해서는 문도들의 협조가 필수적이다.

'일단 동의를 해야 하는데 얼마나 나에게 줄지 모르겠군.'

얼마 전 삼환문을 개편해 진성 각성자들을 비롯해 해결사들을 골고루 배치한 아홉 개의 조직을 만들었다.

그리고 앞으로의 계획에 변수가 생기는 것을 방지하기 위해 현화를 통해 문도들에게 가지고 있는 마력 코인을 나에게 전부 달라는 부탁을 했다.

오늘 그 결과를 현화가 가지고 올 것이다.

"장문인!"

"어서 와. 부탁한 것은 어떻게 됐어?"

"모두들 흔쾌히 승낙했습니다."

"강해질 수 있는 기회임에도 포기를 했다는 거야?"

자신에게 사용해도 된다는 전제로 부탁을 했음에도 전부 나에게 준다는 것이 믿어지지 않았다.

"모두 장문인을 믿고 있어요. 이 세계를 구하기 위해 모든 것을 걸었다는 것을 알고 있기도 하고요."

"이야기를 한 거야?"

"앞으로 세상이 어떻게 변하게 되는지 문도들도 알아야 하니까요. 다 같이 의논해 문도들에게 알린 겁니다. 의미를 모르는 희생은 헛된 것이니까요."

"으음."

빅뱅이 일어난 후 세상이 어떻게 바뀌는지 수뇌부를 구성하는 이들에게만 알려줬다.

빅뱅이 일어나 새로운 우주가 만들어지게 되면 기존의 질서는 모두 어그러지고, 사라진다는 것을 말이다.

아리와 현화, 그리고 사형과 두 형에게만 알렸는데 문도들에게도 이야기를 했나 보다.

"다 알린 것은 아니에요. 세상을 구하기 위해서는 마력 코인이 반드시 필요하고, 능력을 강화하지 못하면 그 과정에서 희생당할 수도 있다고 말을 해줬어요. 그리고 마력 코인으로 새로운 세대를 이어갈 방법이 생길 것이라는 말도요."

"후우, 그런데도 마력 코인을 내게 주겠다니 문도들에게 미안하군."

"미안해할 필요는 없어요. 그때가 될 때까지 원하는 것을 원 없이 할 수 있다는 사실을 다들 알고 있으니까요. 그러니 장문인께서 잘하셔야 해요. 다들 장문인을 믿고 있으니까요."

"알았어. 반드시 성공할게."

"그럼 저는 이만 나가볼게요. 그리고 부인도 좀 챙겨요. 저러

다가 쓰러지겠어요."

"여전해?"

"완벽하게 초월하지 못해서 마음이 급한가 봐요."

"그렇기도 하겠지. 하지만 걱정하지 마. 약한 여자가 아니니까 말이야."

"그래도 신경을 써요."

"알았어."

현화가 나가고 난 뒤 곧바로 아리가 수련하고 있는 곳으로 향했다.

초월 지경에 들어갔지만 아직은 완벽한 것이 아니라서 아리는 혼자서 수련장을 사용하며 초월자가 되기 위해 필사의 노력을 기울이고 있는 중이다.

아리는 앞으로 있을 전쟁을 위해 완벽한 초월자가 되고 싶어 하지만 사실 불가능한 일이다.

나와는 달리 암흑 대차원의 창조주와 현무로부터 모든 것을 얻지 못했기 때문이기도 하지만 절대 의지가 뿌려 놓은 제약에서 아직 벗어나지 못한 것이 가장 큰 이유다.

'설마 했었지……'

아리가 탄생한 배경에 사숙이라는 존재가 개입되어 있을지도 모른다는 생각에 유심히 살펴봤다.

그리고 내가 예상한 대로 그 흔적을 찾을 수 있었다.

아리는 자신의 의식 깊숙한 곳에 누군가의 의지가 서려 있다는 것을 알지 못했지만 분명히 느낄 수 있었다.

예전, 방송으로 듣던 목소리에서 흘러나온 사숙의 파장과 아리의 의식 속에 있는 의지의 파장이 같았다.

내가 의식 깊숙한 곳에 담긴 사숙의 의지를 지워 버린 탓에 아리는 초월자로서의 권능을 모두 잃어야 했다.

권능을 되찾기 위해 노력하고 있지만 의식 속에 남겨진 상처가 커서 불가능한 일인 것이다.

'새로운 우주를 창조하기 위한 안배를 절대 의지로부터 지키기 위해 아리도 같이하고 싶겠지만 어쩔 수 없다. 나밖에는 할 수 없다는 것을 아리에게 이야기하자.'

두 분이 창조한 존재 중에서 절대 의지의 법칙에서 벗어난 존재는 오직 나뿐이다.

절대 의지의 순환 법칙을 따르고 있는 사숙의 안배로 나를 만나게 된 아리는 이제 사숙의 의지로부터 자유로워졌지만 나와 함께 움직일 수가 없다.

의식에 상처를 입은 까닭에 두 분으로 인해 바뀐 이 세계의 에너지에 완벽하게 적응하지 못하기 때문이다.

나와 모든 것을 같이하고 싶어 하는 마음은 알지만 이야기해 주어야 할 것 같다.

생각을 정리하며 수련장에 들어서자 광휘에 휩싸인 채 허공에 떠 있는 아리의 모습이 보인다.

아리는 에너지 기반이 바뀐 후 모든 능력을 하나로 합칠 수 있었다.

아홉 개의 이능을 한꺼번에 발휘할 수는 있지만 연관이 깊은 세 가지만 특출 나게 발휘되고 나머지는 그저 보조 역할에 지나지 않았다.

그런데 지금 보니 내가 예상한 것과는 달리 에너지 수준이 거의 초월자에 근접해 있는 상태인 것 같다.

'그나저나 상당하다. 의식에 상처가 남아 있는데도 불구하고 저 정도의 성취라니……'

다른 방식으로 운영되는 아홉 개의 에너지 파장이 거의 동등한 수준으로 광휘에서 발산되는 것을 보면 상당한 경지에 오른 것이 분명했다.

하나로 합쳐져야 완벽한 초월자가 된다. 현재로서는 그러질 못하고 있지만 거의 일보 직전인 것을 보면 그동안 엄청난 노력을 한 것 같다.

'내가 생각한 것보다 높은 성취다. 하지만 처음부터 완전했더라도 초월자에 이르지 못했을 것이다. 아리는 전혀 다른 유형의 초월자니까.'

아리는 창조주와 같은 유형의 초월자다.

의지에 따라 에너지를 생성하고 물질을 창조할 수 있는 초월자인 것이다.

절대 의지가 주관하는 거대 우주의 순환계에서는 대차원의 창조주와 같은 능력을 가지는 존재가 갑자기 나타나는 것이 허락되지 않았다.

그런 존재가 나타나는 순간 순환계의 인과율이 어그러져 절대 의지가 얻고자 했던 에너지가 소멸할 가능성이 있는 까닭이다.

'후우, 저런 정도의 성취라면…….'

거의 초월자에 근접했지만 더 이상은 안 된다.

창조주의 에너지와 비슷한 파장이라도 흘리는 날에는 절대 의지가 정해놓은 인과의 법칙에 따라 소멸할 수도 있다.

계속 두고 볼 수만은 없기에 아리의 에너지에 간섭을 했다.

— 무, 무슨 일이예요?

— 아리가 초월자가 되는 것보다 나와 하나가 되는 것이 나을 것 같아서 말이야.

— 당신과 하나가 된다고요?

— 그래, 당신 에너지 파장을 내 것과 일치시킬게. 그러면 내가 무슨 말을 하는지 알게 될 거야.

— 으음, 알았어요. 내 힘으로는 초월자 될 수 없을 것 같았는데 그렇게 해요.

자신이 넘볼 수 없는 다른 이유로 초월자가 되지 못한다는 것을 느낀 모양인지 아리가 순순히 승낙을 했다.

천천히 아리의 에너지 파장을 이끌었다.

의식을 공유할 정도로 마음까지 깊이 신뢰하는 터라 파장이 조금씩 맞춰진다.

그리고 마침내 에너지 파장이 완전히 맞춰지자 아리가 탄성을 토해낸다.

— 아아!!

— 초월자가 되지 않아도 괜찮아. 아리는 언제나 나와 함께할 테니까 말이야.

— 고마워요. 나도 언제나 당신과 함께할게요.

아리와 내 의식을 이제 하나가 되었다.

아리도 내가 이렇게 한 이유를 알았다.

굳이 의식하지 않아도 내가 느낀 것을 아리도 느끼고, 아리가 느낀 것을 내가 느끼고 있어 공간하는 것이 가능했다.

내가 생각을 하면 아리는 그것을 이어받아 생각을 확장하고 나 또한 그렇다.

이제 우리는 진정한 반려가 된 것이다.

— 이제 그만 끝내. 저녁 먹어야지.

— 맛있는 거 해줄 거예요?

— 알았어. 당신이 좋아하는 것으로 만들어줄게.

— 그럼 돼지고기를 팍팍 넣어서 김치찌개 좀 끓여줘요.

─ 하하하, 알았어. 나는 가서 저녁 준비를 할 테니까 씻고
올라와.

─ 알았어요.

수련장을 나와 맨 위층에 새로 마련한 별도의 생활공간으로
공간 이동을 했다.

압력 밥솥을 이용해 밥을 하고 아리가 먹고 싶어 한 김치찌개
를 끓였다.

얼마 후에 아리가 올라왔다.

샤워를 하고 물기가 아직 가시지 않은 아리는 무척이나 아름
다웠다.

아리를 한국으로 데리고 온 후 이렇게 단둘이 밥을 먹는 것이
처음이라 미안해졌다.

"자주 해줘야 하는데……."

"괜찮아요. 그럴 정신도 없었잖아요."

"정말 미안해."

"오늘 이렇게 같이 먹잖아요. 어서 먹어요."

"알았어. 아리도 많이 먹어."

"쓰읍! 어디 맛 좀 볼까요?"

아리가 수저를 들고 김치찌개를 뜬다.

후르르르!

"오오! 엄청 맛있어요."

"너무 맵지 않아?"

"칼칼하니 아주 좋아요. 블라디보스토크에 있었을 때도 자주 먹어봤어요. 그런데 이게 제일 맛있는 것 같아요."

"하하하, 맛있다니 다행이네."

"자기도 어서 먹어요."

"알았어.

내가 좋아하니 아리도 웃으며 식사에 열중했다.

배가 빵빵할 정도로 맛있게 식사를 마친 우리는 현화와 형들의 배려로 정말 오랜만에 사랑을 나눌 수 있었다.

이곳에 오고 나서 너무 급격히 상황이 변하는 바람에 같이 있을 기회가 거의 없어서였지만 그래도 만족스러웠다.

반려와 오롯이 하나가 되었다는 충만감이 의식을 가득 채우고 있기 때문인 것 같다.

오늘부터 암흑 대차원으로 넘어간 초월자들의 잔재를 청소해야 하지만 위기감은 전혀 없었다.

아리도 마찬가지인 것 같다.

초월자에 오르지 못했어도 어제 아침과는 달리 충분히 자신이 있어 보인다.

상황을 관제할 현화와 지원팀을 제외하고 문도 대부분이 나서는 작전이었지만, 다들 자신감이 충만한 것 같아 기분이 좋았다.

"작전 계획은 다들 숙지했을 것이라고 믿는다. 초월자가 남긴 잔재라고는 하지만 염려할 것은 없다. 세상이 다시 변한 후 너희들은 더욱 강해졌으니 말이다. 그럼 각자 맡은 구역으로 떠나라. 그리고 작전을 마치는 즉시 집결지로 모여라. 무운을 빈다."

"예!!! 장문인!!!"

파파파파파팟!

순서에 맞춰 대규모 공간 이동이 이루어졌고, 나도 팀원들을 이끌고 목적지로 이동을 했다.

100명에 달하는 인원이 한 번에 공간 이동을 하는 것이라 전 같으면 어림없는 일이지만 지금은 수월하다.

아리와 팀원들이 도착한 곳은 인도의 한 사원이다.

이제는 아무도 찾아오지 않는 히말라야 산맥 끝자락에 위치한 이 사원에는 초월자의 잔재가 남아 있었다.

'저기로군.'

인도에서 살아가는 사람들이 신이라 부르는 존재의 에너지 파장이 저 석굴 사원에서 흘러나오고 있는 중이었다.

적들이 자신들의 도착을 알아차렸다고 생각한 아리는 팀원들에게 수신호를 보냈다.

사사사삿!

약속한 포지션을 따라 팀원들이 흩어졌다.

남아 있는 잔재가 한둘이 아니기에 행여 포위를 벗어나는 것을 방지하기 위해서였다.

파츠츠츠츠츠!

사원의 입구로부터 푸른색의 뇌전이 터져 나왔다.

전격적인 공격이었지만 소용없는 짓이다.

아리를 포함해 100명이 펼치는 에너지 필드가 영향을 준 탓에 입구에서 터져 나온 번개는 미처 도달하지도 못하고 그대로 땅속으로 스며들었다.

"크아아아아!!!!!"

공격이 실패했다는 것을 깨달았는지 괴성과 함께 입구로부터 신화에서나 봤을 법한 강력한 힘을 가진 존재들이 튀어나왔다.

팔이 여덟 개나 달린 우락부락한 존재는 손마다 무기를 들었고, 야수의 얼굴을 가지고 있는 존재는 불덩어리를 입으로 쏘며 앞장서서 달려왔다.

그 뒤를 따라 기괴한 모습을 한 이들이 달려 나오고 있었는데 하나같이 강력한 존재감을 뿌려 댔다.

아리를 비롯한 삼환문도들은 긴장한 안색으로 적들이 다가오기를 기다렸다.

콰콰콰쾅!!!

야수의 얼굴을 한 존재가 내뱉은 불덩어리가 배리어에 막히는 것을 신호로 전투가 시작되었다.

청동으로 만들어진 것 같은 병기에서는 뇌전과 불이 쏟아져 나오고, 시린 한기를 품은 얼음 창이 허공을 난무했다.

콰쾅!!!

콰―콰콰콰쾅!!!!

삼환문도들은 자신의 무기에 에너지를 깃들게 했고 유형화된 에너지가 적의 공격과 부딪치자 강력한 충격파가 여기저기서 터져 나왔다.

'문제는 없겠군.'

전장을 둘러본 아리는 삼환문의 지독한 수련 때문인지는 몰라도 문도들이 대등하게 전투를 하고 있는 것을 확인할 수 있었다.

'어느 정도 끌어 들였으니 단번에 끝내자.'

이건 시작에 불과한 일이라 무엇보다 문도들의 피해를 최소화해야 하는 터라 아리는 본격적으로 나서기로 했다.

에너지 필드의 중심축을 이루던 아리는 문도들을 행해 신호를 보낸 후 곧바로 허공으로 떠올랐다.

전투를 치르던 그녀의 팀원들이 급격히 자리를 이탈하며 새로운 포지션을 만들어냈다.

그와 동시에 에너지 필드가 변환되었고, 아리의 신형이 허공에서 사라졌다.

최강자가 이탈해 흔들릴 만도 하건만 새로운 포메이션을 만든 후 삼환문도들의 공격이 더욱 거세졌다.

팟!

적들이 당혹해하는 사이 허공에서 신형을 감춘 아리의 공격이 시작되었다.

촤—아악!

"크아아아악!!"

푸른색 피부를 가진 코끼리의 머리를 한 존재의 몸이 반으로 갈라졌다.

거세게 삼환문도들을 몰아붙이던 존재였는데 단번에 죽임을 당한 것이다.

아리의 공격은 그것으로 끝나지 않았다.

촤—악!

촤아아악!

"크아아아아악!"

"아아아악!"

동료의 갑작스러운 죽음에 어리둥절한 자들이 미처 정신을 차리기도 전에 연이어 갈라져 나갔다.

죽어가는 동료들의 비명에 석굴 사원에서 나온 존재들의 얼굴이 순식간에 공포로 물들었다.

인식하기도 전에 썰려 나가는 동료의 모습도 그렇지만 자신을 공격하고 있는 아리의 존재를 찾을 수 없었기 때문이다.

아리의 공격은 계속해서 이어졌다.

그녀와 팀원들의 협력하에 만들어진 에너지 필드는 아주 강력한 것인지 안에 들어선 적들은 힘을 제대로 쓰지 못했다.

그 옛날 신이라 불리며 추앙을 받던 존재들이라고 생각할 수 없을 정도로 아리의 공격에 무참하게 도륙을 당하고 있었다.

진정한 초월자가 아닌 한 살예(殺藝)의 권능을 가진 아리의 힘을 막을 존재는 없었기 때문이다.

아리의 공세가 시작되고 얼마 지나지 않아 서로 간의 균형이 깨졌다.

우위를 점한 삼화문도들의 공격이 거세졌고, 석굴에서 튀어나온 존재들은 점차 밀려나기 시작했다.

보이지 않는 곳에 이어지는 아리의 공격 때문인지는 몰라도 한 번 뒤로 밀리기 시작하자 패색이 짙어지기 시작했다.

삼환문도들이 휘두르는 무기에 기나긴 생을 마감하는 존재들이 점점 많아지고 있었다.

"학! 학!"

아리는 가쁜 숨을 내쉬며 적들이 모두 쓰러진 전장을 바라보았다.

성찬과 하나가 되지 않았다면 절대로 이길 수 없는 존재들이 었다.

'성공했다.'

그런 존재들이 바위로 이루어진 석굴 사원 앞에 모두 누워 있는 것을 보며 자신의 반려를 실망키지 않았다는 사실에 아리는 안도할 수 있었다.

"놈들의 사체를 모두 챙겨라. 나는 저 사원 안에 무엇이 있는지 수색하고 오겠다."

"예!!!"

팀원들에 지시를 내린 아리는 곧장 석굴 안으로 들어갔다.

불빛 하나 없이 어두웠지만 거침없이 들어간 아리는 석굴 안 가장 깊은 곳에서 푸른 광채로 휩싸인 제단이 놓여 있는 것을 볼 수 있었다.

'그이가 회수해 오라고 한 것이 저거구나.'

암흑 대차원과 연결하는 디바인 마크라고 들었기에 아리는 서슴없이 제단으로 다가가 손을 댔다.

팟!

아리의 손길을 따라 약속된 좌표로 이동을 했기에 푸른빛을 내고 있던 제단이 석굴 사원 안에서 사라졌다.

"목적은 충분히 달성했으니 이제 집결지로 떠나자."

제단을 보냈기에 아리는 곧장 석굴 사원을 나왔다.

팀원들은 이미 정리를 끝낸 후 그녀를 기다리고 있었다.

"정리는 모두 끝났나?"

"끝났습니다."

"바로 출발한다."

"예!!!"

팟!

그녀 말에 팀원들의 대답이 끝나기 무섭게 대규모 공간 이동이 이루어졌다.

이런 일들은 세계 곳곳에서 벌어지고 있었다.

전투가 벌어진 곳은 종교의 신이라고 하는 이들이 처음 나타났다고 알려진 곳들이다.

종교인들에게 시원이라 일컬어지는 곳에서 기괴한 존재들과 삼환문도들의 전투가 벌어졌던 것이다.

엄청난 존재들이 전투를 벌였지만 삼환문도들은 큰 피해 없이 승리를 이끌어냈다.

승리가 확정이 되자 팀장들은 성찬이 알려준 대로 디바인 마크를 공간 이동시켰다.

그리고 삼환문도들은 자신들이 처리한 존재들의 사체를 회수하고는 곧바로 집결지인 샴발라를 향해 공간 이동을 했다.

샴발라 입구에 제일 먼저 도착한 것은 나였다.

북구 신화의 시원을 팀원들과 함께 찾아가 초월자들이 남긴 잔재들을 모두 제거하고 이곳으로 오는데 걸린 시간은 채 한 시간이 되지 않았다.

'이 정도 속도면 근호 형이 마지막인 건가?'

세계 각지에서 치열한 전투가 벌어지고 있는 중이다.

이제 아르고스의 눈이라고도 할 수 없는 인식 능력을 사용해 실시간으로 확인했는데 아무래도 근호 형이 제일 늦게 끝날 것 같다.

시원이라 부르는 성지에서 나타난 초월자의 잔재들이 가지고 있는 전력으로 봤을 때 근호 형 팀의 전력이 가장 낮기 때문이다.

문도들이 돌아오기를 기다리고 있으니 마도 네트워크를 통해 내 아공간으로 디바인 마크가 도착한다.

각 팀에게 제일 먼저 내린 명령이었고, 제일 먼저 도착한 것은 아리가 보낸 것이었다.

'정말 편리한 기능이야. 마력 코인처럼 그 누구도 모르게 당사자만 승낙만 하면 누구에게라도 보낼 수 있는 것도 그렇고, 심지어 아공간으로도 보낼 수 있으니 말이다. 이번에는 성진이 형인가?'

아리의 뒤를 이어 성진이 형이 보낸 디바인 마크가 도착을 했다.

파파파파팟!

잠시 뒤에 두 사람이 이끄는 팀들이 거의 동시에 공간 이동으로 샴발라에 도착했다.

"고생했어, 형. 아리도 고생했고."

"그냥 전초전일 뿐이었다. 제수씨가 고생이 많았습니다."

"아니에요. 저보다는 아주버님이 고생 많으셨죠."

아리와 성진이 형이 서로 고생했다며 격려했다.

그러다가 성진이 형이 나를 바라보았다.

"성찬아, 바로 준비해야 되는 것 아니냐?"

"알고 있어. 이제 시작해야지."

문도들이 계속해서 도착을 할 테니 성진이 형 말대로 준비를 해야 할 것 같다.

'안으로 들어가게 되면 필요한 것들이 많기도 하고, 이곳도 대비를 해야 하니 서두르자.'

샴발라 안으로 들어가는 인원은 한정되어 있다.

유물 각성자들을 아예 들어가지 못하고, 진성 각성자라 할지라도 제한이 있어서 몇몇 사람들만 들어갈 수가 있다.

디바인 마크를 이용해 초월적인 존재들을 깨워야 하는 터라 적어도 S급을 넘어서 초월 지경에 발을 디딘 이들만이 들어갈 수 있는 것이다.

삼환문에 속한 이들 중 비밀 기지에 남아 있는 이들을 제외하고 나면 나와 아리, 그리고 두 형과 오인방만이 들어갈 수 있는 것이다.

또한 남아 있는 문도들도 해야 할 일이 있다.

형이 준비하라고 한 것은 샴발라를 에워싼 결계를 완전히 해체하고 다른 것으로 바꾸는 일이다.

결계를 해체하는 작업이 끝난 후에도 할 일이 있다.

바로 샴발라를 침범하려는 존재들을 막는 것이다.

'우리도 잘해야 하지만 문도들이 놈들을 잘 막아줘야 한다. 그렇지 않으면 힘들어질지도 모르니…….'

초월자들이 남긴 잔재를 우리가 전부 처리한 것이 아니다.

사실 우리가 제거한 잔재들은 세력이 제법 큰 존재들이지만 전체에 비한다면 그저 일부분일 뿐이다.

정확하게 말하자면 지구 대차원에 남아 세상을 지키고자 자신을 봉인했던 존재들을 따르던 권속들만 제거한 것이다.

자신들이 따르던 초월적인 존재의 의지와는 다르게 디바인 마크를 이용해 암흑 대차원의 초월자들을 불러들이려고 하는 존재들만 제거한 것이다.

우리가 안으로 들어간 후 문도들이 막아야 하는 존재들은 1차 대변혁 당시에 암흑 대차원에서 넘어온 존재들과 그들의 의지에 의해 각성한 자들이다.

안으로 들어가 내가 세웠던 계획을 실행하게 되면 놈들은 반드시 샴발라에 나타날 테니 그들을 막는 것이 문도들의 진짜 임무다.

'진행시키는 계획이 끝날 때까지 막아주어야 한다. 후우, 준비를 철저히 하기는 했지만……'

대부분 S급에 발을 걸치고 있는데다가 프리랜서인 해결사로 활동을 하면서 다양한 경험을 가지고 있다.

삼환문의 절기들을 익히고 삼환명심법에 담긴 공능으로 변화한 에너지도 100% 활용할 수 있게 된 문도들이지만 걱정이 된다.

변수가 나타난다 해도 내 예상 범위 안이라면 문제가 없겠지만, 그렇지 않은 경우 우리가 성공할 때까지 막아내지 못할 수도 있으니 걱정이 되지 않을 수가 없었다.

'이미 주사위는 던져졌다. 시작하자.'

머뭇거릴 시간이 없다.

작전이 성공하기 위해서는 시간이 생명이기에 지시를 내리기로 했다.

"지금부터 각자 맡은 구역으로 이동한다."

"예!! 장문인!!"

대답과 함께 아리와 성진이 형의 팀원들이 곧바로 자신이 맡은 구역으로 이동을 한다.

아홉 개의 봉우리가 둘러싸고 있는 지역이라 각자 맡아야 할 지역이 넓기는 하지만 능력자들답게 빠른 속도로 이동해 자리를 잡는다.

얼마 지나지 않아 다른 디바인 마크가 도착하는 것과 동시에 문도들이 공간 이동을 통해 모여들었다.

별도로 지시를 하지 않았음에도 작전이 시작되었다는 것을 알았는지 팀장들을 제외하고 다들 자신이 맡은 구역을 향해 이동을 했다.

"다들 고생했어."

"아닙니다, 장문인."

"어차피 이번 작전을 끝으로 삼환문은 해체될 테니 장문인이라고 그만 불러, 근호 형."

"그렇지만……."

"뭐가 그렇지만이야. 내가 불편해."

"알았다."

"다들 알겠지만 문도들이 막을 수 있는 시간은 한정되어 있어. 그러니 최대한 빨리 그들을 불러내야 해."

"정말 성공할 것 같으냐?"

"비록 의지만 남고 권능을 다 잃기는 했지만 디바인 마크가 있는 이상 충분히 성공할 수 있어."

"알았다."

봉인되어 있는 초월자들을 따르던 권속들은 배신감에 암흑 대차원의 존재들을 불러들이려고 했지만 한 가지 모르는 것이 있다.

자신들이 따르던 존재가 봉인을 당하면서 가지고 있는 권능을 권속들에게 나눠주었다는 것이다.

때가 되어야 발휘할 수 있는 권능이라 초월적인 존재들이 봉인당할 당시에는 아무것도 느낄 수 없었을 테지만 그것은 그들을 위한 배려였다.

그러나 그들은 초월적인 존재들이 남긴 뜻을 저버렸다.

오랜 시간이 흘러 1차 대변혁이 일어난 후 자신들이 가진 힘을 깨달았지만 그들은 다른 길을 걸었다.

초월적인 존재들이 봉인되는 것과 동시에 이전까지 가지고 있던 힘을 잃은 탓에 자신들이 버림을 받았다고 생각했기 때문이다.

시간이 지날수록 원망은 쌓여갔고, 급기야 본질이 변해 버렸던 그들은 스스로 초월적인 존재가 되려고 암흑 대차원의 존재들을 끌어들이려고까지 했기에 제거한 것이다.

그들을 제거한 이유는 그것뿐만이 아니다.

봉인 당한 존재들이 권속들에게 나누어 주었던 권능을 회수하는 것이 진짜 이유다.

봉인당한 존재들을 다시 부활시켜야 하기 때문이다.

어느새 문도들이 자신이 맡은 구역에 모두 도착을 했다.

자리를 잡기는 했지만 긴장한 기색이 역력한 문도들에게 텔레파시를 보냈다.

— 지금부터 진짜 작전이 시작된다. 시간이 얼마나 걸릴지 모르겠지만 너희들의 역할이 중요하다. 그렇다고 너무 염려하지는 마라. 떨거지들이 달라붙을 테지만 너희들의 실력이라면 충분히 저지할 수 있을 테니 말이다.

— 예, 장문인!!!!

"시작할 테니 다들 준비해 줘."

샴발라 입구에는 나를 포함해 아홉 명만 남았다. 내 말에 다들 긴장한 기색으로 고개를 끄덕인다.

의지를 일으키며 의식을 분리했다.

분리된 의식 중 하나는 아홉 개의 봉우리 중 중심이 되는 봉우리로 이동을 했다.

내가 자리하자 그와 동시에 다른 여덟 개의 봉우리에도 내가 생겨났다.

분리된 의식을 통해 물질화시킨, 나와 같은 의식을 가지고 있는 분신이자 또 다른 나였다.

— 아리, 내가 하는 작업이 끝나면 곧바로 시작해.

— 알았어요.

아홉 개의 봉우리 위에 선 나는 강력한 의지를 일으켜 샴발라를 감싸고 있는 에너지를 편집하기 시작했다.

에너지 기반이 바뀌었지만, 유일하게 절대 의지가 간섭하는 에너지가 남아 있기에 처리해야 했다.

지구 대차원의 시작점인 샴발라를 감싸고 있는 에너지가 서서히 변하기 시작하며 먹구름이 생겨났다.

비를 뿌리는 구름이 아니라 이질적인 에너지들이 충돌하는 탓에 차원이 일그러져 아무것도 없었던 태초의 암흑이 잔상처럼 비쳐지기에 나타나는 현상이었다.

'크으으으, 힘들군.'

지구 대차원에 종기처럼 틀어박힌 절대 의지의 에너지를 완전히 분리시키는 것이 쉽지가 않다.

약간 이격을 시킨 것만으로 막대한 압력이 쏟아지고 있어 마음대로 하기가 어렵다.

그나마 완전히 독립된 또 다른 나들이 있어 압력을 분산하고 있어서 그렇지 예전 같았으며 단번에 뭉개지고 말았을 것이다.

내가 가진 힘만으로는 힘들 것 같아 아공간에 보관하고 있는 에너지 스톤에 담긴 에너지들을 차용해 사용했다.

짧은 순간이지만 대부분의 에너지 스톤이 사용됐고, 간신히 이격을 시킬 수 있었다.

— 시작해!

번—쩍!!

아리의 몸에서 섬광이 터져 나왔다.

아리는 자신이 가지고 있는 능력들을 동시에 발휘했다.

하나로 합친 거대한 힘은 아니었지만, 아홉 명의 초월자가 자신이 가진 권능을 최대한 발휘하는 것이나 마찬가지였다.

아리의 권능이 나에게 이전되자 하나로 합쳐지고 아홉 개의 내 분신을 통해 발휘되었다.

서—걱!

이격시키기는 했지만 아직까지 에너지를 붙잡고 있던 아홉 가닥의 절대 의지를 잘라냈다.

암 덩어리가 생존을 위해 본체와 연결시켜 놓은 혈관처럼 절대 의지가 지구 대차원에 속한 소차원들에 연결시켜 두었던 의지들을 잘라낸 것이다.

"차앗!!!!!!!!!"

완전히 분리된 에너지를 끌어 올려 일그러진 차원의 틈 사이를 통해 태초의 암흑으로 던져 버렸다.

파—ㅊㅊㅊㅊㅊ!

콰르르르르르르르르릉!

차원의 틈에서 뇌전이 몰아치고, 하늘을 찢을 것 같은 소리가 온 사방으로 울려 퍼졌다.

제 5 장

격렬한 분노와 당혹스러움이 담겨 있는 절대 의지의 사념이 너무도 무서워 전신이 덜덜 떨렸다.

'크으, 빨리 닫아야 한다.'

차원의 틈에서 절대 의지의 노여움이 계속 들어온다면 모든 존재는 말살될 것을 알기에 힘을 내서 틈을 닫았다.

'서둘러야 한다.'

지구 대차원에서 절대 의지의 간섭을 차단하기는 했지만, 절대 의지가 만든 대우주의 순환계 시스템은 아직도 작동하기에 시간이 없다.

— 갈라져라!!

전 같으면 어림없는 일이었다. 하지만 지금은 내 의지가 샴발라에 미치자 결계가 갈라졌다.

파파파파파파파팟!!

아리를 비롯해 입구에 남아 있던 이들이 안으로 진입하는 것을 보며 나도 결계 안으로 이동을 했다.

결계 안에는 거대한 문이 있었다.

절대 의지의 침식을 막기 위해 자신의 진짜 모습을 감추어두었던 봉인의 문이 드디어 모습을 드러낸 것이다.

지구 대차원을 위해 아홉 명의 초월자들 스스로가 봉인된 곳으로 들어가는 문이었다.

안에는 아홉 개의 신전이 있었다.

작전이 시작되기 전에 내가 브리핑한 대로 각자 맡은 신전으로 들어갔다.

그러고는 신상이 놓여 있던 신좌로 다가가 아공간에서 푸른 빛을 발하는 구체를 꺼냈다.

'완전해졌군.'

내 손에 들려 있는 푸른 구체는 샴발라로 오기 전에 제거했던 존재들의 사체가 남긴 것이다.

작전이 시작되기 전에 팀장들에게 내가 만든 아공간을 전하고 사체를 회수해 집어넣어 가지고 오도록 했다.

바로 이 구체를 만들기 위해서다.

이 신전의 주인이 봉인을 당하기 전에 자신의 권속들에게 남긴 권능이 담겨 있다.

그것도 하나로 합쳐져 온전한 상태로 존재한다.

봉인을 풀 준비가 다 된 것이다.

'시간이 없으니 이제는 서둘러야 한다.'

권능이 담긴 구체를 신좌에 올려놓을 준비를 하고 텔레파시를 보냈다.

— 동시에 신좌에 놓아야 하니까 내가 신호를 보내면 올려놓도록 해.

— 알았어요.

연이어 텔레파시가 들려왔고 시기를 가늠했다.

— 지금이야!!

동시에 신좌에 구체가 올려졌다.

— 이제 됐어. 나머지는 나에게 맡기고 다들 어서 밖으로 나가서 문도들을 도와줘.

— 조심해요.

— 걱정하지 마.

아리가 전해오는 텔레파시에는 힘이 깃들어 있지를 않았고, 다른 이들은 보낼 엄두도 내지 못하는 모양이다.

초월자의 영역에 들어서기는 했지만, 사실 나 이외에는 다들 무리를 한 것이었다.

이곳은 오랜 세월동안 절대 의지에 의해 간섭을 받아온 공간이다.

결계에 드리워진 간섭을 떼어내는 순간 아주 찰나간이지만 절대 의지의 분노가 이 땅에 드리워진 탓에 있는 것 자체로 본성을 갉아 먹는 일이니 당연한 일이다.

자상처럼 남겨진 절대 의지의 분노로 인해 능력을 잃는 것은 둘째 치고, 소멸할 수도 있는데 따라준 것만으로도 고마운 일이다.

내 뜻에 따라 모두 결계 밖으로 벗어났다.

각자 역할에 따라 문도들을 지휘하기 위해 맡은 지역으로 향했으니 이제는 내가 나서야 할 차례다.

'시작이다.'

나는 곧바로 의지를 일으켜 하나로 합쳤던 의지를 다시 아홉 개로 나눠 각 신상 앞에 동시에 설 수 있도록 했다.

이제 초월자들이 깨어날 시간이다. 현세에 실체를 구현하기 위해서는 디바인 마크가 필요했다.

아공간에서 꺼내진 디바인 마크들이 신상이 서 있던 자리 위에 모습을 드러냈다.

아홉 개의 꼭짓점에 푸른빛이 감돌고 있는 검은색의 육중한 물체가 단상에 떠 있다.

온전한 권능을 전했으니 이제 봉인되었던 의지가 깨어날 것이다.

그 오랜 세월동안 절대 의지의 간섭을 묵묵히 견디며 자신의 본성을 지켜온 존재들이 깨어나는 것이다.

이제 신좌에 담겨 있는 정보를 인식하고 저기 떠 있는 디바인 마크를 통해 그들은 잃어버렸던 실체를 가지게 될 것이다.

'정보를 얻지 못했다면 시도조차 할 수 없었을 것이다. 제 분수도 모르고 나서준 것이 정말 고마운 일이었지.'

장천을 제거하며 그가 가지고 있던 디바인 마크를 통해 많은 것을 알 수 있었다.

신이라 믿던 존재가 사라진 후에 그 자리에 남겨진 것이 바로 디바인 마크다.

권속이나 신도들로부터 맹목적인 숭배의 대상이 되었던 디바인 마크는 단순한 성물이 아니었다.

초월적인 존재는 에너지의 집합체이고, 현세에 실체를 구현할 때 사용되는 물질이 집약된 것이 바로 디바인 마크였던 것이다.

봉인을 당한 것은 초월자들의 의지이지, 그들을 세상에 존재하게 했던 육체가 아니었던 것이다.

이는 권속들도 모르고 있었던 정보다.

아리를 비롯한 이들에게 아공간을 전해줬음에도 직접 가져오게 하지 않고 마도 네트워크를 통해 디바인 마크를 나에게 보내도록 한 것은 사실 이유가 있어서다.

실체를 구현할 디바인 마크를 절대 의지가 간섭하는 에너지가 알아차리지 못하게 이곳으로 감춰서 들어올 수 있는 것은 오직 나뿐이기 때문이다.

'이제 시간이 없다.'

헤아릴 수 없는 대차원들과 우주를 지배하는 절대 의지의 간섭에서 완전히 벗어나는 것은 불가능하다.

지금은 그저 잠깐의 시간을 번 것뿐이기에 다시 간섭이 시작되기 전에 최대한 빨리 실체를 구현해야 한다.

아홉 개의 신좌 앞에 서있던 나는 의지를 투사했다.

러시아 시베리아의 오지에서 얻었던 혼돈으로 묶여가던 아홉 갈래의 에너지들 또한 내 의지에 따라 신좌로 흘러 들어갔다.

투사된 의지와 에너지로 인해 디바인 마크가 본래의 모습을 드러내기 시작했다.

'아아!'

세계를 지배했던 신화의 정점에서 창조주를 능가하는 절대의 권능을 발휘했던 존재들이 드디어 봉인을 풀고 세상에 나오고 있었다.

대차원을 창조한 창조주와 함께 절대 의지에 대항했던 존재들이자, 대차원의 에너지 기반을 바꾸었던 이들이 현세에 모습을 드러낸 것이다.

콰—지지지직!

세상에는 가슴을 서늘하게 하는 소리가 울려 퍼졌다.

초월자이자 신이라 불렸던 존재들이 다시금 깨어났다는 것을
알리는 신호였다.

각자의 의지를 실현하기 위해 전쟁이 시작된 것이다.

콰—지지지직!

얼마 전에 일어났던 2차 대변혁의 놀람이 채 가시기도 전에
다시금 하늘을 울리는 소리에 세상 사람들은 두려움을 감출 수
없었다.

자신에게 뭔가 긍정적인 변화가 생겼다는 것을 알 수 있었던
2차 대변혁과는 확실히 달랐기 때문이다.

세상이 다시금 변하고 있다는 것을 인지할 수 있었지만, 그것
이 무슨 변화인지 알 수 없었다.

그러나 앞으로 천지가 개벽한 큰일이 터진다는 예지에 가까
운 느낌이 들었던 것이다.

대부분 이런 감정을 느꼈지만 그렇지 않은 이들도 있었다.

첫 번째 대변혁이 일어나기 훨씬 오래 전부터 세상을 지배하
다 어느 날 갑자기 능력을 잃었던 이들의 후예들은 이번 변화의

조짐이 무엇을 의미하는 알 수 있었던 것이다.

각 종교 단체와 자신들의 이권을 위해 모인 비밀결사들은 자신들이 진행하고 있던 계획들을 모두 중단하고 움직이기 시작했다.

그들이 향한 곳은 바로 1차 대변혁 이후 능력자들의 성지가 된 샴발라였다.

비록 자신들 향하는 곳의 어떤 곳인지는 알지 못하고 있었지만 샴발라에서 위험이 도래하고 있다는 것을 본능적으로 감지한 까닭이었다.

샴발라로 향하는 이들 중에는 중화 대륙을 이면에서 지배하고 있던 대륙천안의 수장인 헌원화도 있었다.

그동안 권속들을 통해 확보한 마력 코인으로 초월자가 됐을 당시의 거의 반 정도 수준의 권능을 회복한 그는 위험을 감지하자마자 곧바로 움직였다.

권속을 보내 상황을 파악해도 되겠지만 계속해서 경고를 보내는 그의 예감이 직접 움직이게 만들었던 것이다.

파파파파팟!

헌원화는 거칠기 그지없는 히말라야 산맥을 엄청나게 **빠른** 속도로 달리고 있었다.

파—앗!

거의 200킬로미터가 넘는 속도로 달리던 헌원화는 너비가

30미터 정도 되는 계곡을 단번에 날아 건너기도 했다.

누구보다 빨리 샴발라를 향해 달려가던 헌원화는 거대한 봉우리 정상에 올라섰다.

만년설이 켜켜이 쌓여 있는 봉우리는 세계의 지붕이라 일컬어지는 에베레스트였다.

'저기로군. 으음, 샴발라였던가?'

정상을 밟고 올라선 후 저 멀리 보이는 목적지를 확인한 헌원화는 자신이 향하는 곳이 얼마 전까지 능력자들을 각성시켰던 샴발라라는 것을 직감적으로 알 수 있었다.

'어째서 저곳에서…….'

1차 대변혁 이후 선택을 받은 이들이 각성을 촉발시키던 곳에서 위험이 다가오고 있다는 사실에 얼굴을 찌푸렸다.

자신이 예감하는 위험이 샴발라와 어떤 연관을 가지고 있는지 도저히 예측이 되지 않았기 때문이다.

'나뿐만이 아니군.'

지켜보고 있는 존재는 자신만이 아니었다.

샴발라를 둘러싸고 경계를 하고 있는 이들의 에너지 파장이 거의 100킬로미터 밖에서도 느껴지는 것을 보면 자신처럼 선천적으로 각성한 이들 같았다.

'대단한 자들이다. 역시 나와 같이 샴발라에서 불어오는 위험을 느낀 것인가?'

대부분이 자신보다 낮은 수준이기는 하지만 그중 몇몇은 자신이 가지고 능력을 상회하는 것으로 보이는 에너지 파장을 내보내고 있었다.

샴발라로 더 이상 나아가지 못하고 멀리서 지켜보고 있는 존재들의 에너지 파장 중에는 익숙한 것도 많았다.

워낙 많은 싸움을 해왔던 터라 1차 대변혁이 일어나기 전부터 지구의 각 대륙을 이면에서 지배해 왔던 존재들이라는 것은 확인하지 않아도 알 수 있었다.

가장 세력이 강력한 유럽과 북아메리카를 지배하는 미국의 배후에 있는 존재가 자신과 비슷한 시간에 도착해 샴발라를 살피고 있었다.

'아군이라고 할 수 없는 자들이니 염두에 두어야겠군.'

자신이 느낀 에너지 수준이라면 세계를 이면에서 지배하는 자들이 틀림없었기에 헌원화는 신중하지 않을 수 없었다.

어떤 목적을 가지고 있는지 모르는 상태에다가 혼자서 접근했다가는 위험할 수도 있는 까닭이었다.

'다른 자들도 사정은 마찬가지인 것 같으니 권속들이 올 때까지 기다리자.'

자신 혼자만으로는 위험할 수도 있다는 생각에 한동안 에베레스트 정상에 권속들을 기다리던 헌원화의 인상이 찌푸려졌다.

아프리카, 남아메리가, 인도, 아라비아 반도 등에서 온 것으로 보이는 존재들이 속속 도착하는 것이 느껴졌기 때문이었다.

'어중이떠중이 다 오는 모양이군.'

도착하는 이들은 앞서 온 존재들을 느낀 것인지 쓸데없는 충돌을 피하려는 것 같았다.

하나같이 다른 세력과 일정한 거리를 두고 자리를 잡은 후에 샴발라를 지켜보기 시작했다.

'왔군.'

다들 서로를 경계하며 눈치를 보는 와중에 헌원화는 자신의 권속들이 도착했다는 것을 알 수 있었다.

─ 도착했습니다.

─ 우리만 온 것이 아닌 것 같으니 전열을 가다듬어라.

권속들이 에베레스트 주변에 도착해 텔레파시를 보내자 헌원화는 곧바로 지시를 내리며 주의를 환기시켰다.

'전부 이곳으로 모인 것 같으니 어쩌면 힘든 싸움이 될지도 모르겠군.'

오는 도중 전력을 최대한 강화시키고 오라는 지시를 내렸지만 불안하기 그지없었다.

샴발라 주변에 자리를 잡은 세력들의 기세가 점점 강력해지는 것을 보면 자신만 그렇게 한 것이 아니라는 것이 느껴졌기 때문이다.

전투가 벌어지게 되면 생사를 장담할 수 없는 힘든 싸움이 될 수도 있다는 생각에 헌원화의 고심은 깊어졌다.

'샴발라를 차지하고 있는 자들이 내뿜는 에너지 파장도 보통이 아니다. 섣불리 접근할 수 있는 것이 아닌 것 같으니 일단 다른 자들을 만나봐야 할 것 같다.'

자신과 비슷한 수준의 다른 존재들과 세상의 패권을 다투러 온 것이 아니었다.

심장이 떨릴 정도로 강력한 위험을 예고하는 느낌 때문에 온 것이라 헌원화는 샴발라를 둘러싼 존재들의 생각을 알기 위해 텔레파시를 보냈다.

— 다들 위험을 느끼고 온 것이라 생각하는데 잠시나마 우리들 사이의 은원은 잊는 것이 어떻소?

즉각 반응이 왔다.

— 일단은 그러는 것이 좋겠군.

— 미국 측이 그러면 우리도 찬성하겠소.

미국 측에서 먼저 동의하자 유럽 쪽에서도 찬성을 표했다.

심상치 않은 사태가 발생한 지금 전력을 낭비하고 싶은 생각은 없는 것 같았다.

— 샴발라를 장악한 자들이 기존에 찾아볼 수 없는 에너지 파장을 흘리는 것을 보면 아무래도 이번 변화를 주도한 것 같소. 그러니 일단 놈들부터 처리를 해야 할 것 같은데, 어떻게 생각

하시오?

— 일단 위험부터 제거하자는 말이오?

— 그렇소. 공동의 적이 될 것이 분명하니 제거한 후 이 세상을 두고 자웅을 겨루는 것이 좋을 것 같다는 것이 내 판단이오만, 다들 어떻게 생각하는지 의견을 말해 보시오.

— 난 찬성이오.

— 나도 동의하오.

위험하다고 느끼고 있었는지 다들 헌원화의 의견에 찬성을 했다.

— 앞으로 두 시간 후에 각자 맡은 방향을 따라서 진입하는 것으로 진행할까 하는데 다들 어떻게 생각하시오?

— 그렇게 합시다.

— 동의하오!!!

— 만만치 않은 상대인 것 같으니 다들 만반의 준비를 해주기를 바라오.

이번에도 미국 측의 찬성에 다들 동의를 했고, 헌원화는 주의를 준 후 텔레파시를 끊었다.

'저 안을 장악한 자들이 만만치 않은 것 같으니 다들 상당한 피해를 입을 것이다. 여기에서 피해를 최소화하는 것이 향후 정국을 주도하는 열쇠가 될 테니 전격적으로 움직이자. 저 안에 있는 자들이 가지고 있는 비밀이 무엇인지 모르지만 먼저 손에

쥐는 자가 유리할 것 같으니까 말이다.'

이면에서 세계를 지배하는 자들이 모두 모인 상황이다.

피해는 좀 입겠지만 샴발라를 장악하고 있는 자들을 처리하는 것은 문제가 없을 것이 확실했다.

문제는 그 다음이었다.

정국을 주도할 열쇠를 차지하는 것이다.

이들 역시 그 사실을 알고 온 것이 분명하다. 보다 안쪽에 있는 놈들의 강함도 알기에 이렇게 긴장하고 있는 것이다. 이미 알고 있다면 샴발라 안의 존재들을 제압하는 방법도 알고 있을 터.

그들의 비해 정보가 부족한 헌원화는 최대한의 전력으로 다른 이들보다 빠르게 샴발라의 존재들을 처리하기로 했다.

'우선 에너지부터다.'

앞날을 생각하지 않을 수 없던 헌원화는 샴발라를 장악한 자들이 바꾸어 버린 에너지 기반에 어떻게 적용했는지 알아내는 데 전력을 기울이기로 했다.

세계 인구의 20%를 차지하는 만큼 다른 존재들보다 많은 수의 권속들을 거느리고 있는 터라 피해가 조금 있더라도 인해 전술을 통해 비밀을 손에 넣고 싶었던 것이다.

― 준비가 끝났으면 선발대는 진형을 꾸며라. 최대한 빨리 중심부에 당도해야 하니 전열에 빈틈이 생기면 곧바로 지원해

야 할 것이다.

— 예, 천주.

— 가자!!

헌원화가 곧장 앞으로 튀어 나갔고, 검은색의 슈트를 입은 그의 권속들이 쐐기 현태로 진형을 이룬 채 뒤를 따랐다.

헌원화가 뾰족한 촉이 되고, 그의 권속들이 화살대가 되어 거대한 에너지 파장이 뭉쳐져 가공할 속도로 함께 움직이는 그들의 모습은 마치 검은색의 화살을 연상시켰다.

콰—아앙!!!!

헌원화가 이끄는 무리의 에너지 파장이 부딪친 탓인지 거대한 충격파가 터지는 가운데 샴발라의 경계를 둘러친 결계가 출렁거렸다.

'으음, 이럴 수가!!'

정상적인 상태였다면 뚫렸을 테지만 그러지 못했다.

에너지 기반이 바뀐 터라 전력을 다 사용할 수 없었던 탓에 결계를 단번에 뚫지 못하자 헌원화의 표정이 급변했다.

쉽게 생각했는데 자신이 예상한 것보다 에너지 밀도가 훨씬 높았다.

콰—앙!

콰콰콰콰쾅!!!

헌원화의 무리가 잠시 주춤하는 사이에 결계 외곽에서 연이어 충격파가 터지고 있었다.

'이런 방법으로는 절대 이 결계를 뚫지 못한다.'

거대한 검의 형상을 하거나 창으로 보이는 에너지 집합체들이 결계와 부딪치고 있었지만 자신들과 마찬가지로 뚫지 못하는 것이 보였다.

'생각을 잘못했다. 바뀐 에너지들은 내가 알지 못하는 뭔가가 있다.'

각 무리를 이끄는 자들은 자신과 마찬가지로 완벽한 초월자가 되었다가 에너지 기반이 바뀌면서 전력을 다 끌어내지 못한다.

하지만 그렇다고 해도 결계 따위가 이 정도까지 막아낸다는 것은 있을 수 없는 일이다.

스스로의 힘과 따르는 권속들이 엮어낸 에너지 집합체들의 힘은 초월자가 됐을 때의 권능과 맞먹는 힘을 지니고 있었기 때문이다.

출렁이기는 하지만 수월하게 공격을 막아내는 결계가 심상치 않다는 것을 느낀 것인지 자신들과 마찬가지로 다른 무리들도 뒤로 물러서고 있었다.

'으음, 에너지 밀도가 확연히 달라졌다. 자신을 공격한 에너지를 흡수하는 것인가?'

공격이 실패함과 동시에 뒤로 물러서서 상황을 지켜보던 헌원화는 결계를 유지하는 에너지 밀도가 계속 증가하는 것을 확인할 수 있었기에 인상을 찌푸렸다.

이런 식이라면 절대 결계를 뚫지 못할 것이기 분명했다.

'이렇게 가다간 먼저 나가떨어지는 것은 우리가 될 것이다.'

경종을 울리는 것처럼 머릿속에서는 경고가 계속되고 있지만 헌원화는 함부로 움직일 수가 없었다.

샴발라를 감싼 결계가 자신들의 에너지를 흡수하려는 포식자처럼 보였기 때문이다.

'저기를 장악한 존재는 누구라는 말인가?'

샴발라를 차지한 존재에 대해 헌원화는 의문이 생겼다.

신이라 불리는 존재가 발휘하는 권능에 필적하는 힘을 가진 공격을 결계만으로 막아내는 존재에 대한 의문이었다.

'창조주들은 사라지고 없다. 아니, 있다고 해도 권능을 발휘할 수 없는 존재가 된 것은 분명하다. 우리와 같은 초월자도 아니다. 에너지 기반이 바뀌면서 어떤 존재든지 가진 힘을 제대로 발휘할 수 없는 상태니까. 혹시⋯⋯.'

초월자가 되면서 어렴풋이 느꼈던 존재가 생각이 났다.

에너지 기반이 바뀌면서 사라져 가던 거대한 힘의 잔재 속에 서렸던 존재에 대해서였다.

잔재만으로도 어쩌면 측량할 수 없는 거대한 존재감을 내뿜던 격이라면 지금 눈앞에서 벌어지는 일이 가능할 터였다.

'창조주를 지배하는 법칙의 주인일지도 모르는 격이 개입했다면 가능할지는 모르지만 그것은 아닐 것이다. 저 결계는 그 격이 바라는 것을 정면으로 막고 있으니까 말이다.'

절대적인 격이 원하는 것은 이 세상의 파멸과 함께 발생하는 에너지였고, 그 에너지를 거대한 순환의 고리를 돌리는데 사용하는 것이다.

하지만 지금 자신을 막은 결계는 세상을 유지하고자 하는 의지가 깃들어 있으니 반대에 선 것이라 자신이 알지 못하는 미지의 존재가 개입한 것이 분명했다.

'다들 최선을 다하겠군. 샴발라를 차지한 존재는 나를 비롯해 모두에게 궁극의 적일 테니 말이다.'

세상이 파멸하면서 발생하는 에너지를 이용해 자신만의 세상을 창조하고 싶은 것은 헌원화의 염원이었다.

자신과 비슷한 존재들의 간섭을 받는 세상이 아니라 오롯이 자신만의 세상을 창조하려면 차원 씨앗과 그것을 활짝 발아시킬 에너지가 필요하다.

차원 씨앗은 확보하고 있지만 에너지가 부족했다.

창조주들이 통제하는 세상에서는 그만한 에너지를 얻을 수 없기 때문이다.

에너지를 얻을 수 있는 유일한 방법은 창조주가 이룩한 세상을 파멸시켜 그동안 쌓고 키워온 에너지를 흡수하는 길뿐이다.

잠시나마 격을 느낀 절대의 존재도 세상이 파멸하면서 발생되는 에너지를 원하고 있다.

창조주가 탄생시켜 키워온 지구 대차원의 에너지를 이용해 자신의 힘을 키우는 것이 분명했다.

세상을 파멸시킴으로 발생하는 에너지로 자신도 창조주가 될 수 있다는 것을 깨닫고 헌원화는 자신의 계획에 확신을 가질 수 있었다.

이런 깨달음을 자신만이 아닐 것이 확실했다.

샴발라를 향해 모여든 존재들은 이미 깨닫고 있을 것이기에 전력을 다해 결계를 깨고 샴발라를 장악한 존재를 제거할 것이 분명했다.

'하지만……'

새롭게 바뀐 에너지 기반에 적응을 했지만 결계는 자신과 권속들의 에너지를 흡수해 성장하고 있었다.

염원을 이루기 위해 결계를 뚫어야 하지만 방법을 찾을 수가 없어 마음이 착잡했다.

'절대적인 격이 지구 대차원과 이격이 된 후라 머지않아 후폭풍이 몰아닥칠 것이다. 세상을 파멸로 이끄는 힘과 막으려는 힘이 정면으로 부딪치게 된다면 내가 얻을 수 있는 것은 하나도 없다.'

결계를 이루는 에너지를 부리는 존재가 절대적인 격이 발휘하는 권능을 막을 수는 없을 것이다.

지구 대차원의 에너지 기반을 바꾸어 파멸을 막으려 하지만 격의 차이가 워낙 엄청나서 불가능하다.

더군다나 에너지 파장이 완전히 상극이라 자신이 얻으려 했던 에너지는 부딪치는 순간 소멸해 버릴 것이 분명하기에 헌원화는 선택을 해야만 했다.

'으음, 나와 같은 생각을 했나 보군.'

샴발라를 감싸고 있는 결계 주변을 에워싸고 있는 존재들 중에 미국에서 온 존재의 기세가 변하기 시작했다.

자신의 본성과 차원 씨앗이 가진 에너지를 연동시켜 새로운 형태의 에너지를 내뿜기 시작한 것이다.

자신만의 차원을 구축하기 위해 의지를 담아 설계했던 에너지 형태를 지금 가지고 있는 권능과 힘을 일부 희생해 구현해 낸 것이다.

샴발라를 둘러싼 결계에 흡수되지 않고 파괴할 수 있는 힘은 오직 그것뿐이었기 때문이다.

'후우, 나도 손을 놓고 있을 수는 없지. 뒤처진 존재는 소멸을 맞을 뿐이니까.'

절대적인 격이 자신이 만든 법칙에 따라 세상을 파멸로 이끌어가고 있다고는 하지만 아직 먼 훗날의 일이었다.

권능과 힘을 일부 희생시킨다고 하지만 헌원화는 지구 대차원이 파멸하기 전까지 권능을 회복할 자신이 있었다.

더군다나 샴발라를 장악한 존재를 제거하게 되면 절대적인 격이 만들어놓은 법칙을 거슬러 변화한 이 세상의 에너지를 흡수할 수 있는 기회가 생긴다.

통제하고 있는 주체가 없는 상태의 에너지이기에 누가 먼저 선점하느냐가 문제일 뿐, 얻기만 한다면 당장이라도 자신의 세상을 창조할 수 있기에 뒤쳐져서는 곤란했다.

"크으으으!"

본성과 차원 씨앗을 이용해 자신이 만들어야 할 세상의 기반이 될 에너지를 만들자 전신이 찢어지는 것 같은 고통이 밀려들었다.

지구 대차원의 에너지와 부딪쳐 일어나는 반발로 인한 고통을 참으며 헌원화는 자신의 에너지를 키워 나갔다.

— 카오오오오!!

헌원화가 자신이 만들어낸 에너지로 실체를 구현하자 머리 위로 거대한 흑룡이 나타났다.

입에는 붉은 색의 여의주를 머금고 네 발에는 사색의 여의주를 움켜쥔 흑룡은 결계를 향해 날아갔다.

콰—아앙!!!

콰지지지지직!

푸른색의 장막이 생겨나며 흑룡을 그물처럼 덮었고, 그 순간 여의주에서 뿜어지는 빛들이 결계를 부수기 시작했다.

마침내 결계에 구멍이 뚫렸고, 헌원화는 권속들을 이끌고 안으로 진입했다.

결계의 안은 방금 전까지 헌원화가 있던 히말라야와는 전혀 다른 공간이었다.

만년설과 황량한 암석들 대신 거대한 푸른 초원이 있었고, 거대하기 그지없는 아홉 개의 거대한 신전들이 주변을 감싸고 있는 봉우리들처럼 자리하고 있었다.

헌원화가 결계를 뚫은 직후에 다른 존재들도 속속 안으로 진입하기 시작했다.

상이한 에너지로 인해 곳곳에 구멍이 뚫린 탓에 샴발라를 감싸던 결계도 수명을 다하고 말았다.

다른 존재들이 결계를 뚫고 도착하고 있음에도 헌원화의 시선은 돌아가지 않았다.

그의 시야에 들어오는 거대한 신전 때문이었다.

"으음!"

너무나도 친숙한 에너지 파장이 신전에서 흘러나오고 있었기에 헌원화는 자신도 모르게 신음을 흘렸다.

결계를 뚫기 위해 만들어낸 자신이 창조할 세상의 기반이 되는 에너지가 신전에서 흘러나오고 있었던 때문이었다.

'어떻게 저럴 수가 있지?'

결계를 뚫을 때 만든 에너지는 이 세상에 처음 구현된 것이다. 어째서 자신의 에너지와 똑같은 것이 신전에서 흘러나오는 건지 의문이 아닐 수 없었다.

무엇보다 자신이 만든 것보다 더 정밀하고 안정적이라는 사실에 헌원화는 패닉에 빠질 수밖에 없었다.

그것은 다른 곳도 마찬가지였다.

결계를 뚫고 들어와 보니 자신들이 세상을 창조하기 위해 구상했던 에너지와 같은 형태의 에너지를 내뿜고 있는 신전이 떡하니 자리를 잡고 있었다.

같은 형태의 에너지가 이미 오래 전에 존재했고, 그것을 주관하는 존재가 있었다는 것을 신전을 통해 확신하며 헌원화는 한 가지 사실을 깨달을 수 있었다.

"크크크크! 세상을 창조할 내가 그저 장기판 위를 뛰어다니는 말에 지나지 않았던 것인가?"

자신의 힘으로 세상을 창조하는 것이 충분히 가능하리라고 생각했던 것은 허망한 꿈에 불과했다.

같은 꿈을 꾸는 존재가 이미 있었다는 것은 자신이라는 존재가 누군가의 파편이라는 것을 뜻했다.

자신이 절대적인 격이 만들어놓은 거대한 법칙 안을 맴도는 하찮은 존재만도 못하다는 것을 깨달은 헌원화는 분노하지 않을 수 없었다.

"으아아아아아!!!!!"

헌원화의 입에서 분노의 포효가 튀어나왔고 거대한 에너지가 분출이 됐다.

결계를 뚫었던 흑룡의 몸집이 거대하게 부풀어 오르며 여의주들이 눈을 뜨고 볼 수 없을 정도로 강렬한 광채를 발하기 시작했다.

빛의 폭풍이 신전을 향해 치달았다.

분노로 인해 폭주한 헌원화가 자신의 본성과 가지고 있는 권능을 또 다시 희생해 신전을 부수려 했다.

누군가의 파편이라는 사실을 부정하고 싶었기 때문이다.

자신은 의지를 가진 존재였다.

자신만이 오롯한 하나가 되어야 한다.

카─캉!

신전을 향해 치달았던 빛의 폭풍이 뭔가에 부딪쳐 깨지듯 흩어졌다.

헌원화의 폭주를 막은 것은 아주 의외의 존재였다.

빛의 폭풍이 사라진 후에 신전 위로 거대한, 헌원화가 만들어낸 것과 비슷한 흑룡이 떠 있었다. 거대한 방벽을 형성해 빛의 폭풍을 흩어버렸던 것이다.

신전 위에 떠 있는 흑룡은 헌원화의 것과는 조금 달랐다.

다섯 개의 여의주를 가지고 있는 헌원화의 흑룡과는 달리 오색의 찬란한 빛을 품고 있는 여의주 하나만을 입에 물고 있었다.

그리고 자신을 공격했던 헌원화가 만들어낸 흑룡을 바라보고

차원통제사

있었다. 전신에는 형용할 수 없을 정도의 거대한 기세가 흘러나오고 있었다.

"크크크, 넌 도대체 무엇이냐?"

푸른색이 선명한 커다란 눈으로 자신을 바라보는 시선과 기세에 기분이 극도로 나빠진 헌원화가 소리쳐 물었다.

— 아이야, 이제 돌아올 때가 되었다.

"내가 아이라고?"

— 너는 내가 세상에 남겨 놓은 흔적이다. 이제 때가 되었으니 본류로 돌아올 시간이니라.

"하하하하하하하!!!!!"

헌원화의 입에서 울분이 가득한 웃음이 터져 나왔다.

자신의 뇌리를 울리는 목소리가 전하는 것이 사실이라는 것을 본능적으로 알았기 때문이다.

"웃기지 마라. 네가 본류라고? 이제부터 내가 본류가 될 것이다."

세상이 창조될 때부터 존재했고, 새로운 세상을 만들 수 있는 권능을 지닌 자신이었다.

그런 자신이 초월적인 존재가 남겨 놓은 흔적에 불과하다는 것이 사실이라는 것을 깨달았지만, 헌원화는 절대 수긍할 수 없었다.

'너를 씹어 삼켜 홀로 설 것이다.'

자신의 정체성을 유지하기 위해 지금까지 본성을 흩트리지 않았지만 이제는 그럴 필요가 없어졌다. 헌원화는 스스로 걸었던 제한을 모두 풀어버렸다.

본류를 집어삼켜 새로운 존재로 거듭나면 된다고 생각했기 때문이다.

콰—아아아아!!!!

엄청난 에너지가 헌원화의 몸에서 흘러나왔고, 그와 더불어 그의 권속들이 먼지처럼 흩어지기 시작했다.

헌원화는 권속들이 가진 힘을 흡수해 자신의 힘과 함께 흑룡에 부여하기 시작했다.

흑룡이 네 발에 움켜쥐고 있던 여의주들이 하나로 합쳐지기 시작했다.

여의주 네 개가 하나가 되더니 입에 있는 여의주로 날아가 융합이 되어 갔다.

하나로 합쳐지자 신전 위에 떠 있는 흑룡이 가진 여의주처럼 오색의 광채를 내뿜기 시작하자 헌원화의 몸이 권속들과 마찬가지로 조금씩 희미해져 가더니 세상에서 사라졌다.

이런 현상은 다른 곳에서도 나타났다.

청동색의 거인이 나타나기도 했고, 번개를 틀어쥔 거인이 나타나기도 했으며, 전신으로 청색의 화염을 내뿜는 거대한 새가 나타나기도 했다.

결계를 뚫고 들어온 존재들이 신전 위에 있는 것들과 같은 형태를 가진 에너지 집합체를 만들어낸 후 스스로를 융합시킨 것이다.

신전 위에 만들어진 형상들과 초월자들이 만들어낸 형상들을 하나같이 쌍을 이루고 있었다.

에너지의 속성과 형태가 같았기도 하지만 스스로 초월로 들어섰다고 여기는 이들이 사실은 봉인된 이들이 남긴 흔적이었기에 비슷할 수밖에 없었다.

신이라 불렸던 초월자들은 봉인이 되기 전에 절대 의지에 대항하기 위해 창조주의 도움을 받아 나름대로 각자의 안배를 남겼다.

봉인되기 직전의 권능과 힘을 가진 자신들처럼 성장할 수 있는 아바타들을 이 세상에 남겼던 것이다.

그들은 아바타들에게 오직 한 가지 목적밖에는 부여하지 않았다.

차원 씨앗을 발아시켜 권능을 발현하고, 자신들의 세상을 창조하는 것을 돕는 것이 아바타들에 남겨진 사명이었다.

봉인에서 깨어나 자신들이 남긴 아바타를 흡수하면 절대 의지의 간섭에서 벗어날 수 있는 힘을 얻을 수 있기 때문에 베풀었던 안배였던 것이다.

세상에 남겨진 아바타들도 신전 위에 형상화된 에너지 집합체를 보면서 본능적으로 이런 사실을 깨달았다.

이대로 가다가는 자신들에게 남은 것은 소멸뿐이었다. 아바타들은 자신들이 가진 본성과 권능을 집약시켜 의식을 가진 에너지로 자신들을 변화시킬 수밖에 없었다.

자신들의 진체가 의도했던 것처럼 역으로 진체들의 에너지를 흡수해 새로운 존재로 거듭나기 위해서였다.

콰아앙!!!

콰콰콰콰쾅!!!!

흑룡들이 격돌하고, 거인들이 맞붙자 천지가 흔들리는 것 같은 굉음이 울려 퍼졌다.

전투에서 승리한 존재만이 모든 것을 독식하기에 처절하기 그지없는 전투였다.

결계가 뚫리는 순간 문도들을 곧바로 텔레포트시켰다.

아리를 비롯해 문도들 전원을 비밀 기지로 보내고 나만 홀로 남아 전투를 지켜보는 중이다.

'엄청나군.'

권능과 권능이 충돌해 사방으로 퍼지는 충격파는 S급 각성자라 할지라도 버텨낼 수 없는 수준이다.

얼마나 광장한 전투인지 내 눈앞에 보이는 광경이 아마겟돈이 아닐까 싶다.

신이라 불렸던 존재들과 그들이 남긴 아바타가 서로를 흡수하기 위해 모든 것을 걸고 벌이는 전투라서 그런 것 같다.

'예상한 대로 저들이 벌이는 전투로 인한 충격파가 절대 의지의 간섭을 늦추고 있다. 그렇지 않았다면 두 분이 손을 쓰기도 전에 지구 대차원과 암흑 대차원은 소멸을 맞았을 테니까.'

샴발라에 드리운 절대 의지의 간섭을 배제시켰지만, 그 시간이 길지 않았다.

그대로 두면 곧바로 절대 의지의 간섭을 받아야 하는데, 봉인되었던 신들과 그들이 남긴 아바타가 충돌하는 바람에 차원의 경계가 생기기 시작해 간섭을 막을 수 있어 다행이 아닐 수 없다.

어찌되었거나 시간을 벌었으니 다음 수순만 남았다.

'이제 시작하십시오. 제가 벌어드릴 수 있는 시간이 얼마 없으니 말입니다.'

권능의 충돌로 인해 발생한 충격파로 인해 차원력이 깨어나는 중이다.

지구 대차원이 처음 생성될 때 생긴 것과 같은 수준의 차원력이 생성 중이라 절대 의지도 함부로 간섭을 하지 못한다.

하지만 얼마 있지 않아 균형이 무너질 것이고, 그로 인해 차원 경계가 허술해질 것이다.

허락된 시간은 지금뿐이기에 두 분이 움직이기를 바랐다.

'역시, 기회를 놓치지 않으시는구나.'

아주 미세한 변화지만 지구 대차원을 유지하는 에너지 기반이 다시 바뀌고 있다는 것을 알 수 있었다.

'조금 있으면 승부가 갈린다.'

아바타들은 모르고 있지만 이 전투는 처음부터 승패가 정해진 것이었다.

스스로 봉인을 하면서 의지만을 키운 존재들이 다루는 에너지와 한 가지만을 목적으로 가지고 안배된 아바타가 다루는 에너지는 질적으로나 양적으로 많은 차이가 있기 때문이다.

콰드드드득!

대륙천안의 천주인 헌원화가 자신의 모든 것을 희생해 만들어낸 흑룡의 목덜미에 거대한 이빨들이 박혔다.

봉인되었다가 깨어난 신의 의지가 깃든 흑룡이 사정없이 물어뜯었다.

"크아아아악!"

비명을 질러 대며 몸부림을 치지만 이미 급소를 물린 터라 벗어날 수가 없었다.

초기에는 대등하게 싸우더니 드디어 전세가 기운 것이다.

제 6 장

전세가 기운 것은 다른 곳도 마찬가지였다.

봉인된 신들이 만들어낸 형상들이 일방적으로 자신의 아바타를 몰아붙이고 있는 중이다.

'아바타가 가진 것을 전부 흡수하는 순간에 내가 나서야 한다. 실체를 구현하지 않았을 때 저들의 의지와 에너지를 지구 대차원에 최대한 많이 고착시켜야 절대 의지의 간섭을 받는 시간을 최대한 늦출 수 있으니까 말이다.'

상처를 입은 아바타들에게서 흘러나오는 에너지를 흡수하는 지 진체가 만들어낸 형상들이 점점 커지고 있다.

쪼그라들고 있는 아바타들이 완전히 사라지게 되면 봉인이 되어 있던 존들은 예전보다 더한 권능과 힘을 발휘할 수 있게 된다.

예전보다 강한 존재로 절대 의지의 간섭을 받지 않고 대항할 수 있는 권능을 얻게 되는 것이다.

그것은 그것대로 문제였다.

스스로의 의지로 절대 의지의 간섭을 벗어날 수 있으니 실체를 가지게 된다면 다른 생각을 하게 될 것이 분명하니 문제를 해결해야 한다.

에너지가 포화된 상태에서 실체화가 되면 자신만의 법칙이 완성된다.

새로운 세상을 창조하게 되는 것이 초월자가 발아시킨 차원 씨앗에 새겨진 법칙이기 때문이다.

그동안 스스로를 희생시킨 의도와는 달리 새로운 세상을 창조하기 위해 움직인다는 뜻이다.

'실체화가 시작되기 직전, 의지와 에너지의 수준이 가장 높을 때 그것들을 지구 대차원에 고착시켜야 한다.'

저들이 새로운 차원을 만들게 되면 또 다시 순환계의 법칙에 따라 절대 의지의 간섭을 받게 된다.

그렇지만 이곳에 저들의 에너지를 고착시키게 되면 아버지와 큰아버지가 준비한 계획이 시작될 것이고 모든 것이 달라진다.

고착시킨 에너지를 이용해 대척자로 선택된 이들이 새로운 차원 씨앗을 발아시킬 것이고, 그 힘으로 지금의 절대 의지와는 다른 지구 대차원을 관장할 새로운 의지가 생기면서 다른 우주를 생성하게 한다.

지금까지와는 다른 법칙이 적용되는 새로운 우주가 생겨나면 지구 대차원을 관할하는 절대 의지의 간섭에서 완전히 벗어날 수가 있다.

'얼마 남지 않았다.'

아바타의 의지가 흡수되는 속도가 빨라지고, 가지고 있던 에너지도 대부분 빼앗겼는지 아홉 존재의 존재감이 점점 뚜렷해진다.

'찰나의 순간에 끝내야 한다.'

마무리할 시간이 다가왔다. 내가 간직하고 있는 에너지를 끌어 올려 혼원주를 이용해 아홉 존재가 내뿜고 있는 것과는 상극인 것으로 바꾸었다.

'크으으!'

전신이 찢어질 것 같은 고통이 느껴진다.

아버지가 만들어 놓은 전투 슈트를 입고 있지 않았다면 내 몸이 단숨에 터져 나갔을 정도로 거대한 에너지가 내부에서 꿈틀거린다.

'조금만 더, 조금만……'

감당할 수 있는 한계까지 계속해서 에너지를 끌어 올리며 변화시켰다.

지구 대차원이 속한 이 우주가 처음 생성됐을 당시의 팽창하는 에너지와 맞먹을 정도의 에너지를 품기 위해서다.

번쩍!

아바타가 가진 모든 힘을 흡수한 것인지 아홉 곳에서 형형색색의 광채가 기둥처럼 허공으로 솟아오른다.

― 지금이다!!!!!!!!!

뇌리를 울리는 의지들의 뜻에 따라 끌어 올린 에너지를 방출했다.

콰르르르르르르르르!!!!!!

번―쩍!!!!

아홉 존재가 뿜어내는 에너지와 내가 뿜어내는 에너지가 부딪치며 차원의 경계를 흔들더니 구멍을 만들어냈다.

그리고 그곳을 통해 상극의 에너지가 부딪치며 발생한 충격파가 무한히 뻗어 나가기 시작했다.

새로운 우주가 탄생한 것이다.

절대 의지가 간섭하는 우주에 구멍이 생기자 두 분의 의지에 가려진 무엇인가가 그곳으로 빨려 들어갔다.

그것만이 아니다

어찌된 일인지 내 의지도 그곳으로 빨려 들어가고 있었다.

그리고 내 눈앞에 알 수 없는 공간이 펼쳐졌다.

'으음.'

어디로 왔는지 알 수 없다.

그저 아무것도 없는 미지의 공간이다.

빛도 없고, 물질도 없는 그저 무의 공간에 작은 점 하나가 생겨났다.

작은 점 하나는 조금씩 꿈틀거리며 팽창하기 시작했다.

콰―지지지직!

팽창을 이기지 못했는지 작은 공 정도의 크기가 되어버린 점이 마치 껍질을 깨지듯 갈라지기 시작했다.

갈라진 틈 사이로 오색찬란한 빛이 흘러나와 틈을 더 벌려 나갔다.

쩌―어엉!!!!!!

거대한 굉음과 함께 구체가 폭발했다.

틈 사이로 흘러나왔던 빛들을 사방으로 폭주했고, 무한히 뻗어 나가기 시작했다.

빛이 지나간 자리에는 안개 같은 것이 생성이 되었고, 몇몇 안개들은 점점이 뭉치더니 둥그런 구를 형성했다.

생성된 구는 빛과 함께 열기를 내뿜기 시작했고, 주변의 안개를 끌어들여 작은 구체를 만들어 나갔다.

만들어진 구체들은 서로 부딪쳐 합쳐지기도 하고, 다시 안개로 변해 버리기도 하면서 이합집산을 거듭했다.

빛이 지나간 자리 위에서 이합집산을 거듭하는 구체들이 또 다른 빛을 뿜어내기 시작했다.

그것들은 마치 밤하늘에 터지는 불꽃처럼 보였다.

거대한 폭발과 함께 빛들은 공간을 가르며 무한의 거리를 여행하기 시작했고, 그 뒤로 수많은 빛이 생성되며 은하와 항성들이 생겨났다.

'이것이 빅뱅인가?'

난 지금 절대 의지가 간섭하는 역장을 넘어선 미지의 공간에서 새로운 우주와 차원들이 탄생하는 광경을 보고 있는 것 같다.

우주의 탄생 순간을 목격하다니 정말 놀라운 일이다.

'아까 그 점이 특이점이었나 보군. 그나저나……'

우주의 탄생 과정을 지켜보면서 지구 대차원이 존재했던 우주가 어떻게 생성이 되었는지 알게 되었다.

이곳과 마찬가지로 그 우주는 절대 의지가 던진 의지의 조각에서부터 시작되었다.

내가 지금 지켜본 것처럼 절대 의지가 던진 의지의 조각이 특이점이 되었고, 바로 그 점에서 시작이 된 것이다.

'우리를 관찰했던 절대 의지 또한 또 다른 존재의 간섭으로부터 벗어나 새로운 우주를 만든 것이었다.'

우주로 퍼져 나가며 항성계와 차원을 형성하는 것은 대적자들이 품고 있던 차원 씨앗이었다.

우주는 절대 하나의 의지로 창조할 수 있는 것이 아니다.

비록 한 점이지만 그 안에는 수많은 의지가 담겨 있어야 하고, 그 의지에 따라 차원과 항성계가 형성되는 것이다.

절대 의지가 던진 작은 조각이 어떻게 우주의 시작점이 되었는지, 우주와 차원이라는 모든 것을 품고 있는지 수수께끼였는데, 이제는 알 것 같다.

새롭게 생성된 우주로 퍼져 나가는 차원 씨앗의 창조물을 바라보며 아버지와 큰아버지가 세운 계획이 절대 의지가 실행했던 계획에서 따온 것임을 알 수 있었기 때문이다.

또한 빅뱅을 지켜보며 우리들을 간섭했던 절대 의지조차도 누군가의 간섭을 받고 있었다는 것을 깨달았다.

절대 의지도 그 간섭을 벗어나기 위해 자신이 관장할 수 있는 새로운 우주를 창조했던 것이 분명하다.

'그나저나 우리는 어떻게 되는 거지?'

무한한 층을 가진 다차원 구조의 우주가 생성되고 있는 것을 바라보다가 나를 비롯해 문도들은 어떻게 될 것인지에 대해 생각이 미쳤다.

'후후후, 여기까지가 우리의 역할인가?'

갑자기 나란 존재가 두 분이 세운 계획을 위한 희생양이라는 생각이 들었다.

소멸을 통해 절대 의지의 한 끼 식사거리로 전락할 운명인 지구 대차원을 구하기 위해서이기에 불만은 없지만 미련은 있었다.

이곳과는 다른 우주에 있는 지구 대차원과 암흑 대차원을 이대로 소멸시키고 싶지 않다.

'나는 어쩔 수 없지만…….'

이제는 자신을 방해하는 것이 없으니 절대 의지에 의해 두 개의 대차원은 소멸하게 될 것이다.

그렇게 되면 아리를 비롯해 수많은 이들도 사라지게 될 것이기에 넋 놓고 있을 수만은 없다.

나는 어떻게 되더라도 그들의 삶을 이어주고 싶다.

'아직 완전하지 않은 우주이니 모두 이곳으로 옮긴다.'

두 분은 자신들이 창조한 대차원들을 희생시킬 생각이겠지만 나는 다르다.

아직 두 우주가 완전히 단절된 것은 아니니 두 분이 창조한 대차원에서 살아가는 존재들을 새로운 우주로 옮겨야 할 것 같다.

'아직 이게 있으니 충분히 가능하다.'

내가 품고 있는 에너지는 다 썼지만 어떤 에너지든 다른 형태로 변환시킬 수 있는 혼원주가 아직 남아 있다.

내가 생각한 대로라면 충분히 가능한 일이니 무조건 시도해

볼 것이다.

품고 있는 에너지와 차원 씨앗을 전부 제거하면 절대 의지의 간섭을 배제할 수 있으니 이 우주로 옮긴다고 해도 문제가 없을 것이다.

나는 모든 것을 잃게 되겠지만 절대 의지의 간섭을 배제하면 다들 새로운 대차원에서 살아갈 수 있을 것이다.

─ 내 의지를 따라라!

내 의지에 따라 에너지가 흘러 들어온다.

빅뱅이 일어난 후 뻗어 나가 우주로 흩어지는 에너지를 혼원주를 이용해 빨아들인 것이다.

─ 터전을 만들어라!

다시 의지를 발휘하자 에너지가 물질로 변화되며 각각 아홉 개의 항성과 수백 개의 위성으로 이루어진 두 개의 대차원이 생성되기 시작했다.

차원을 창조하는 것이지만 어렵지는 않다.

샴발라의 신전 안에 있던 신좌를 통해 얻은 정보에는 각 차원에 대한 모든 것이 들어있기에 가능한 일이었다.

내가 발하는 강력한 의지 덕분인지 두 개의 대차원은 아주 빠르게 만들어졌다.

내 의지를 아홉 갈래로 나누어 새롭게 생성된 지구 대차원에 속하는 소차원에 뿌렸다.

'저것도 예상대로다.'

내 의지를 받아들인 지구 대차원은 자신의 평행 차원인 암흑 대차원에 내 의지를 투영했다.

― 각 차원의 존재들은 새로운 곳에 거하라!

의지를 천명하자 우주를 건너 각 차원에 사는 존재들이 새로운 차원으로 옮겨지는 것이 느껴졌다.

'돼, 됐다.'

이지를 가진 존재들을 비롯해 가 차원에 사는 생명들이 모두 옮겨지자 곧바로 두 우주의 연결점이 사라졌다.

이제는 이전의 우주와 완전히 단절이 된 것이다.

'으음⋯⋯.'

예상했던 것처럼 이 우주에 넘치는 에너지를 빨아들였던 혼원주는 사라지고 없었다.

'이상하군.'

예상한 것과는 다른 상황이다.

두 대차원에서 이지를 가진 존재들을 옮기고 나면 나라는 존재는 아예 사라질 것으로 생각했는데 아직까지 남아 있으니 정말 의외다.

'설마, 두 분은 여기까지도 생각을 하신 건가?'

두 대차의 생명들을 옮기기 위해 두 개의 우주에 간섭을 했다.

파생되는 반발력이 엄청났을 텐데 아주 수월하게 성공했고, 내가 아직까지 존재한다는 것은 두 분의 배려가 없었다면 있을 수 없는 일이었다.

아마도 내가 이렇게 할 것을 이미 알고 계셨던 게 분명하다.

'하하하, 다행이다. 모든 것이 잘되었으니⋯⋯.'

에너지 기반과 인과율에 따른 법칙은 완전히 달라졌지만 같은 환경을 지니고 있으니 모두들 새로운 우주에서 잘 살아갈 것이다.

권능을 잃기는 하지만 나 또한 그들과 어울려 잘 살아갈 것이다.

새롭게 만든 대차원들에 내 의지를 담은 탓인지 모든 것이 잘되었다는 생각이 일자 정신이 흐트러진다.

그리고 어디론가 빨려 들어갔다.

"윤성찬!! 일어나라!!!!"

"으음⋯⋯."

"인마, 일어나! 오늘따라 왜 이렇게 못 일어나는 거냐?"

"형!"

"오늘이 무슨 날인지 몰라?"

"무슨 날인데?"

"이 녀석 봐라. 오늘 두 분 출소하는 날이잖아. 어서 일어나서 씻어라."

창밖을 보면 아직 어둠에 물들어 있다.

어찌 된 일인지 모르지만 서둘러 침대에서 일어났다.

일어나 보니 자고 있던 침실이 낯설지가 않다.

두 분 이모에게 넘겨받은 창고를 개조해 만들었던 내 방과 완전히 같은 모습이었다.

거실이나 작업실도 마찬가지로 다른 우주에서 살 때와 마찬가지 형태다.

그렇지만 바뀐 것도 있었다.

비공기와 차를 보관했던 구역이 이제는 여러 개의 구획으로 나뉘어져 있었다.

샤워실로 가며 슬쩍 살펴보니 내가 사용하는 것과 같은 형태의 방들이었다.

'으음, 대차원을 만들 때 이렇게까지 디테일하게 구상하지는 않았는데, 어떻게 된 일이지?'

샴발라의 신좌에서 얻은 각 차원들에 대한 정보에는 차원의 기반이 되는 에너지와 생물종들, 그리고 차원에 새겨진 역사밖에는 없었다.

'이것도 두 분이 관여하신 건가?'

이렇게까지 디테일하게 구성이 되었다는 것은 누군가 관여했다는 뜻이고, 그럴 수 있는 존재는 아버지와 큰아버지밖에는 떠올릴 수 없었다.

'일단 씻고 나서 형이 이전의 기억을 가지고 있는지부터 알아보자.'

절대 의지의 간섭에서 완전히 벗어났는지 확인해야 하는 터라 성진이 형이 이전 우주에서 있었던 일을 기억하고 있는지 알아봐야 할 것 같다.

샤워실로 들어가 서둘러 몸을 씻고 나오니 성진이 형이 음식을 차리고 있다.

"일단 밥부터 먹자."

"알았어."

김치찌개와 밑반찬, 그리고 잘 구워진 고등어구이까지 잘 차려진 식탁이었다.

'형은 요리를 잘 못하는데, 이상하군.'

맛있는 것을 감별하는 미식은 탁월하지만, 요리에는 젬병인 성진이 형이 차린 것이라고 믿을 수 없을 만큼 요리가 먹음직스러웠다.

"뭐 하냐? 어서 먹지 않고?"

"알았어."

후르르륵!

찌개부터 한 술 뜨니 맛이 기가 막히다.

조미료를 넣지 않고 이 정도의 맛을 내다니 수준급의 솜씨다.

"맛있는데?"

"그럼 맛이 없겠냐? 이모들 밑에서 내가 얼마나 열심히 배웠는데."

"그런가?"

"어서 먹자. 얼른 먹고 나서 마중하러 가자."

"알았어."

어디서부터 말을 꺼내야 할지 모르니 형에게 이전 기억이 있는지 알아볼 수가 없을 것 같다.

'두 분을 만나면 뭔가 알 수 있겠지.'

이전 우주에서는 면회조차 하지 못했던 두 분이 출소한다고 하니 일단 만나봐야겠다.

그러면 지금 어떤 상황인지 알 수 있을 테니 말이다.

서둘러 밥을 먹고 양치를 한 다음 형이 모는 9인승 승합차를 타고 두 분이 있다는 안양 교도소로 향했다.

아침 7시가 조금 넘은 시간이라 차가 그리 막히지 않아서인지 출소 시간에 맞춰서 안양 교도소에 도착할 수 있었다.

주차장에 차를 댄 형은 내 손에 두부가 들어 있는 검은 봉투를 들려줬다.

형도 검은 봉지를 들고 있는 중이다.

나는 아버지에게 형은 큰아버지에게 드릴 두부다.

9시가 되자 마침내 철문 한쪽이 열리며 출소자들이 나오기 시작했다.

오늘은 출소자가 많은지 아버지와 큰아버지의 모습이 좀처럼 보이지 않는다.

'형이 잘못 알고 있는 건가?'

좀처럼 나오지를 않기에 이상하다고 생각하고 있는 와중에 햇살 때문인지 눈을 찡그리며 나오시는 아버지가 보였다.

뒤를 이어 큰아버지까지 나오신다.

"성찬아, 저기 나오셨다."

"그러네."

"어서 가자."

형에게 이끌려 두 분에게로 갔다.

"아버지, 이거 좀 드세요."

"이것 좀 드세요."

형은 큰아버지 앞으로 가서 두부를 꺼내들었고, 나도 형을 따라 아버지에게 두부를 꺼내 드렸다.

"너희 둘이 그동안 고생 많았다."

"뭘요."

큰아버지의 말에 형이 대답을 했고, 아버지는 말없이 내 머리를 쓰다듬으신다.

번쩍!

아버지가 머리를 쓰다듬자 뇌리에 섬광이 일어나며 기억들이 밀려들었다.

"아!!"

"성찬아, 이제 모두 잘 풀릴 거다."

"그럴 거예요, 아버지."

"지난 일들을 잊어라. 이제 새롭게 시작을 하니 말이다."

"알았어요, 아버지."

"그동안 고생 많았다"

다 안다는 듯 아버지가 내 어깨를 두드려 주신 후 두부를 드셨다.

"성진아, 이제 집으로 가자. 너희들이 살고 있는 곳이 보고 싶구나."

"예, 아버지."

두부를 다 드신 큰 아버지가 말씀하셨고, 우리 네 사람은 곧바로 주차장으로 가서 차를 탔다.

할 말이 많았지만 그냥 차에 올라타 생각에 잠겼다.

'세상이 참 재미있게 변했다.'

아버지가 머리를 쓰다듬으시며 전하신 정보로 나는 이 세상이 어떻게 변했는지 알 수 있었다.

새로운 지구에는 각성자나 초월자에 대한 일들은 모두 사라지고 없었다.

두 대차원에 존재하는 이들은 중에 이지를 가진 이들은 대변혁과 그 이후의 일에 대한 기억이 지워지고 조작되어 있었다.

세상을 살아가는 사람들은 평범한 삶에 대한 기억만 가지고 있는 것이다.

두 분에 대한 것도 마찬가지다.

차원 관련 물품이 아니라 아버지와 큰아버지는 첨단 IT 제품을 생산하는 기업을 운영하신 것으로 되어 있었다.

부하 직원들이 특허기술을 빼앗으려는 대기업의 회유에 넘어가 배신을 한 탓에 회사가 엉망이 됐고, 조작된 이중장부를 검찰에 제출한 전무 때문에 분식 회계를 해서 공금 횡령이라는 죄목으로 형을 사신 것으로 되어 있었던 것이다.

성진이 형과 나에 대한 기억은 조금 달랐다. 둘 다 어려서 송지암에 맡겨져 무술 수련을 했고, 특수부대를 나온 것은 전과 같았지만, 능력자가 되기 위한 것이 아니었다는 것만 달랐다.

재미있는 것은 형과 나는 전역을 한 후 두 분이 교도소에서 형을 살고 있는 동안 외국에 나가 용병 일을 하면서 돈을 모아 왔다는 것이다.

성진이 형은 나와 함께 두 분을 도와 회사를 다시 세울 계획을 가지고 있었기 때문이다.

아버지가 전한 기억에 따르면 두 분이 교도소에 간 사이 전무가 특허를 회사 명의로 하고 대기업의 자회사로 들어간 것으로 되어 있었다.

하지만 두 분에게는 대기업이 빼앗아간 기술보다 고차원적인 방식의 기술이 있었다.

이미 미국에서 특허를 받은 것이라 재기할 수 있는 기반이 되기에 성진이 형의 계획대로 두 분을 도와드리는 것도 괜찮을 것 같았다.

'그래, 그런 삶도 나쁘지는 않겠지. 더군다나 다른 이들도 다 연관을 가지고 있으니 말이야.'

아리를 비롯해 근호 형, 그리고 오인방까지 작지 않은 인연으로 묶여 있었다.

형과 내가 특수부대에서 복무하는 동안 일곱 사람은 송지암의 문하생으로 수련을 했고, 우리가 휴가를 나가면 사형들로서 수련을 도왔던 것으로 되어 있었다.

사형과 사질, 그리고 현화와 장호는 조금 다른 인연으로 묶여 있었다.

두 분이 회사를 설립하기 전에 만들었던 연구소에서 같이 연구를 했던 것으로 되어 있었다. 대기업의 개입으로 회사가 휘청거리자 큰아버지가 퇴사를 시킨 후 미국으로 건너가 다른 사업을 준비하는 것으로 되어 있었다.

그리고 하오문주와 그의 딸은 중국에 두 분과 합작 회사를 설립하려던 화교로 인연이 묶여 있었다.

그렇지만 두 분 이모는 조금 다른 형태로 인연이 이어져 있었다.

이전 우주에서는 두 분의 안배로 나와 형을 낳으셨지만 이곳에서 내 어머니와 큰어머니는 우리가 어렸을 적에 교통사고 때문에 돌아가신 것으로 되어 있었다.

두 분 이모는 사채업을 하시는 지하 금융업의 대부를 아버지로 둔 딸들로 아버지와 큰아버지가 우리를 송지암에 맡기고 사업을 시작했을 때 자금을 빌리는 것이 인연이 되어 지금까지 만남을 가져 온 것으로 되어 있었다.

두 분 이모는 결혼을 하지 않았던 상태에서 아버지와 큰아버지를 만나 첫눈에 반하셨고, 그로 인해 지금까지 독신으로 살아오면서 연인 관계를 유지하고 있는 것으로 되어 있었던 것이다.

'후후후, 자신들의 여자라고 엄청 꼼꼼하게도 챙기셨구나.'

이전 우주에서는 두 분 모르게 우리를 잉태하게 했지만 이 우주에서는 다른 삶을 사실 작정이신 것 같다.

어머니와 큰어머니로 불러야 할 분들이 이제 제자리를 찾는 것 같아 기분이 좋다.

아버지가 나에게 전한 정보대로라면 조만간 결혼을 하실 것이다.

새로운 우주에 지구 대차원을 만들면서 인연이 끊어질지도 몰라가 걱정했는데 정말 다행이 아닐 수 없다.

'고맙습니다. 이렇게까지 챙겨주셔서.'

다른 기억이기는 하지만 나와 인연이 있던 이들을 묶어 놓는 일까지 하신 것을 보면서 신경을 많이 쓰셨다는 것이 느껴져 감사를 드렸다.

— 아니다. 우리도 다른 삶을 살아야 하지 않겠니. 우리가 좋아서 한 일이다.

능력을 잃었다고 생각했는데 갑작스럽게 두 분의 의지가 들려왔다.

'아, 아버지.'

— 너도 텔레파시를 보낼 수 있으니 한 번 해봐라.

— 능력을 모두 잃은 것이 아니었습니까?

— 하하하, 자신을 너무 과소평가하는구나.

— 과소평가라니요?

— 성찬아, 너는 혼원주를 얻었다. 태초의 시작이자 모든 것의 근원인 혼원주를 말이다.

— 예?

— 아직도 깨닫지 못한 것이냐?

— 아!!!

아버지의 말을 듣고 깨닫게 된 것이 있었다.

— 그럼 스승님이…….

─ 맞다. 우리를 창조한 홀로 선 의지가 바로 그분이다. 그리고 그분을 이전 우주에 존재하게 만들었던 근원이 바로 혼원주다.

─ 혹시, 그럼?

─ 그래. 그분께서는 자신이 창조한 존재가 뜻을 어기고 폭주하는 것을 막기 위해 우리를 선택하셨다. 그리고 너를 통해 이전의 우주를 정화하신 거란다.

─ 이전의 우주를 정화한 것이라는 말입니까?

─ 그래. 혼원주는 사라진 것이 아니다. 네가 이곳에 구현한 지구 대차원과 암흑 대차원처럼 지금 그 우주를 지탱하는 에너지들을 흡수해 이 우주에 다시 만들어지는 중이다.

─ 으음……

─ 또한 네가 사숙이라고 알고 있던 존재가 바로 이전 우주를 지배하는 절대 의지다.

─ 예?

─ 모든 것의 시작인 태초의 존재는 그분 하나만이 아니다. 그분이 밝은 쪽에 서 있다면 그 반대편에 선 존재 또한 있다. 바로 이전 우주를 지배하는 절대 의지가 그런 존재다.

─ 믿어지지 않는군요.

─ 절대 의지는 자신이 만든 차원이 성장한 후 소멸할 때 발생하는 에너지를 통해 밝음을 침식한다. 태초부터 생성되기 시

작한 여러 갈래의 우주를 잠식해 온통 어둠으로 물들이는 존재다. 네가 스승이라고 여기는 분은 이를 못 마땅하게 여기셨다. 그래서 너를 통해 정화하려고 했다.

— 목소리뿐이지만 그 존재를 만났는데, 어째서 저를 그냥 둔 건가요?

— 어쩔 수 없었을 것이다. 그분과 우리의 안배로 너는 그때 이미 태초의 힘을 얻은 상태였고, 절대 의지는 우리들로 인해 지구 대차원에는 실질적으로 간섭할 수 없었으니 말이다.

— 그렇군요.

— 하지만 그분과 반대에 선 절대 의지는 만만치 않은 존재다. 그토록 간섭을 배제하려 애를 썼건만 그가 남긴 씨앗들이 이 우주에도 퍼졌으니 말이다.

— 그건 또 무슨 말씀입니까?

이제는 간섭에서 완전히 벗어났다고 생각했는데 아니라니 당황스러웠다.

— 이전 우주에서 봉인당했던 아홉 존재의 잔재가 절대 의지를 통해 이곳으로 흘러 들어와 퍼져 나갔다.

— 아버지, 그럴 리 없습니다. 그들이 가진 의지와 에너지는 제가 모두 흡수했습니다.

— 그래, 너라면 실수 없이 했을 것이다. 하지만 아홉 존재들은 자신이 만든 아바타가 가진 것을 전부를 흡수하지 못했다.

― 그럴 리가요?

― 사실이다. 아바타들이 가진 의지에는 절대 의지가 남긴 씨앗이 자라고 있었다. 그 때문에 전부 흡수하지 못했고, 절대 의지가 만든 우주에 구멍이 뚫리면서 섞여 들어왔다.

― 그렇다면 정말 큰일이군요.

― 그래. 절대 의지가 남긴 것이 이 우주에서 자라는 것을 막아야 한다.

― 어떻게 하면 되는 겁니까?

― 우리는 이 우주를 만드느라 대부분의 힘을 잃었다. 그러니 네가 수고를 좀 해줘야 할 것 같다.

― 제가요?

― 그렇다.

― 제가 그런 일을 할 수 있을까요?

― 네가 가진 능력이라면 충분히 가능하다. 그리고 조만간 재미있는 일이 벌어질 테니 말이다.

― 재미있는 일이요?

― 그래. 너도 한 번 느껴봐라. 내가 말하는 게 무엇인지 바로 알 수 있을 테니 말이다.

아버지의 말씀을 듣고 감각을 확장시켰다.

'어?'

이전의 우주에서보다 내 감각이 확장되어 있었다.

예전이라면 지구 대차원 정도만 감각 안으로 들어왔는데, 지금은 새로운 우주의 모든 것이 인식이 되고 있었다.

'말씀하신 것이 이런 것이었나?'

새로운 우주에 대한 정보를 인식하자 아버지가 말씀하신 것이 무슨 뜻인지 알 수 있었다.

새롭게 창조된 우주는 안정을 되찾은 것이 아니었다.

이전 우주에서는 안정을 위해 차원과 항성 간의 경계를 형성해 단절했다면, 지금은 차원과 항성을 연결하는 채널이 생겨야 안정을 찾을 수 있었다.

— 맞다. 보다 높은 상태로 진화하기 위해 지금 모든 차원과 항성이 연결되고 있는 중이다. 이전 우주와는 다른 대변혁이 시작되기 직전이지. 성찬아, 다시 한 번 인식을 해보도록 해라.

— 알았어요.

아버지 말씀대로 다시 한 번 인식을 하자 이질적인 존재들이 느껴졌다.

수많은 대차원과 항성계에 절대 의지가 뿌린 조각들을 인식할 수 있었다.

그런데 그 의지들은 자신이 속한 대차원과 항성들을 주변과 단절시키며 자신들만의 순환계를 만들고 있는 중이었다.

— 제가 할 일이라는 것이 저 의지들을 없애고 다른 차원들과 연결시키는 건가요?

― 맞다. 이질적인 존재들을 모두 없애야 완벽하게 절대 의지로부터 벗어날 수가 있다. 저 의지들이 성장하게 되면 우주의 경계가 흔들리게 된다.

― 우주의 경계가 흔들려요?

― 생성된 지 얼마 되지 않은 우주라서 그럴 수밖에 없다. 그렇게 되면 이전 우주의 절대 의지가 넘어올 수도 있다. 그러니 저 존재들을 제거하고 다른 차원, 항성들과 연결시켜야 한다.

― 알았어요. 하지만 제가 그만한 힘이 있을까요?

― 성찬아, 네가 잃은 것은 혼원주뿐이다.

― 예?

― 네가 가진 능력들은 지금 잠들어 있는 상태지만 채널들이 완성되고 나면 깨어날 것이다. 네가 인식한 것들은 절대 의지가 뿌린 잔재일 뿐이니 잠들어 있는 능력이 깨어나게 되면 충분히 제거할 수 있을 것이다. 네가 이전 우주에서 그토록 되고 싶어 하던 차원통제사가 되는 것이지.

― 그렇군요. 제가 잔재들을 제거하도록 할게요.

― 그래, 고맙다. 또한 온 우주가 채널로 연결되면 세상이 많이 변할 테니 준비를 하도록 해라. 너와 인연으로 묶인 이들이 도움이 될 것이다.

― 알았어요. 그나저나 스페이스와 현무는 어떻게 됐나요?

― 후후후, 조만간 만나게 될 것이다.

― 소멸하지 않았군요?

― 그래. 그놈들은 우리에 뜻에 따라 자신의 역할에 충실했던 것뿐이니 너무 악감정을 가지지는 마라. 스페이스와 현무도 개조하고 나면 도움이 될 테니 말이다.

― 혹시 새롭게 특허를 낸 기술이 스페이스나 현무와 관련이 있는 건가요?

― 그래, 맞다. 이번에는 에고가 아니라 인공지능 형태로 너를 도울 것이다.

전해진 정보에 따르면 아버지가 대기업에 빼앗긴 특허가 인공지능에 관한 것이었다. 그런데 미국에서 특허를 낸 기술이 인공지능으로 재탄생할 스페이스와 현무라니 놀라운 일이다.

― 스페이스는 너에게 종속될 것이고, 현무는 차원 간의 연계가 원활해질 수 있도록 조율하는 역할을 할 것이다. 둘은 서로 연결이 되어 있으니 최대한 활용하도록 해라.

― 알았어요. 채널이 연결되어야 움직일 수 있을 테니 그동안은 수련이나 해야겠네요.

― 그렇게 하도록 해라.

우주를 전부 인식하는데 시간이 많이 걸려서인지 내가 아버지와 대화를 나누는 동안 어느새 차는 집에 도착해 있었다.

"점심을 준비할 테니 두 분은 좀 쉬시고 계세요."

"알았다."

두 분은 우리들 방에서 쉬도록 한 후에 형과 나는 점심을 만들었다.

그동안 제대로 못 드신 것을 생각해서 여러 가지를 만들었는데 아주 맛있게 드셨다.

"오랜만에 정말 맛있게 먹었다. 둘이 사는 것이 걱정됐는데 잘살고 있는 모양이구나."

"우리 둘 다 요리하는 것을 좋아해서요. 맛있게 드셨다니 다행이네요."

"그래. 이제 식사는 했고, 식당으로 가봤으면 한다."

"이모님들 만나시게요?"

"그래야지."

"알았어요. 설거지 끝내고 가시죠."

곧바로 설거지를 끝내고 난 뒤 두 분과 함께 이모들을 만나러 갔다.

두 분 이모는 이 우주에서도 대형 공사장에서 식당을 운영하고 계셨는데 식당 안으로 들어선 아버지와 큰아버지를 보자 눈물을 글썽였다.

"마중가지 못해서 미안해요. 흑흑……."

큰어머니가 미안한 표정으로 울며 말했다.

"우리가 오지 못하도록 했는데 미안하긴. 울지 말아요."

"울지 마세요. 우리를 마중하러 왔다가 놈들 눈에 띄기라도 하면 곤란해서 오지 말라고 한 거니 미안해하지 않으셔도 돼요, 형수님."

"지, 지금 형수님이라고 불러주신 거예요?"

눈물을 흘리던 큰어머니가 눈을 크게 뜨며 반문했다.

"예, 형수님."

아버지 말씀에 큰어머니가 눈물을 흘리면서 미소를 지으신다.

"이런 자리에서 말하기는 뭐하지만 우리 결혼합시다."

"아아!!"

옆에 있던 큰아버지가 손을 잡으며 진심이 담긴 목소리로 말하자 큰어머니가 어쩔 줄을 몰라 했다.

그런 모습을 보면서 아버지도 가만히 계시지 않았다.

"당신에게 너무 미안하지만 우리도 결혼합시다."

"흐흐흐흑……."

아버지도 청혼하자 어머니는 아무 말도 하지 못하고 울기만 하신다.

― 이전 우주에서 아무것도 모르고 희생만 하신 분들이니 잘해드리십시오.

부부관계를 갖지 않은 채 아버지와 큰아버지의 의지로 우리를 임신하고 낳았지만, 그 모든 것들이 기억에서 삭제되신 분들이다.

무엇보다 두 분은 이 우주를 창조하기 위해 세운 계획에 모든 것을 바친 분들이니, 잘해드리는 것은 당연했다.

　— 걱정하지 마라.

　— 알았다. 그렇게 하마.

　내 마음을 아시는 것인지 텔레파시를 보내신다.

　"이야, 이제 나도 어머니가 생기는 거네. 잘 부탁드려요, 어머니. 그리고 작은어머니도요."

　"저도 잘 부탁드립니다, 어머니, 큰어머니."

　장시 멍하게 있던 성진이 형이 환하게 웃으며 인사를 드리기에 나도 인사를 드렸다.

　어머니와 큰어머니의 시선이 어느새 우리에게 돌려져 있었기 때문이다.

　"그래, 잘 부탁한다."

　"흑흑, 나도 잘 부탁해."

　두 분의 말씀을 듣고 오붓한 시간을 보내시도록 형의 옷깃을 잡아끌었다.

　"성진아, 성찬아, 왜 그러니?"

　"우리는 약속이 있어서 이만 가봐야 하니 데이트라도 하세요."

　"약속이 있었니?"

　"아시잖아요. 사제와 사매들을 만나야 해서요."

"그래, 잘 다녀와라. 오늘은 집에 들어가지 못할지도 모르니 기다리지는 말고."

"하하하! 알았어요, 아버지. 다들 좋은 시간 보내세요."

네 분을 뒤로 하고 식당을 나섰다.

"성찬아. 송지암에 갈 생각이니?"

"어느 정도인지 가서 봐야지. 아버지와 큰아버지가 출소하셔서 앞으로 바빠질 테니 말이야."

"그렇기는 하겠다. 우리가 회사 일을 도와드리게 되면 바빠서 보러 갈 시간도 없을 테니 말이다. 어서 가자."

성진이 형이 모는 차를 타고 송지암으로 향했다.

내가 의식하는 시간상으로는 얼마 되지 않지만, 앞으로 못 볼지도 모른다고 생각했기에 무척이나 보고 싶었다.

두 시간을 달려 송지암이 있는 산자락 아래에 도착한 형과 나는 차를 주차시켜 놓고 뛰듯이 송지암으로 올라갔다.

송지암 뜨락에는 일곱 사람이 수련에 여념이 없었다.

'아리!'

송지암에 도착한 후 편안한 수련복을 입은 채 맨 앞에서 에너지가 실리지 않는 삼환문의 무예를 펼치고 있는 아리의 모습을 보면서 마음이 뭉클해졌다.

제 7 장

잠시 지켜보고 있는데 제일 뒤에서 수련을 하고 있던 윤찬이가 성진이 형의 기척을 알아차린 모양이다.

　"어!!"

　다들 뒤를 돌아보더니 우리가 온 것을 알아차리고 놀라며 소리를 지른다.

　"대사형!! 성진 사형!"

　"다들 수련은 잘 하고 있었냐?"

　"보시면 아시잖아요. 열심히 수련하고 있었어요."

　"윤찬이, 너 농땡이 피운 건 아니고?"

　"정말이에요, 대사형. 정말 열심히 수련했어요."

"하하하! 잠시 지켜봤는데 형태가 제법 잡혀 있더구나. 너무 열심히 한 것 같아서 농담을 좀 해봤다."

"에이! 대사형도."

내 칭찬에 윤찬이가 어쩔 줄 모른다.

"그나저나 어떻게 된 거냐?"

"자, 이제 하산할 때가 된 것 같아서 왔어, 근호 형."

"하산?"

근호 형의 의문에 대답을 한 것은 성진이 형이었다.

"이제 본격적으로 움직일 때가 됐다."

"아! 오늘이 두 분 출소하시는 날이구나."

이유를 알았다는 듯 근호 형이 고개를 끄덕인다.

"그래. 이제 바빠질 테니 다들 짐을 챙기도록 해라."

"짐도 짐이지만 다들 소집해야겠네."

"그래, 하나도 빠짐없이 전부 소집하도록 해라. 모이는 장소는 우리 집이고, 날짜는 열흘 후다."

"알았다. 다들 짐 싸자."

근호 형이 윤찬이를 비롯해 오인방을 이끌고 짐을 싸기 위해 암자 안으로 들어갔다.

"성찬아, 나는 짐 싸는 것을 도울 테니 너는 사매나 위로 좀 해줘라."

"알았어, 형."

아리가 눈물을 글썽거리고 있는 탓인지 성진이 형이 급하게 한마디 남기고는 근호 형을 따라 암자 안으로 들어갔다.

'아리를 위로해 주라는 뜻이군.'

아버지는 아리의 기억은 물론이고, 나와 성진이 형의 행적을 아주 디테일하게 짜 놓으셨다.

아리와 나는 이전 우주와 마찬가지로 연인 관계다.

고아인 아리를 스승님의 제자로 받아들여질 수 있도록 도운 것이 나였고, 수련을 도와주는 동안 연인으로 발전했다는 설정이다.

나와 형은 용병으로서의 마지막 작전을 바로 어제 끝낸 것으로 되어 있었다.

용병으로서 의뢰를 받고 작전을 떠나기 전에 내가 하는 일에 대해 아무것도 모르는 아리에게 고백을 했었고, 돌아온 후 지금에서야 얼굴을 보여주니 것으로 되어 있으니 아리가 저렇게 눈물을 글썽일 만도 것이다.

"미안해, 사매."

"흑흑, 무사히 돌아오셔서 다행이에요."

"왜 울어? 내가 다치지 않고 다녀온다고 했잖아."

"믿었지만 너무 무서웠어요."

"무섭기는! 앞으로 그런 일은 하지 않고 사매 곁에 있을 테니 이제는 안심해도 돼."

"정말이요?"

"그럼 정말이고말고."

"알았어요."

"어서 사매 짐도 싸자. 내가 도와줄게."

"그래요."

근호 형이나 오인방과는 달리 아리는 요사채에서 홀로 머물고 있었기에 같이 가서 짐을 싸는 것을 도왔다.

수련복과 일상복 몇 개밖에는 없어서 가방 하나로 짐을 다 쌀 수 있었다.

아리를 도와 짐을 싸고 나가보니 다들 등에 가방 하나를 매고 기다리고 있는 중이었다.

"다들 내려가자."

"예! 대사형!!!"

우리는 송지암에서 승합차가 있는 곳까지 달리듯 내려왔고, 성진이 형이 모는 차를 타고 집으로 돌아올 수 있었다.

"와아! 공사가 다 끝났나 봐요?"

"구조는 똑같으니까 각자 취향에 맞게 꾸미도록 해"

이전에 비공기가 있던 방들이 지금은 제자들을 위한 방으로 만들어진 것이었다.

침대와 가구들도 모두 동일한 것으로 갖추어 놓았기에 알아서 꾸미라고 말한 후 형이 각자에게 배정을 해주었다.

"아리는 이 방을 쓰도록 해."

"알았어요."

형이 지정해 준 아리의 방은 바로 내 옆방이다.

방으로 들어가며 얼굴을 약간 붉히는 것을 보니 내 방과 연결된 문을 본 모양이다.

"자, 이제 저녁 먹자. 다들 준비해."

"예!!"

방 배정이 끝나자 성진이 형의 외침에 다들 저녁 식사를 준비하기 시작했다.

집에 도착하기 전에 미리 대형 마트에 들러 식재료들을 충분히 사왔기에 저녁 식사 준비는 일사불란하게 이루어졌다.

아리와 오인방이 식재료를 다듬는 동안 나와 성진이 형, 그리고 근호 형은 고기를 구울 준비를 했다.

나와 성진이 형이 먹기 좋게 고기를 다듬는 동안 근호 형은 화덕에다가 불을 지폈다.

아리와 오인방이 다듬어야 할 식재료가 쌈 채소와 버섯 같은 것들이라 금방 준비는 끝났고, 우리들은 신나게 고기를 구워먹으며 오랜만의 만남을 즐겼다.

술도 한 잔씩 하면서 못다 한 이야기를 나누었다.

말씀하신 대로 아버지와 큰아버지는 집으로 돌아오시지 않으셨다.

다음날 아침 일찍 전화가 오기는 했는데, 앞으로 네 분이서 같이 살기로 하셨다는 말씀과 함께 집 주소를 알려주고는 곧바로 끊으셨다.

어차피 그럴 것이라고 예상을 했던 것이기에 기분이 나쁘지는 않았다.

각 차원과 항성계를 연결시키는 채널이 완성될 때까지 어느 정도 수준을 끌어 올려야 했다.

이전 우주에서 대변혁을 맞이했던 것 이상으로 큰 변화가 있을 것이기에 나는 성진이 형과 함께 아리를 비롯해 문도들을 수련시키는 데 집중했다.

어차피 나 혼자서 이질적인 존재들을 제거할 테지만 채널이 연결되고 나면 무슨 일이 벌어질지 모르기에 실력을 향상시킬 필요가 있었던 것이다.

그렇게 시간이 지나 송지암에서 집으로 온 지 한 달이 지날 무렵, 채널이 열리며 다른 차원과 항성계가 연결되기 시작했다는 것을 느낄 수 있었다.

에너지 기반이 변화되고 사람들이 자신의 본성을 깨달았던 이전 우주의 대변혁과는 달리 또 다른 형태의 대변혁이 시작된 것이다.

쩌—저적!!

하늘이 갈라지는 것 같은 소리가 세계를 뒤흔들며 울려 퍼졌다.

밤 시간대에 위치한 지역의 사람들은 놀라 잠에서 깨어났고, 낮 시간대 위치한 곳의 사람들은 시선을 하늘로 돌렸다.

살고 있는 지역이 밤이든, 낮이든 사람들은 자신이 바라본 하늘에서 신기한 광경을 볼 수 있었다.

형형색색의 오로라가 창공을 가로질러 전 지구를 감싸고 있었기 때문이었다.

갑작스러운 변화에 전 세계가 놀랐다.

지구자기장이 변해서 그렇다느니, 극점이 바뀌는 징조라느니 여러 가지 논란이 많았지만 증명된 것은 없었다.

유수의 과학자들도 정부의 연구 기관들도 뚜렷한 이유를 밝혀내지 못한 가운데 창공에는 낮밤 상관없이 오로라가 항상 펼쳐졌다.

놀랍게도 이런 현상은 9일간이나 지속됐다.

어째서 이런 현상이 일어나고 있는 것인지 도대체 이유를 알 수가 없었기에 세상에 종말이 왔다는 이들이 생겨날 정도로 사람들은 불안해했다.

그렇게 세상을 불안하게 했던 오로라가 이변이 일어나고 딱

10일이 되자 사라졌다.

창공을 장악했던 오로라가 감쪽같이 자취를 감추자 불안감은 더욱 증폭됐지만, 대부분의 사람들은 다행이라고 생각하기 시작했다.

❖   ❖   ❖

"자기, 오늘은 전혀 보이지를 않네요?"

"하하하, 그러게."

나와 단둘이 있을 때만 자기라 부르는 아리를 보며 웃어주었다.

"아흐레 동안 온 하늘이 오로라로 가득 찼는데, 하나도 보이지 않으니 이상해요. 도대체 무슨 일일까요?"

"글쎄."

왜 그런 현상이 일어났는지 알고는 있지만 아리에게 이야기해 줄 수는 없다.

다른 항성계나 차원이 채널로 연결되면서 오로라가 발생한 것이라는 것은 어차피 며칠 지나지 않아 알려질 일이라 자연스럽게 알게 하고 싶어서다.

그보다는 이제부터 일어나게 될 변화를 주목해야 한다.

이전 우주에서 2차 대변혁과 동시에 일어났던 현상이 이곳에서도 일어날 것이기 때문이다.

자신만의 시스템 창이 생겨나고, 그로 인해 가지고 있는 재능을 깨닫게 되는 일이 벌어질 것이다.

"어?"

"왜?"

"이상한 것이 보여요, 자기."

"이상한 거라니?"

"마치 게임처럼 내가 어떤 상태인지 보여주는 시스템 창 같은 게 보여요. 자기는 어때요?"

"내 눈에는 보이지 않는데?"

"어… 자기는 안 보여요?"

"그래. 내 눈에는 아무것도 보이지 않아."

"그러면 내 거는요?"

"뭘 말하는지 모르겠는데?"

사실 정신을 집중하면 보이기는 하겠지만 볼 수 없는 것이 정상이기에 모르는 척했다.

"헛것이 보이다니……. 병원에 가봐야 하는 것이 아닌가 싶어요."

"일단 안으로 들어가 보자."

마당에서 본래의 모습을 되찾은 하늘을 지켜보고 있던 우리는 집 안으로 들어갔다.

성진이 형을 비롯해 다들 허공에다 손을 뻗어 무엇인가를 만지려 하고 있었다.

　"성찬아?"

　"성진이 형, 형도 시스템 창 같은 것이 보여?"

　"그래. 내 특성하고 잠재 능력 같은 것이 수치로 표시되어 있다."

　"다들 마찬가지야?"

　"나도 그런다."

　"우리들도 그래요."

　내 물음에 근호 형을 비롯해 오인방이 고개를 끄덕이며 대답을 하자 아리가 의문스러운 눈빛으로 나를 바라본다.

　"대사형은 보이지 않는다고 했잖아요?"

　"성찬아, 너는 이게 보이지 않는 거니?"

　"조금 전에는 보이지 않았는데 지금은 나도 보여, 형."

　나는 보이지 않지만 이상하게 생각할 것 같아 보인다고 말을 해주었다.

　"그래, 너도 보이는구나. 아무래도 하늘에 오로라가 생긴 후에 세상에 뭔가 변화가 생긴 것 같다."

　"그런 것 같아, 형. 우선 다른 사람들도 이런 현상이 생긴 것인지 알아보자."

　"알았다. 그리고 혹시 뉴스에 나올지도 모르니 텔레비전부터

켜보자."

"그래, 형."

성진이 형이 텔레비전을 틀자 긴급 속보로 뉴스가 나오고 있었다.

오로라가 걷히는 것과 동시에 사람들의 시야에 자신에 대한 정보를 알려주는 시스템 창 같은 것이 나타났다는 보도였다.

뉴스를 전하는 아나운서도 자신의 시야에 시스템 창이 나타났다고 전하며 지난 9일 동안 있었던 이변과 관련이 있을지도 모른다는 추측을 전하고 있었다.

다른 곳으로 TV 채널을 돌려보니 마찬가지였다.

모든 방송 채널이 오로라의 변화가 끝난 것과 동시에 사람들의 시야에 게임에서나 볼 수 있는 시스템 창이 나타났다고 호들갑을 떨고 있었다.

그리고 앞으로 일어날 일들을 예측하는 보도를 하고 있었는데, 전문가라고 나온 이들 중에는 프로게이머도 있었다.

개인의 프로필과 비슷한 시스템 창이 나타난 것을 두고 게임에 빗대어 어떻게 성장시켜야 하는지 설명하고 있었다. 얼추 들어맞게 설명하는 것이 흥미로웠다.

"성찬아, 오로라가 사라지고 세상 사람들에게 전부 나타난 것 같은데 어떻게 하면 좋겠냐?"

"아직은 별다른 문제는 없을 것 같아. 자신의 상태를 알려주는 것뿐인가 보네."

"그런 것 같다만……."

"아마도 정부에서 조치가 있을 거야."

성진이 형의 질문에 이전 우주에서의 1차 대변혁 당시 있었던 정부 조치를 염두에 두고 대답을 해주었다.

"우리는 어떻게 하면 좋겠냐?"

"정부 조치가 언제 시행될지 모르니 그동안은 수련에 집중하는 것이 좋을 것 같아. 아무래도 이 시스템 창이 자신이 얼마나 성장하는지 직관적으로 보여주는 것 같으니 말이야."

"아까 그 프로게이머가 이야기한 것처럼 수련을 하게 되면 내 눈에 보이는 시스템 창의 항목들이 성장을 하는지 보자는 말이냐?"

"허황된 것 같지만 그러는 게 좋을 것 같아. 세상이 어떻게 변할지 모르지만 대비하는 차원도 되고 말이야."

이전 우주에서 2차 대변혁 당시에 나타났던 것들이다.

시스템 창이 생기고 난 뒤 자신의 본성을 수련하면 능력치가 상승했기에 대답을 해줄 수 있었다.

"일단 그래야 할 것 같다. 지금으로서는 딱히 우리가 할 수 있는 일이 없을 테니까 말이야. 어떻게 할까?"

"당분간은 형이 사매와 사제들을 수련을 시키도록 해."

"너는 뭐하려고?"

"아무래도 처리해야 할 일이 생긴 것 같아서 말이야. 정보도 좀 알아봐야 할 것 같고."

"정부 쪽을 조사해 볼 생각이구나."

"맞아. 한 달 정도 뒤에 합류할 생각이니까 형이 수고를 좀 해줘."

"알았다."

이전 우주나 지금이나 내말에 토를 달지 않고 수긍을 해주는 형이다.

"내가 없는 동안 무엇을 해야 하는지 들었으니 다들 수련을 하고 있어. 나는 한동안 어찌된 것인지 알아볼 테니까 말이야."

"예! 대사형!!"

"형, 잘 부탁해."

"지금 바로 떠날 생각이니?"

"그래야 할 것 같아."

"수고해라. 그리고 조심하고."

"알았어."

아리가 안타까운 눈빛으로 나를 바라봤다.

하지만 어차피 이야기해 줄 수 있는 일이 아니라 안심하라는 뜻으로 고개를 끄덕여 주었다.

크게 준비할 것이 없는 까닭에 곧바로 집을 나섰다.

'아무 이상이 없어야 할 텐데……'

지금 내가 가고 있는 곳은 국정원이다.

봉인을 당한 아홉 존재의 잔재는 이미 확인을 끝낸 상태라 국정원의 제7국이 어떤 상태인지 알아봐야 하기 때문이다.

마지막 작전을 하러 샴발라로 떠나기 전, 제7국에 대한 조치를 취했다.

샴발라에 가기 전, 각 차원에서 임무를 수행하던 요원들이 전부 지구로 귀환해 있었다. 아버지와 큰아버지의 계획에 돌발 변수가 되지 않도록 묶어 놓는 조치를 취해 놨다.

이전 우주에서 7국이 국정원에 있는 포탈을 이용한다는 것만 확인을 할 수 있었지만, 아지트의 정확한 위치를 알아내는 것은 매우 어려웠다.

포탈의 에너지 흔적을 추적했지만, 어디로 이동이 되는지 확인을 할 수가 없었기 때문이다.

다만, 국정원에 설치된 포탈만으로 출입이 가능했기에 국정원 전체를 가두는 결계를 펼쳐 이동할 수 없도록 만들어뒀다.

샴발라에서 일이 진행되는 동안 포탈을 벗어나는 존재가 없다는 것을 확인했기에 안심하고 있었지만, 이제 보니 안심할 것이 아니었다.

새로운 우주가 생성된 후에 정보를 인식하면서 어떤 상태인지 확인을 했지만 별다른 변화가 없어 그냥 두었는데, 뉴스를 보면서 다시 확인을 해보니 변화가 있었다.

시스템 창이 생기고 난 후 갑자기 결계를 쳤던 곳의 정보가 지워지고 알 수 없는 상황이 되어버린 것이다.

'분명 그곳에서 뭔가 벌어지고 있다.'

이전 우주에서는 지구 대차원에 속한 그 어디에서도 7국의 아지트에 대한 흔적을 찾을 수 없어 차원의 틈에 존재할 것이라 생각했다.

세상에 나올 수 있는 유일한 통로가 국정원에 설치되어 있는 포탈 하나뿐이라 결계로 감싸 움직이지 못하게 했지만, 아무래도 내 생각이 틀린 모양이다.

세상이 변하면서 정보가 완전히 차단되어 버리다니, 어떤 상태인지 직접 확인해 볼 필요가 있다.

"으음."

차를 몰고 국정원에 있는 곳에 도착하니 일대가 뿌연 안개로 뒤덮여 있다.

오는 동안 다른 곳은 화창한 날씨였고, 일대를 경찰과 군인들이 통제하고 있으니 절대 자연적인 현상이 아니다.

'아직까지 내가 친 결계가 발동되어 있다.'

언뜻언뜻 비치는 에너지 파장을 통해 사라졌어야 할 결계가 저 안개 속에서 아직도 발동되고 있는 것을 확인할 수 있었다.

'에너지 파장을 보면 저 안에서 흘러나오는 것을 막는 형태다. 으음, 어쩌면 저곳과 이전 우주가 연결이 되어 있을 수도

있다.'

결계 안의 에너지 파장이 이전 우주의 것과 같은 것을 보면 완전히 단절시킨 것이 아니란 생각이 들었다.

먼 거리에 차를 주차시키고 경찰과 군인들의 이목을 피해 안개 속으로 잠입하기로 했다.

파츠츠츠!

안개 속으로 들어서자 물리적인 힘과 함께 전하가 흐른다.

'경찰과 군인들이 멀리 떨어져서 경계만 하고 있는 이유가 이거였군. 이 정도면 일반인이 안으로 진입하는 것은 불가능할 테니까.'

유기물 같은 것은 단번에 바싹 태워 버릴 정도로 안개에 흐르는 전하량이 보통이 아니다.

각성자가 아니라면 절대 진입을 할 수 없었을 테니 그냥 지켜보는 것밖에는 할 일이 없었을 것이다.

'이것도 이상하다. 밖에서 안으로 들어가는 것도 막지만, 에너지 파장처럼 안에서 밖으로 나오는 것도 막는 것에 더 치중되어 있다. 더군다나 여기에 담긴 의지라면 이것은 차원 경계가 분명하다.'

배리어를 두르고 조심스럽게 안으로 들어가며 안개에 의지가 담겨 있다는 것을 알았다.

안으로 들어갈수록 침입을 막고자 하는 에너지들의 의지가 확실히 느껴졌다.

'대차원의 경계와 이 에너지 막은 같은 성질인 게 분명하다. 대차원을 외차원으로부터 보호하기 위해 경계에 만들어진 에너지 막보다 강력한 의지가 서린 것을 보니 아무래도 심각한 것 같군.'

가슴이 떨릴 만큼 강렬한 의지도 그렇고, 필사적인 것을 보면 안개 내부에 커다란 위험이 도사리고 있다는 것을 뜻하기에 긴장하지 않을 수 없었다.

안개 속을 뚫고 안으로 들어가니 얼마 지나지 않아 국정원 건물 외관이 보였다.

변함없이 이전 우주와 같은 형태였는데 건물을 중심으로 30미터 정도의 외곽은 안개가 없이 멀쩡한 공간이다.

'역시, 틀림없군.'

내가 쳐 놓은 결계 밖에만 안개가 있었고, 안쪽은 쾌청한 날씨를 보이고 있는데 에너지 파장이 완전히 달랐다.

새로운 우주가 아니라 이전 우주와 같은 에너지 파장이 결계 안에 존재하고 있었다.

'일단 안으로 들어가 보자.'

결계는 내가 쳐 놓은 대로 정상적으로 작동하고 있었기에 진입하는 것은 별다른 문제가 없었다.

'여기서 이는 에너지 파동 때문에 기반이 흔들리고 있다.'

안으로 들어서자마자 결계에 이상이 발생하고 있음을 알 수 있었다.

결계를 유지하는 내 의지가 국정원에서 흘러나오는 에너지 파동에 잠식되고 있는 중이었다.

'이 상태로는 위험하다.'

힘겹게 유지가 되고 있는 중이지만 사실 언제 무너져도 모를 정도로 결계의 기반이 약화되어 있었다.

'이전 우주의 에너지 파장이 건물 지하에서 계속 흘러나와 확장되고 있는 중이라 얼마나 버틸지 모르겠다.'

조심스럽게 국정원 안으로 들어섰다.

'여긴 사람들이 하나도 없군.'

안으로 들어서자 건물 내부에 인기척이라고는 전혀 찾아볼 수가 없었다.

샴발라에 가기 전에 결계를 치면서 밖으로는 나갈 수는 있겠지만 안으로는 들어가지 못하게 해놨더니 변화가 발생한 후에 근무하고 있던 일반 요원들을 전부 철수시킨 모양이었다.

'어떻게 될지 모르니 일단 결계를 하나 더 치자.'

이전 우주의 에너지가 지속적으로 증가하는 중이라 이 상태로는 문제가 심각해질 것 같기에 결계를 하나 더 치기로 했다.

에너지 스톤을 전부 사용해 버린 터라 새롭게 생긴 우주의 기반 에너지를 사용할 수 있다.

아직은 수준이 미약하지만 어떤 상황인지 확인할 동안만이라도 버틸 수 있을 정도의 결계는 만들 수 있을 것 같다.

기존 결계의 외곽을 따라가지 않고 건물 자체에 새로운 결계를 형성했다.

바깥쪽의 결계와 차원 경계를 형성한 안개가 견고해지는 것을 느낄 수 있었다.

'이 정도면 충분할 것 같으니 이제 저 에너지 파장을 따라가 보자.'

이전 우주의 에너지 파장이 흘러나오는 곳을 찾아가기로 했다.

'일단 계단으로 가야 할 것 같다.'

전기가 완전히 끊어진 탓에 엘리베이터가 작동하지 않아 계단으로 갈 수밖에 없을 것 같다.

계단을 따라 아래로 내려갈수록 에너지 농도가 진해진다.

'포기한 것이 아니구나.'

지하에서 흘러나오는 에너지 파장에 사념이 짙게 배어 있었다.

에너지 파장에 엄청난 분노가 느껴지는 것을 보니 이전 우주의 절대 의지는 우리를 아직 포기한 것이 아니라는 것을 알 수 있었다.

'여기서부터는 어떻게 하지?'

제일 밑에 층에 도착했지만 더 이상 계단은 없다.

아래도 내려갈 수 있는 방법은 엘리베이터뿐이지만 이용할 수는 없다.

강제로 엘리베이터를 뚫고 내려갈 수도 있지만 자칫 에너지가 이동하는 통로가 될 수 있어서다.

나 하나만 들어갈 수 있는 공간을 만들어 아래로 내려갈 수도 있지만 그것도 문제가 될 수 있었다.

에너지 파장이 나오는 근원지는 파악을 했으니 공간 이동이 가능한지 알아봐야 할 것 같다.

'가능할 것 같다.'

이전 우주의 에너지 기반에 대해서는 누구보다 잘 알고 있어서인지 의지를 실을 수만 있다면 에너지 파장이 흘러나오는 곳까지 공간 이동이 가능할 것 같다.

— 열어라.

팟!

그리 어렵지 않게 공간 이동을 할 수 있었다.

'저곳에서 흘러나오는군.'

지하 복도 끝에 검푸른 포탈이 열려 있었고, 그곳에서 강력한 에너지가 흘러나오고 있었다.

'으음, 아직 연결되지 않았다.'

이전 우주와 연결된 것이 아니라 경계를 형성하는 에너지 막의 잔여 에너지가 새로운 우주로 유입되고 있는 것을 알 수 있었다.

포탈처럼 생긴 것은 지금 내가 있는 우주의 경계가 무너지면서 만들어진 구멍으로 이전 우주의 에너지가 흘러들어 오고 있는 것이었다.

'저 에너지의 주인은 절대 의지가 아니다. 누군지 모르지만 초월적인 존재가 새로운 우주와 연결시키려고 하는구나. 분명 절대 의지의 뜻을 따르는 존재일 것이다. 하지만 저런 식이라면 스스로 자신이 세운 법칙을 무너트리는 것인데……'

이전 우주의 에너지가 다른 우주로 넘어가지 못하는 것은 절대 의지가 정한 법칙 때문이다.

자신이 만든 우주를 지키기 위해 절대 의지는 완전히 고립된 우주를 만들었다.

지금 우주의 경계가 허물어진다 하더라도 자신이 만든 경계를 허물어야 넘어올 수 있다.

절대 의지를 좇는 존재가 흘리는 에너지 파장에 담긴 분노를 보면 스스로 정한 법칙을 허물려고 하는 것 같다.

자신이 만든 우주의 순환계가 완전히 망가지는 것을 알 텐데도 저렇게 하는 것이 이해가 되지 않는다.

'그래도 아직 늦지 않은 것 같아 다행이다.'

절대 의지는 자신의 권속을 이용해 자신이 만든 법칙을 부수고 이 우주로 진입을 하려는 것이 확실했다.

하지만 구멍이 뚫린 것은 지금의 우주이고, 이전 우주의 경계가 허물어진 것이 아니었다.

그랬으면 이 정도의 에너지 유입만으로 그치지 않았을 테니 잘하면 막을 수가 있을 것 같다.

― 다시 세운다.

의지를 일으키자 에너지가 집중이 되기 시작했고, 녹아내린 경계가 다시 세워지기 시작했다.

"크아아아아!!!"

뚫려진 구멍이 점점 줄어들자 괴성과 함께 검은색 진물이 줄줄 흐르는 손들이 나타났다.

괴물같이 흉측한 손들이 줄어드는 구멍의 외곽을 잡고 다시 벌리려고 힘을 쓰고 있었다.

괴물 같은 손들의 주인은 인간의 형상을 하고 있었지만 결코 인간이라고 부를 수 없는 모습이었다.

무엇인가에 짓눌린 듯 얼굴의 이곳저곳이 뭉개져 있었고, 그곳에서도 검은색의 진물이 흐르고 있었지만 예전의 모습은 어느 정도 알아볼 수 있었다.

'7국의 요원들이다.'

괴물처럼 보이는 이들 중 한 명의 얼굴이 낯이 익었다.

언젠가 게이트 소거 작전에 투입되었을 때 작전을 지휘하던 자였기에 뭉개진 얼굴에 남아 있는 모습으로 예전의 그를 기억해 낼 수 있었다.

'7국은 소속된 자들은 절대 의지의 뜻에 따라 능력을 얻은 자들이었구나. 저들이 이 우주의 경계에 구멍을 뚫은 것이 분명하다.'

지구에 존재하는 수많은 국가 중에서 한국은 각성자 비율이 절대적으로 높았다.

군대에 복무하는 있는 이들 중에 각성자들이 많이 나타났다. 그중에 특별한 능력을 지닌 이들은 대부분 7국으로 적을 옮겼다는 것이 기억났다.

'저들은 절대 의지의 수족이자 수확의 제물이 분명하다.'

절대 의지라도 에너지를 수확하기 위해서는 대차원의 순환계가 마지막 단계로 들어서야만 가능하다.

마지막 단계를 촉발시키기 위해서는 에너지의 균형을 깨트려야 하는데, 그 역할을 하는 촉매가 바로 초월자들이다.

창조주의 의지를 거스르는 초월자의 의지가 팽배할수록 대차원의 순환계를 마지막 단계가 가속화되는 것이다.

에너지 수확을 위해 절대 의지의 뜻에 따라 대차원의 균형을 파괴하는 역할을 7국의 초월자들이 하고 있었던 것이 분명했다.

'아직은 저들이 가지고 있는 에너지 수준보다 낮아서 막을 수가 없구나.'

새로 생성된 우주로 아무래도 에너지 수준이 낮아서인지 녹아내린 구멍이 닫히지 않는다.

'반드시 저들을 없애야 한다. 그리고 동시에 구멍을 메워야 한다. 그렇다면······.'

놈들과 싸우게 되면 엄청난 에너지 파장이 발생해 구멍이 넓어질 확률이 높다.

지금 우주뿐만 아니라 이전 우주의 경계도 약화될 가능성이 많기에 놈들이 내가 있는 우주로 불러들이기로 했다.

싸우는 동안 녹아내린 경계를 복구해야 되니 힘든 전투가 될 것 같다.

조금씩 복구를 하던 우주의 경계에 뿌린 의지를 거두어들였다.

넘어오기 쉽게 만들기 위해 조금밖에 남아 있지 않은 에너지 막도 모두 제거하고, 구멍을 활짝 열어젖혔다.

이전 우주의 에너지를 포화 상태까지 가득 품고 놈들이 넘어오기 시작한다.

절대 의지가 이전 우주의 법칙을 깨트리며 경계를 뚫을 동안 시간을 벌기 위해서겠지만 그냥 놔두었다.

놈들을 제거해야 내가 서 있는 우주의 경계를 닫을 수 있기 때문이다.

"크르르르르!"

성대가 망가졌는지 가래 끓는 것 같은 소리를 내며 놈들이 포위하기 시작한다.

나를 없애야만 이전 우주와 연결을 시킬 수 있다는 것을 깨달은 모양이다.

초월자를 넘어서는 힘을 가지고 있어서인지 전해오는 살기에 전신이 짜릿하다.

'놈들을 상대하는 것이 쉽지는 않을 것 같군.'

콰드드드득!

이전 우주보다 낮은 밀도를 가진 에너지 위상 때문인지 놈들의 몸집이 부풀어 오른다.

극도로 밀집된 에너지를 가지고 있어 자연스럽게 방출되고 있기 때문이다.

'후우, 대단하다.'

봉인된 아홉 존재에서 느껴졌던 것을 훨씬 능가하는 에너지 밀도다.

놈의 몸집이 커지는 만큼 경계에 뚫린 구멍이 커지고 있고, 한 놈 한 놈 넘어와 발을 디딜 때마다 구멍이 더욱 커지고 있다.

콰—지지직!

놈들의 발이 디뎌진 콘크리트 바닥에 쩍쩍 금이 가며 흔적이 남는다.

선명하게 찍힌 놈들의 발자국을 따라 진득한 검은색의 진물이 묻어 있다.

"젠장!!"

생각을 잘못했다.

진물처럼 보이는 것은 오염된 에너지다.

대차원의 순환계를 소멸시키는 혼돈의 에너지가 저런 형태로 나타난 것이다.

놈들이 남긴 끈적거리는 흔적을 타고 이전 우주에서 종말의 끝을 담당하는 혼돈의 에너지가 급속도로 퍼지고 있다.

놈들은 차원의 경계를 뚫는 것만이 아니라 이전 우주의 에너지로 지금 우주를 오염시키려는 것이다.

'빠르게 확산이 되고 있는 것을 보면 저놈들은 차원 경계를 여는 것만이 목적이 아니다.'

절대 의지가 아무리 강력한 권능을 가지고 있다고 해도 다른 우주에서까지 온전한 힘을 발휘할 수 있는 것이 아니다.

권능을 쓸 수 있는 에너지가 있어야 하고 놈들은 이 우주를 오염시켜 그 에너지 기반을 만들고 있었다.

암흑 대차원이 지구 대차원을 잠식하는 것처럼 움직이고 있는 것이다.

'이전 우주의 절대 의지는 어쩌면 일부러 새로운 우주가 생성되도록 방치했을 가능성이 높다.'

절대 의지는 두 분 모르게 이런 구멍을 만들었다.

이 사실을 알았다면 두 분은 가지고 있는 모든 힘을 새로운 우주를 만드는데 쓰지 않았을 것이다.

나조차도 이런 것이 있다는 것을 전혀 느끼지 못했다.

아홉 존재가 남긴 아바타를 상대하기 위한 준비를 하면서도 가장 위험한 국정원의 7국에 대해서는 전혀 인식을 하지지 못했으니 한심한 일이다.

'두 분도 그렇고, 나도 이런 현상을 몰랐다는 것은 절대 의지도 이 상황을 예상하고 손쓴 것이 분명하다. 그렇지 않으면 설명이 되지를 않으니까.'

우리 모두가 알아차리지 못하게 이런 것을 만든 것은 아마도 욕심이 났기 때문일 것이다.

두 차원이 소멸되면서 만들어지는 에너지보다 새로운 우주가 생성되면서 만들어지는 에너지가 더 탐이 났을 테니까 움직이지 않을 리 없다.

'일단 놈들의 에너지가 이 우주를 잠식하는 것을 저지해야 한다.'

에너지 잠식이 일어나면 절대 의지가 활동할 수 있는 기반이 만들어진다.

에너지 기반이 바뀌게 되면 이전 우주의 절대 의지가 정한 법칙대로 우주가 순환하게 된다. 그것만은 막아야 한다.

새로운 우주를 만들어졌다고는 하지만 이대로 가다가는 지구 대차원과 암흑 대차원의 순환계와 같은 꼴이 나고 말 것이다.

절대 의지가 이전 자신이 정한 법칙을 어기면서까지 우주의 경계를 뚫는 것을 보면 작정한 것이 분명하다.

자신의 우주에서 에너지를 끌어다가 권능을 써서 지금의 우주를 오염시켜 더 많은 에너지를 얻으려는 것이다.

슈―우우우!

의지를 일으켜 결계 안의 에너지 밀도를 높였다.

끼―기기기긱!

몸집을 한껏 부풀리고 있다가 강력한 압력이 생기자 놈들의 몸이 쪼그라든다.

"크아아아아아!!!!"

괴로운지 포효를 지른다.

검은색으로 물들은 몸과는 달리 피처럼 붉은 광채를 흘리는 눈에는 분노와 살기가 가득하다.

'일단 성공했다.'

죽일 듯 노려보고 있지만 놈들이 움직이지 못하는 것을 보니 성공한 것 같다.

더군다나 에너지가 퍼지는 것이 멈춘 것을 보면 잠식되는 것도 막은 것 같다.

'이제 놈들을 처리하며 차원 경계를 닫아야 한다. 경계가 생기면 아무리 절대 의지라 해도 이곳으로 넘어오지 못할 테

니까.'

새롭게 생긴 우주가 완벽한 차원 경계를 형성하면 아무리 절대 의지라도 뚫지 못한다.

법칙에 따라 이전 우주와는 다른 순환계를 가지게 되는 터라 간섭을 할 수 없기 때문이다.

절대 의지가 인과율을 깨트리면서까지 지금 완성되기 전의 우주 경계를 허물고 있는 것도 그 때문이다.

괴물들의 뒤에 있는 차원 경계가 닫히는 순간 모든 것이 날아간다.

차원 경계를 완전히 닫으려면 눈앞에 있는 놈들을 먼저 제거해야 한다.

이놈들을 상대하면서 경계를 닫는 것은 나로서도 버거웠다. 그러나 시간을 끌수록 위험해지니 서둘러야 할 것이다.

더 이상 자신들이 가진 혼돈의 에너지를 퍼트리지 못한다는 사실 때문인지 나를 향한 놈들의 시선에서 살기가 뿜어진다.

음속을 능가하는 속도로 내쳐진 공격이 날아온다.

슈—아앙!

팡!!!!

놈들이 움직이고 난 뒤에 파공음이 터졌지만 이미 예상을 한 것이다.

모든 것을 어그러트리는 혼돈의 에너지가 담겨 있지만 공격이 시작되는 것과 동시에 그냥 맞받아쳤다.

두 개의 에너지가 격렬하게 부딪치고 놈들의 공격으로 발생한 소닉붐을 상쇄시켰다.

포위하고 있는 자세들이 하나도 바뀌지 않은 것을 보면 그저 손짓 한번으로 공격을 한 것이다.

역장 안에 있는 모든 것을 인지하고 언제든지 원하는 곳을 점할 수 있는 존재들이라는 것을 알 수 있었다.

경계에 뚫린 구멍이 줄어들지를 않는 것을 보면 놈들도 에너지를 집중시키고 있는 것이 분명하다.

그럼에도 이런 공격을 간단한 손짓만으로 할 수 있다니 정말 대단한 놈들이다.

'이전 우주에서 가지고 있던 모든 권능을 놓아버린 것이 아쉽구나. 하지만 내가 촉매가 돼야 하기에 어쩔 수 없던 일이었으니 지금 내가 가지고 있는 힘만으로 놈들을 상대해야 한다.'

이전 우주의 나였다면 손쉽게 놈들을 상대할 수 있을 테지만 모든 것을 두고 넘어온 이상 지금은 어려운 일이다.

모든 것을 버리지 않았다면 나라는 존재가 절대 의지를 연결하는 안테나 같은 것이 될 수 있기에 아쉬웠지만 어쩔 수 없는 일이다.

무슨 수를 쓰든 방법을 찾아야 한다.

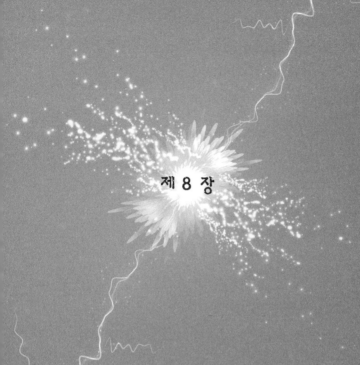

제 8 장

답답하던 찰나, 어렸을 때부터 수련해 왔기 때문인지 나도 모르는 사이에 삼환명심법을 일으키고 있었다.

이전 우주의 에너지를 기반으로 한다고 생각을 했는데 아니었나 보다.

의식이 갑자기 확장되며 끝을 향해 치달렸고, 어찌된 일인지 삼환제령인이 극에 이르면 나타난 형상이 일어난다.

삼환명심법을 인식하는 순간, 의식이 분할되고 다시 통합되는 과정이 찰나 간에 이루어진 것이다.

'역시.'

이전 우주보다 에너지 밀도가 낮기는 하지만 의지가 통합되면서 영혼의 충만감이 이토록 선명하게 느껴지자 상대할 방법이 떠올랐다.

'간다.'

생각이 일자마자 내 몸이 움직이는 경로를 따라 거대한 에너지가 머물기 시작한다.

하지만 놈들도 만만치 않다.

공격이 시작되자마자 놈들의 방어도 시작되었다.

콰콰콰콰쾅!!!!

공방이 맞부딪칠 때마다 연이어 터지는 강렬한 폭음이 터졌고, 에너지 파장이 주변을 휩쓸고 지나간다.

거대한 바위라도 단숨에 날려 버릴 정도의 파장에도 불구하고, 놈들은 움직이지 않고 손짓만으로 모든 것을 처리한다.

'나를 처리하는 것보다 경계의 구멍을 넓히는 것에 주력하는 것을 보니 무척이나 냉철한 놈들이다. 놈들에게 타격을 주려고 하는 공격이 아니니 어차피 예상한 일이다.'

이전 우주에 내 권능과 에너지를 전부 버리고 왔다고 생각하는지 놈들은 지금 방심하고 있다.

놈들만 수를 감추고 있는 것이 아니다.

'알아차리지 못하는 이상 승산은 내게 있다.'

모든 것을 버리고 왔지만 혼원주가 남긴 것은 내 의식에 또렷이 기억되어 있다.

또한 절대 의지조차 관여할 수 없는 마도 네트워크의 마력 코인도 사라지지 않고 나에게 남아 있다.

승부를 내기 위해서는 이 두 가지가 열쇠가 될 것 같다.

나는 지금 놈들에게 공격을 지속하며 이 우주의 에너지를 구멍이 뚫린 경계 주변에 차곡차곡 쌓아가고 있다.

놈들의 공격에 깨져 나가고 있지만, 파편처럼 튀어 나간 에너지들이 경계에 뚫린 구멍 주위에 밀도를 높이고 있는 중이다.

'이제부터다.'

창조된 지 얼마 되지 않아 에너지 밀도를 턱없이 낮은 터라 가지고 있는 마력 코인을 쓰기 시작했다.

혼원주를 통해 내 의지에 새겨진 방법으로 마력 코인을 에너지로 변화시켜 밀도를 높이고 있는데 알아차리지 못하는 것을 보면 아주 성공적이다.

'점점 수렁에 빠져들어라.'

새로운 우주의 기반 에너지 밀도가 높아질수록 놈들은 자신이 가진 혼돈의 에너지를 더 방출할 수밖에 없다.

이 우주에는 그들이 사용하는 에너지가 없기에 자신들이 가진 것만 사용해야 하기 때문이다.

이 상태가 지속된다면 머지않아 한계가 찾아올 것이다.

'후우, 다행이다.'

마력 코인을 가지고 있다는 것이 이렇게 다행일 줄은 나도 정말 몰랐다.

놈들이 가진 힘이 워낙 커서 이런 공격만으로는 절대 처리를 할 수 없는 상태인데 방법이 생겼다.

'절대 의지가 차원 경계를 무너트리기 전에 재빨리 구멍을 닫아야 한다.'

새로운 우주의 에너지 밀도가 높아질수록 놈들은 힘을 잃어갈 테지만 중요한 것은 시간이다.

이전 우주의 경계에서 흘러나오는 에너지양이 점점 증가하는 것을 보니 이전 우주의 경계도 얼마 안 있어 허물어질 것이 분명하다.

아무래도 빨리 끝내는 것이 좋을 것 같다.

파파파파파파파파팟!

에너지 밀도가 한계까지 집적되는 순간 통합 의지를 분리시킨 후 가지고 있는 마력 코인을 모두 쏟아 부었다.

에너지의 밀도를 높이는 것이 아니라 나에 집중시켜 괴물로 변한 아홉 존재를 공격했다.

쩌—저저저저저저적!

다행스럽게도 공격은 성공했다.

놈들의 몸이 갈라지기 시작하며 검푸른 에너지가 가라진 틈 사이로 흘러나온다.

파—아앙!!!

놈들의 에너지 결집도가 약화된 모양이다.

'으음.'

역장의 움직임을 통해 찰나의 순간마다 놈들이 한 놈에게 모든 에너지를 집중시켜 내 공격을 막는다는 것을 깨달았다. 반격에는 성공했지만, 나 또한 타격을 입었다.

발악을 하는지 갈라진 틈사이로 에너지를 흘리며 내 의지 속으로 흘러 들어오려 하고 있어서다.

"커어어억!!!"

새로운 우주라서 그런지 놈들은 대부분의 힘을 의지와 형상을 유지하기 위해 쓰고 있었는데 그것을 무너트리자 가지고 있는 모든 에너지를 나에게 퍼부었다.

워낙 엄청난 힘이라서 감당하기가 힘들어 나도 모르게 비명을 지르고야 말았다.

내 의지가 절대 의지의 사념에 의해 오염이 되고 있다.

"크으으으……. 일단 저것부터 막아야 한다."

파—ㅊㅊㅊㅊㅊㅊ!

이전 우주의 차원 경계가 뚫리기 직전이다.

나에게 여력이 조금이라도 남아 있을 때 경계에 뚫린 구멍을 닫아야 한다.

"차—아앗!!!"

의지를 집중해 그동안 밀도를 높여 놓은 이 우주의 에너지들을 구멍으로 집중시켰다.

고밀도로 압축된 에너지가 공급이 이루어져서인지 빠른 속도로 차원 경계에 생긴 구멍이 메워지기 시작했다.

— 가만두지 않으리라!!

이전 우주의 차원 경계가 뚫리기 시작한 건지 절대 의지의 사념이 들려왔다.

괴물들을 처리할 때 폭사되어 내 의지를 오염시킨 혼돈의 에너지가 들뜨기 시작했다.

— 크으, 네놈 뜻대로는 절대 안 된다.

바스러지려고 하는 분리된 의지를 다시 통합했다.

혼돈의 에너지가 더욱 들뜨며 내 의지를 갉아먹기 시작했지만 어쩔 수가 없다.

— 빌어먹을!! 이젠 끝이다!!!!

내가 가진 모든 의지를 쏟아 부었다.

콰직!

탁!

절대 의지가 차원 경계를 무너트리는 것과 동시에 새로운 우주에 뚫렸던 구멍이 메워졌다.

"크으으으, 어서 정화해야 한다."

내 의지가 혼돈의 에너지에 잡아먹히기 직전이다.

완전히 잠식이 된다면 이제 막 태어난 이 우주는 마왕에 버금가는 존재를 맞이할 것이기에 떨리는 몸을 이끌고 가부좌를 틀었다.

내가 가진 모든 것을 써버리는 상태이기에 내가 시도할 수 있는 방법은 한 가지뿐이다.

어린 시절부터 익혀 왔으며 끝내 대성을 이루고, 그것마저 초월할 수 있었던 삼환명심법이다.

지구 대차원과 암흑 대차원이 이루는 순환계에서 발생하는 것과는 차원이 다른 혼돈의 에너지가 악마의 숨결마냥 내 의지를 잠식한다.

내가 느끼고 흡수했던 것보다 더 본질적이고, 근원에 가까운 에너지이기에 어떻게 정화할지 감조차 잡히지 않는다.

생성과 소멸도 없는 모든 것을 집어삼키는 에너지다.

속성도 알 수 없고, 움직이는 방향성을 알 수도 없기에 솟아오른 기세를 잡을 수가 없다.

혼원주를 통해 얻은 에너지 운영 방식으로도 도저히 통제가 되지 않는다.

'크, 큰일이다.'

혼원주를 통해 혼돈의 에너지를 운용하는 방식을 알게 되었기에 내 의지가 오염되는 것을 각오하고 괴물들을 처리했지만 오판이었다.

지금 의지를 잠식하고 있는 이것은 내가 알고 있던 혼돈의 에너지와는 전혀 다른 것인 까닭이다.

'남은 방법은 하나뿐이다.'

지구 대차원과 암흑 대차원의 소멸을 저지하고, 새로운 우주를 창조하기 위해 자신을 희생했던 아홉 존재들이 썼던 방법을 따라해야 할 것 같다.

자신의 의지를 봉인하고 절대 의지가 침투시킨 에너지를 정화해 새로운 우주를 창조하는 데 이용했던 방식이다.

'시작해 보자.'

지금까지 저항하던 것과는 달리 절대 의지의 사념이 담긴 에너지를 내 의지 속으로 끌어들이기 시작했다.

모든 것을 내려놓고 혼원주가 에너지를 흡수하는 것과 같이 받아들여 흐름을 읽었다.

절대 의지의 사념이 나를 이용하려고 하는 것이 느껴진다.

차원 경계가 닫혀 버린 탓에 나를 기반으로 이 우주를 자신이 세운 법칙대로 돌아가는 순환계로 만들려는 욕망이 가득하다.

선인류라는 태고의 인류의 의지에 차원 씨앗을 심어 대차원을 창조하고 그 안에 살아가는 생명들의 에너지가 성장하면 수확하듯 모든 것을 흡수해 버리는 절대 의지다.

그 거대한 욕망을 나를 통해 구현하려고 하지만 그대로 둘 수 없는 일이다.

절대 의지의 사념이 담긴 에너지의 흐름을 느끼며 대차원을 이루는 순환계의 법칙을 이해해 나갔다.

문득 씨앗을 뿌리고 추수하는 것 같은 과정에서 에너지의 성장이 어떻게 이루어지는 것인지 의문이 간다.

그저 대차원을 살아가는 존재들의 의지가 성장하는 것만으로 이해가 가지 않기 때문이다.

농작물들은 햇볕이라는 에너지원을 통해 성장하지만 꼭 그것만으로 성장을 하는 것은 아니다.

지금도 마찬가지다.

의지의 성장만으로 대차원을 이루는 에너지를 성장시키는 것이 아니라는 것을 에너지의 흐름을 통해 느낄 수 있다.

'보다 근본적인 뭔가가 있지 않을까?'

의지만으로 창조되거나 순환하는 것이 아니라 보다 근본적인 뭔가에 의해 우주가 성장하고 절대 의지가 성장한다는 것을 느꼈지만 좀처럼 감을 잡을 수가 없다.

절대 의지의 사념에 대한 생각을 지우고 에너지의 흐름만 지켜봤다.

그러자 뭔가 보이기 시작했다.

사념이 방향을 제시하면 에너지가 생겨난다.

본류에서 갈라진 흐름을 따라 새로운 에너지를 보태고 있는 것이다.

마치 세포가 분할하듯 에너지의 흐름이 분할되며 에너지의 밀도가 확장되고 있는 중이다.

에너지가 생성되는 과정에서 유일하게 인식이 되지 않는 것이 바로 저것이다.

사념의 의지로 에너지가 생겨난 것이 아니라 의지의 방향에 따라 세포가 분열하듯 에너지가 생성되는 것이다.

'아!!'

잘못 생각하고 있었다.

내가 미처 파악할 수 없을 뿐, 이 세상은 에너지로 가득 차 있었다.

인식할 수 있는 에너지들은 의지의 방향을 따라 생성되거나 정렬되어 형태를 갖춘 것이었던 것이다.

'우주가 탄생하며 확장되는 공간은 아무것도 없는 곳이기도 하지만 모든 것이 있는 곳이기도 하다. 의지가 제시하는 방향에 따라 법칙이라는 틀에 구속되어 형태를 갖추는 것뿐이다.'

우주가 생성되는 과정을 이제 명확하게 인식할 수 있었다.

아버지와 큰아버지가 만든 의지는 사실 별것 없었다.

그저 절대 의지의 의지가 닿지 않는 공간에서 자신들의 의지를 구현한 것뿐이었다.

간섭을 배제하고자 그토록 오랜 시간 노력해 온 것도 그 때문이다.

절대 의지의 뜻이 미치지 않는 곳에서만 새로운 우주를 창조할 수 있으니 당연한 일이다.

어느 곳인지 짐작할 수 없는 미지의 공간에 그 누구의 의지도 서려 있지 않다면 우주를 창조할 수 있다.

차원 씨앗을 발아시킨 존재가 완전한 무의 공간에 들어서게 되면 의지를 일으켜 우주의 생성 방향을 정할 수 있고, 그대로 새로운 우주가 탄생되는 것이다.

'이건 에너지 수준의 싸움이 아니다. 절대 의지도 아니고, 사념인 이상 없앨 수 있다.'

이 우주는 두 분이 정한 방향을 따라 법칙이 정해졌기에 사념의 힘으로는 어떻게 할 수가 없다.

그래서 놈이 나를 노리는 것이다.

아버지와 큰아버지의 모든 것을 가지고 있는 나를 지금 들어오고 있는 에너지 흐름으로 오염시키면 시간이 걸리겠지만 이 우주를 붕괴시킬 수 있으니 노리는 것이다.

'그렇다면 나도 변화시켜 주지.'

두 분이 창조한 이 우주에서 나라는 존재는 가능성이라는 역할을 맡고 있다.

다른 사람들과 달리 시스템 창이 보이지 않는 것이 바로 그 때문이다.

시스템 창을 통해 자신의 가능성과 능력을 확인하고 수련을 통해 성장할 수 있다고는 하지만 그것 자체로 일종의 테두리가 정해졌다고 할 수 있다.

나에게 시스템 창이 없는 것은 이유가 있다.

두 분이 새로운 우주가 제대로 정착되는데 필요한 존재로서 나에게 무한의 가능성을 부여했기 때문이다.

무엇이든 될 수 있는 존재이기에 가능성을 차단할지도 모르는 시스템 창을 부여하지 않은 것이다.

이전 우주에서 두 분이 창조한 대차원과 생명들을 이곳 우주에 투영할 수 있었던 것도 그 때문이었다.

절대 의지 본체가 아니라 사념일 뿐이기에 내 의지로서 에너지의 흐름을 바꿀 수가 있다고 확신했다.

혼원주를 통해 배운 에너지 운용과 내 의지라면 충분하다.

— 떨어져라!

샴발라에서 절대 의지의 간섭을 떼어내듯 내 의지 안으로 침투하는 에너지에서 사념으로부터 분리해 냈다.

처음부터 생각을 달리하자 사념을 분리해 내는 방법은 생각 외로 간단했다.

이전 우주의 에너지에 담긴 방향성을 아예 지워 버리면 그만이었다.

파츠츠츠츠!

생각이 바뀌고 의지가 일자 모든 것이 변했다.

얼마 전에 간신히 인지한 무의 공간이 만들어졌고, 나아가야 할 방향성이 사라지자 에너지에 서린 존재감이 점차 사라져 간다.

'서, 성공이다.'

에너지에 들러붙었던 절대 의지의 사념이 사라져 버렸다.

그렇게 절대 의지의 잔재를 모두 지우자 두 분의 텔레파시가 들려왔다.

— 고생했다.

— 너라면 어렵지 않을 것이라고 믿었다.

아무래도 여기에서 일어났던 모든 일들을 지켜보고 계셨던 것이 틀림없는 것 같다.

— 알고 계셨던 겁니까?

— 대변혁이 시작되며 곧바로 각성한 진성 능력자들 중에 절대 의지의 간섭을 받는 존재라는 것을 알기는 했다.

— 왜 그냥 두신 겁니까, 아버지?

— 새로운 우주를 창조한다는 것을 알아차리지 못하도록 숨기기 위해서 그랬다.

— 그러셨군요. 하지만 위험한 선택이셨습니다.

한순간이라도 삐끗했다면 모든 것을 잃을 수도 있는 무모한 선택이었기에 한마디 했다.

— 절대 의지라 해도 자신이 정한 법칙에 따라 직접 간섭하지 못한다. 설사 스스로 법칙을 무너트리고 넘어온다고 해도 너라면 해결할 줄 알았기에 그냥 내버려 두었다.

— 으음, 그랬군요.

— 그리고 한 가지 이유가 더 있다. 이 우주로 퍼져 나간 존재들을 처리하기 위해서는 그들의 근원이라고 할 수 있는 절대 의지와의 싸움을 경험할 필요도 있었고 말이다. 비록 사념이라고는 해도 많은 도움이 될 것이다.

— 고맙습니다.

차원의 경계가 뚫리는 것을 충분히 막을 수 있었음에도 두 분이 그냥 놔둔 이유를 알 것 같다.

우주에 흩어져 나간 존재들의 근원이라고 할 수 있는 절대 의지가 정한 법칙과 우주의 생성 원리를 명확하게 깨닫게 되면 그들을 처리하는 데 한결 수월할 수 있을 것이다.

— 절대 의지의 사념을 제거한 것을 보니 걱정하지 않아도 될 것 같구나. 우리는 당분간 나타나지 않을 테니 네가 움직이도록 해라.

— 어디 가시는 겁니까?

— 우리를 위해 희생을 한 이들이니 차원을 여행하며 지낼 생각이다.

― 좋은 생각입니다. 잘 다녀오십시오.

― 그래, 알았다. 나머지는 너에게 맡기마.

내가 인식하고 있는 범위에서 네 분의 존재감이 사라졌다.

이 우주에 투영한 지구 대차원과 암흑 대차원을 벗어나신 것이 분명하다.

네 분이 사라지는 것과 동시에 엄청난 정보가 의식 안으로 밀려들어 온다.

'으음, 전부 준비를 해두신 모양이구나.'

내 의식 속에 남겨 주신 정보를 보니 아버지와 큰아버지는 무책임하게 그냥 가신 것이 아니다.

차원과 항성이 연결된 후 국가나 정부가 어떻게 움직일지 전부 인식시켜 놓고 떠나셨다.

'나가자.'

국정원 주변에 쳐 둔 결계를 해제시킨 후 밖으로 나갔다.

밖으로 나와 보니 결계 밖에서 안개처럼 형성이 되어 있던 에너지 막도 사라지고 보이지 않는다.

"이제 가보자."

앞으로 움직이기 위해 필요한 정보는 모두 얻은 터라 집으로 돌아가야 할 것 같다.

시스템 창이 생기고 나고 얼마 지나지 않아 사람들은 특별한 방법으로 온 우주가 연결이 되었다는 것을 인식할 수 있었다.

시스템 창에 각 차원과 항성계에 대한 좌표가 떠오르는 것과 동시에 그곳에 존재하는 생명들에 대한 정보가 나타났기 때문이었다.

머지않아 지구 밖의 생명체들과 조우하게 된다는 사실을 깨달은 각국 정부는 발 빠르게 움직이기 시작했다.

이전 우주에서와 같이 차원통제사를 양성하는 시스템을 구축하는 한편, 다른 차원이나 항성과 교역을 준비하기 시작했던 것이다.

사람들은 정부의 이런 조치를 대부분 환영했다.

지구를 벗어난 차원과 항성들이 채널로 연결된 후 불안감이 팽배했는데, 아주 체계적인 조치를 취하자 그런 불안이 어느 정도 가라앉았기 때문이었다.

범세계적으로 이런 준비가 가능했던 이유는 시스템 창과 연동할 수 있는 마도 네트워크라는 것이 정부조직 관계자들에게 알려졌기 때문이었다.

의식하는 것만으로 접속이 가능했던 마도 네트워크는 수많은 정보를 제공했다. 특히나 지구 대차원과 암흑 대차원의 정보는 무척이나 방대하고 자세했기에 UN과 각국 정부가 주도하는 준비가 가능했던 것이다.

세계 각국에서 너나 할 것 없이 차원통제사를 양성하는 데 노력을 기울이자 사람들의 관심도 증가되었다.

아직까지 일반인들에게는 마도 네트워크의 정보가 개방되지 않았지만 공식라인을 통해 정부가 알리는 정보들을 보고 상상할 수 없는 수많은 기회를 가지게 될 것이라는 생각 때문이었다.

차원통제사를 양성하는 시스템이 완성이 되자 수많은 사람들이 교육 받기를 희망했다.

각자의 삶에 만족하고 현재에 충실한 이들이 대부분이었지만 모험심이 많은 이들도 많은 터라 만만치 않은 수가 프로그램에 참여하기를 원했던 것이다.

프로그램은 군사 시설을 활용해 진행이 되었다.

이전 우주의 차원정보학과와는 달리 1년간의 단기 프로그램이었지만 많은 이들의 참여에도 불구하고, 차원통제사가 되기 위한 교육을 끝까지 이수한 사람은 그리 많지 않았다.

시스템 창을 가지고 있기는 하지만 차원통제사가 되기 위해서는 엄청난 교육과 훈련 과정을 통과해야 하는데, 그것이 그리 쉬운 일이 아니었던 까닭이다.

육성 프로그램에 참여한 사람들 1,000명 중에 많아야 1명 정도만이 교육을 수료할 수 있을 정도였다.

성찬을 비롯한 삼환문도들도 정부에서 주관하는 차원통제사 양성 프로그램에 참여할 수 있었다. 놀랍게도 전부 차원통제사가 될 수 있었다.

대한민국에서 1기로 차원통제사가 된 사람들은 모두 200여 명이었는데, 아홉 명이나 한 조직에 속해 있다는 사실을 다들 놀라워했다.

창공에 오로라가 나타났다가 사라진 지 2년이 채 되지 않을 무렵 차원통제사들에 대해 수료식이 끝났지만 별다르게 할 일은 없었다.

채널이 연결이 되었다고는 하지만 사람이 직접적으로 오갈 수 있는 상황이 아니었기 때문이다.

외계와 연결되고 오갈 수 있는 채널인 포탈이 만들어지기는 했지만 사람이 아니라 물류만 오갈 수 있었던 탓이었다.

정부 조직 관계자에게 개방된 마도 네트워크를 통해 정보가 오가며 차원이나 항성 간 교역이 시작되자 사람들은 온 우주가 연결이 되었다는 것을 실감할 수 있었다.

소설이나 상상 속에서만 존재하는 온갖 것들이 지구로 유입되기 시작했기 때문이다.

포탈을 통해 물류의 이동이 가능해지자 정부에서 가장 먼저 한 것은 다른 차원이나 항성에서 넘어온 자원들을 이용해 거대한 첨탑을 세우는 것이었다.

시스템 창을 가진 사람들이 마도 네트워크에 접속할 수 있도록 하기 위해서였다.

오로라가 사라진 지 정확히 2년이 지날 무렵 첨탑이 완성되었고, 사람들은 마도 네트워크에 접속할 수 있게 되자 엄청난 정보를 얻을 수 있었다.

마도 네트워크가 접속이 시작된 날, 개인이 차원과 항성 간의 여행을 할 수 있는 포탈이 활성화되었다. 마도 네트워크를 중계하기 위해 세워진 첨탑이 바로 그 포탈이었던 것이다.

비록 지구 대차원과 암흑 대차원에 속한 것뿐이지만 사람들은 열광했다.

차원이나 항성 간 여행을 통해 자신의 존재를 격상시키는 것은 물론이고, 특별한 능력을 얻을 수 있다는 사실을 알 수 있었기 때문이었다.

포탈을 이용할 수 있는 사람은 차원통제사만으로 한정이 되어 있었다.

이에 반발한 일부 사람들이 포탈을 이용하려 했지만 마도 네트워크에 차원통제사로 등록이 되지 못하면 아예 이동 좌표가 생성되지 않는다는 것을 알고는 자격이 있는 자만이 차원 여행을 할 수 있다는 것에 다들 수긍을 했다.

그렇다고 일반인이 다른 차원이나 항성에 갈 수 없는 것은 아니었다.

지구와 환경이 비슷해 생존에 문제가 없는 곳에는 차원통제사들이 호위하는 조건으로 여행을 할 수 있었다.

그리고 이런 여행을 할 수 있는 사람들은 정부조직 관계자나, 차원 교역을 하는 이들이었다.

◆   ◆   ◆

오늘은 브리턴 차원으로 교역 물품을 호송하는 날이다.

차원통제사가 된 후 첫 번째로 맡은 임무로 두 분이 세운 회사의 물품들을 이송을 돕고, 그곳에서 에너지 스톤을 가지고 오는 일이다.

이번 교역은 정부 주도로 이루어지는 일이었는데 차원통제사교육 과정에서 상위권을 점유했던 터라 삼환문도 대부분이 참여할 수 있었다.

차원 이동을 위한 포탈 생성은 앞으로 30분 후이기에 현화와 함께 이미 물품 점검을 마친 상태다.

"물건은 이것으로 된 것 같군."

"우리 회사 물품들이 교역품에 들어가서 다행이지만, 양이 많지 않아 좀 아쉽네요."

"차차 늘어나겠지. 브리턴 쪽 분위기는 어떤 것 같아?"

"첫 번째 교역이지만, 이미 마도 네트워크를 통해 신용장이 오갔고, 그쪽에서도 호송 인원을 보내 마중한다고 하니 크게 염려하지 않아도 될 거예요."

"그럼 큰 위험은 없겠군. 그런데 사형과 사질은 오지 않는 건가?"

"미국 정부로부터 인수한 에너지 스톤을 연구하는 장호 씨가 성과를 냈나 봐요. 노리는 이들이 많아서 자릴 비울 수 없었어요."

"보안에 필요한 인원은 충분할 텐데?"

군에 있을 때 나를 따르던 팀원들과 대응 센터의 팀원들이었던 이들이 미국에 세운 회사의 보안을 맡고 있다.

이전 우주에서 각성을 하지 않았음에도 능력자들 상대할 수 있었던 이들이라 충분할 텐데, 사형과 사질이 오지 않은 것에 의문이 갔다.

"중국 쪽에서 움직인다는 첩보가 있었어요."

"유백상이 연락을 한 건가?"

"연락은 유미리로부터 왔어요. 국가안전부에서 움직이고 있다고 해서 어쩔 수 없었어요."

"그렇다면 어쩔 수 없는 일이었군."

"그래도 제가 왔잖아요. 염려하지 말고 다녀오세요."

"알았어. 그럼 부탁할게."

"잘 다녀오세요. 여기 일은 우리에게 맡기시고 말이죠."

"그래."

"그럼 저는 성진 씨에게 작별 인사를 하러 갈게요."

"그렇게 해."

현화가 정신 무장을 위해 오인방에 주의를 주고 있는 성진이 형에게로 갔다.

오인방에 주의를 주던 성진이 형이 만면에 미소를 지으며 자신에게 다가오는 현화를 맞았다.

도착하자마자 나에게 상황을 보고하는 현화를 기다리고 있었던 모양이다.

서로 마음을 두고 있다는 것을 아셨던 건지 아버지와 큰아버지께서는 이번 우주에서는 두 사람을 연인 관계로 만드셨다.

중국 국가안전부에 소속된 현화를 내가 아니라 형이 구하는 것으로 만들어 둔 것이 두 사람을 연인 관계로 만들어준 것이다.

평상시와는 달리 마주하기만 하면 여느 연인 못지않게 달달한 모습이 아주 보기 좋다.

"보기 좋네요. 아주버님과 아주 잘 어울려요."

"아리가 보기도 그렇지?"

"아주버님께서 조금 무뚝뚝한 편이시지만, 현화 언니가 잘 맞춰주니 앞으로 잘 사실 거예요."

"그렇겠지."

아리의 말대로다.

현화가 조금 차가운 편이지만 성진이 형에게는 의외로 마음을 활짝 열고 잘 대해주는 터라 나와 아리처럼 결혼을 해서도 잘 살 것 같다.

참고로 나와 아리는 여섯 달 전에 결혼을 했다.

차원 교역 허가가 나온 직후였다. 차원통제사로서 일을 시작하게 되면 같이 있는 시간이 얼마 없을 것이라 내가 과감하게 청혼을 했다.

너무 늦어서 미안하다고 하자 아리는 그런 것은 상관없다고 눈물을 흘리며 승낙을 했고, 부모님들이 모두 참석한 가운데 결혼식을 올렸다.

차원 교역 문제를 처리하느라 바쁘기도 하고, 아리가 아기를 갖는 바람에 신혼여행을 가지 못했던 탓에 이번에 브리턴에 다녀오면 태교 여행 겸해서 다녀올 예정이다.

"브리턴 차원으로 가면 곧바로 움직일 거예요?"

"그래야겠지."

"당신 실력은 알지만 조금 걱정이 되요."

아홉 존재의 잔재 중 하나를 처리하기 위해 브리턴에 가면 혼자서 움직여야 한다.

아이를 가진 여자 특유의 직감으로 내가 위험한 일을 하려 한다는 것을 느낀 것인지 아리가 자꾸 물어봐서 할 수 없이 모두에게 이야기를 할 수밖에 없었다.

그렇다고 진실을 알려줄 수는 없었다.

정부의 의뢰로 차원통제사 중에 문제를 일으킨 자를 처리하는 임무를 맡은 것으로 해두었다.

브리턴에 가서 성진이 형은 차원 교역 쪽의 일을 맡고, 나는 정부에서 준 임무를 수행하도록 되어 있다.

차원 간에 문제를 일으키는 자들을 처리하는 것은 차원통제사가 의무적으로 해야 하는 일 중에 하나이기에 아리도 수긍을 했다.

차원통제사 교육을 받으면서 내가 보여준 능력이 전부가 아니라는 것을 알기에 아리도 할 수 없이 허락을 해주었다.

다른 이들과는 차원이 다른 능력을 보여줬음에도 막상 떠날 때가 돼서 그런지 걱정이 되는 모양이다.

"너무 걱정하지 마. 내가 싫다고 해도 발을 뺄 수 있는 것도 아니고 말이야."

"그래도요."

"알았어."

내가 두말없이 대답을 하자 얼굴이 펴지는 것을 보니 이제야 안심이 되는 모양이다.

"그나저나 당신은 별도로 움직이게 될 텐데 다들 괜찮을까요? 나도 같이 가야 하는데……."

나를 제외하고 삼환문에서 가장 높은 수준에 오른 아리다.

아이 때문에 이번 교역에 함께 가지 못하는 것이 마음에 걸리는 모양이다.

"내가 같이 다니지 않아도 다들 잘할 거야. 다들 최상위권의 실력을 가지고 있으니 큰 문제는 없을 거고."

"그렇기는 해요. 그나저나 이번 임무를 성공하면 정부에서 우리 회사에 교역권을 어느 정도나 확대해 준대요?"

아버지와 큰아버지의 도움으로 정식으로 정부에서 주는 임무를 맡은 것으로 되어 있는 까닭에 궁금한 모양이다.

정부 임무를 수행하면 이권을 같은 것을 주는데, 이번 임무에는 교역권 확대가 걸려 있다고 해서 그런 것 같다.

"실패하면 항성 두 곳이고, 성공하면 아홉 곳이야."

"호호호! 실패해도 괜찮겠네요. 아이를 생각해서도 절대 무리하지 말아요?"

"후후후, 그렇게 할게."

"이제 이동할 준비를 해야 할 것 같아요."

"그런 것 같네."

아리의 시선을 따라가 보니 이번에 차원 교역권을 얻은 회사들이 속속 도착하고 있는 중이다.

호송을 위해 고용된 차원통제사들이 우리를 보며 눈인사를 하는데 1기로 같이 교육을 같이 받았던 사람들이었다.

　나와 아리도 고개를 약간 숙여 인사해 주었다.

　'긴장이 되는 모양이군.'

　차원 교역을 할 물품을 호위하고 있었는데, 처음 맡는 임무라서 그런지 다들 얼굴이 굳어 있다.

　'차원 교역에 관해서는 양측 모두 합의가 끝난 사항이라 큰 문제는 없을 텐데도 저리 걱정하는 것을 보면 에너지 기반이 바뀌는 것이 걱정되는 모양이군.'

　브리턴 차원은 지구보다 대지의 속성을 가진 에너지 밀도가 높은 편이다.

　에너지 변환을 위해 마력 코인을 사용하게 되면 큰 문제없이 능력을 사용할 수 있을 텐데도 저리 걱정하는 것을 보면 처음 하는 차원 여행이라서 그런 것 같다.

　마도 네트워크를 통해 여러 가지 정보를 얻었다고는 하지만 모든 정보를 알고 있는 것은 아니기 때문일 것이다.

　― 준비가 끝났으면 이동하시기 바랍니다.

　포탈이 열릴 때가 되자 방송이 흘러 나왔다.

　"가야 할 때가 됐네."

　"정말 조심해야 돼요?"

　"하하하, 알았어."

"알았어요."

첨탑에 포탈이 열릴 시기가 되면 관계자 이외에는 출입이 철저하게 통제가 된다.

차원통제사나 관계자 이외에 불순한 의도로 차원을 넘으려는 자들이 있기 때문이다.

"잘 다녀오세요."

"잘 부탁해."

"당신이 없는 동안 문제가 없게 잘 관리할게요."

"믿을게. 얼른 들어가 봐. 현화가 기다리잖아."

"조심해요."

아리는 끝까지 걱정을 놓지 않았다.

성진이 형과 작별 인사를 막 마친 현화가 다가왔기에 아리는 같이 첨탑의 경계지역 밖으로 나갔다.

— 지이이이잉!

아리와 현화를 비롯해 차원 여행과 관계없는 이들이 경계 지역을 모두 나가자 첨탑이 진동을 했다.

번쩍!

진동과 함께 뾰족한 첨탑 끝에서 빛을 이루어진 기둥이 하늘로 쏘아졌고, 뒤를 이어 원형의 고리를 형성한 형형색색의 빛이 아래로 떨어져 내렸다.

시야에서 빛이 사라졌을 때 우리는 브리턴 차원에 왔다는 것을 느낄 수 있었다.

'다른 나라들도 지금쯤 이동을 해 있겠군.'

지구에 있는 각 나라들도 마도 네트워크를 통해 서로 협의가 된 국가로 차원 이동을 한 상태일 터였다.

대한민국은 브리턴 차원의 제국과 첫 번째 교역을 성공적으로 끝낼 수 있었다.

포탈이 생성되면서 보였던 빛이 완전히 사라지고 난 뒤 바깥 풍경이 확실해지기 시작했다.

중세에서나 볼 수 있을 법한 전신 갑옷을 입은 자들과 로브를 뒤집어쓴 이들이 첨탑 주변을 에워싸고 있는 것이 보였다.

'여기서도 이동을 한 것 같군.'

경계를 이루는 지역 바깥에만 사람들이 있었다.

교역 협정대로 우리가 서 있는 곳에 있던 자들은 지구로 차원 이동을 한 것이 분명했다.

'마법사로군.'

첨탑을 중심으로 주변에 잔상처럼 남아 있던 빛이 사라지자 바깥에서 대기하고 있던 이들 중 하나가 다가왔다.

구름이 흘러가는 것 같은 문양이 자수로 수놓인 로브를 입고 있는 사람이었다.

그는 안으로 들어와 우리에게 손을 내밀자 푸른빛이 솟아올라 일행들을 감쌌다.

'통역 마법이군.'

푸른빛이 허공 중에 그려낸 모양이 통역 마법이라는 것을 인식하고 있었기에 다들 가만히 있었다.

"어서 오십시오, 지구인들이여!"

"누구십니까?"

전 국정원장이자 새로 설립된 차원 센터장이 된 강상진이 앞으로 나서며 물었다.

그가 이번 교역을 위한 사절단의 대표였다.

"나는 로하트라는 사람이오."

"아! 브리턴 제국의 궁정 마법사시군요."

로하트는 브리턴 차원의 제1제국이라 불리는 브리턴 제국의 궁정 마법사로 이번 교역을 위해 호송을 책임지고 있는 사람이라는 것을 마도 네트워크를 통해 알고 있었기에 다들 우리 식으로 고개를 숙여 인사를 했다.

"저는 강상진이라고 합니다."

"대한민국 사절단장이시군요. 만나서 반갑습니다."

"저도 반갑습니다. 이렇게 교류를 하게 되어 감개가 무량합니다."

"차원 간 채널이 열리고 처음으로 이런 자리가 마련되어 나도 무척이나 기쁘오. 황성에서 황제 폐하께서 기다리고 계시니어서 가십시다."

"그러시군요. 잘 부탁드립니다."

차원 교역을 위한 세부적인 절차는 이미 마도 네트워크를 통해 의견 조율을 끝낸 상태라 우리는 로하트 일행이 이끄는 대로 첨탑을 벗어났다.

우리가 가지고 온 짐들은 브리턴 제국에서 온 이들이 운송 수단에 싣고 있었다. 마나석을 이용한 마법이 장착된 이동 수단은 일종의 공중 부양 자동차 같은 것이었다.

'저걸 모토로 비공정이나 비공기가 만들어졌던 것이군.'

로하트를 수행하고 있는 기사들이 말 같은 것을 타고 있는 것과는 달리 플라이 마법과 중력 마법으로 도배된 공중 부양정을 이용하는 것이 무척이나 이채로웠다.

이전 우주에서 내가 이용하던 비공기나 비공정과는 달리 그냥 공중에서 달리는 자동차에 지나지 않았지만, 마법이라는 것이 얼마나 대단한 것인지 알 수 있었기 때문이다.

차원 게이트가 열리는 첨탑에서 황성까지는 사람을 수송하기 위해 만든 공중 부양정을 이용했기에 얼마 걸리지 않았다.

'대단하군.'

브리턴 제국의 수도로 들어가는 거대한 입구는 무척이나 화려했다.

높이가 40여 미터나 되는 돌로 만들어진 거대한 성문과 30여 미터 높이로 성벽이 길게 늘어져 있었다.

성벽의 길이가 대략 40킬로미터가 넘어 보이는 것이 수도의 크기가 얼마나 되는지 짐작이 되지를 않았다.

'혹시나 해서 걱정했는데 잘된 것 같구나.'

지구 대차원과 암흑 대차원의 모든 것은 이곳으로 투영시킨 것이 나다.

지성체들이 이룩한 문명과 정보도 잘 투영된 것 같아 다행이었다.

제 9 장

성벽과 성문을 보고 생각하고 있는 사절단을 본 로하트가 자랑스러운 눈빛을 보이며 한마디 한다.

"지구의 사절단 여러분! 브리턴 제국에 오신 것을 진심으로 환영합니다."

"정말 엄청나군요."

"하하하, 제국의 역사를 대변하는 곳이니까요."

"아, 그렇군요."

로하트와 강상진의 대화를 슬며시 들으며 성문을 살펴보니 곳곳에 부조로 새겨진 그림을 볼 수 있었다. 로하트가 왜 제국의 역사를 대변한다고 하는지 알 수 있었다.

부조로 새겨진 것들이 제국의 중요한 사건들 기록한 것임을 알 수 있었던 것이다.

"수도에 사는 제국민의 수가 이천만 명입니다. 제국 인구의 일 할이 이곳에 거주하고 있지요."

"대단합니다. 지구에서도 그 정도 인구를 가진 곳이 거의 없는데 말입니다."

"하하하하, 별말씀을 다 하십니다. 지구에는 천만 명이 넘는 도시가 수두룩하다고 알고 있습니다. 대한민국의 수도라는 서울도 그중 하나고 말입니다."

"그렇기는 합니다."

"이곳은 외성입니다. 내성까지 가야 황궁으로 들어갈 수 있으니 서둘러야겠습니다."

"그러시지요."

로하트의 말에 움직이는 속도가 빨라졌다.

성문을 통과하고 난 뒤 황궁이 있는 내성까지 길게 뻗은 대로를 따라 빠르게 이동하기 시작했다.

서울에 있는 10차선 대로를 훨씬 능가하는 커다란 도로였는데, 주민들을 통제했는지 이동을 하는 이들은 우리 밖에는 없었다.

'소차원 중 지구를 제외하고 문명적으로 가장 발전한 곳이라는 말이 거짓이 아니었군.'

형태는 중세 유럽과 많이 비슷하면서도 달랐다.

도시의 기초가 석재로 이루어진 것과는 달리 높은 건물이 상당수 있었다.

40미터 높이의 건물들이 즐비하고 더러는 200미터를 넘는 건물들도 간간히 보였다.

대로를 따라 30여 분쯤 갔을까, 황궁이 있다는 내성을 볼 수 있었다.

가는 동안 우리를 특별히 주의 깊게 바라보는 주민들이 보이지 않는 것을 보면 사람들도 통제를 하는 것 같았다.

'황궁이 있는 내성은 다르구나.'

일반적인 석재로 만들어진 성벽이 길게 늘어져 있는 외성과는 달리 내성은 무척이나 화려했다.

내성은 거대한 백색의 돌로 만들어진 성벽이 커다란 타원 형태로 감싸인 모습이었다.

내성 입구로 가자 화려한 색깔의 정복을 입은 기사들이 우리들을 맞았다.

"어서 오십시오, 로하트 님."

"귀한 손님들이 도착하셨다고 안으로 연락해 주게."

"알겠습니다."

"들어가시죠."

로하트의 안내를 받아 내성 안으로 들어간 후 간단한 검사를 받고 황궁이 있는 곳으로 갈 수 있었다.

내성 안도 상당히 넓었다.

황궁까지 상당한 거리를 움직여야 했다.

외각에는 부티가 나는 저택들이 즐비하게 있었고, 황궁 근처에는 각종 정부 기관이 있다는 것을 안내받을 수 있었다.

외성과는 달리 내성에서는 주민들을 상당수 볼 수 있었다.

세련된 복장과 어딘지 고집스러운 표정을 지어 보이는 것을 보니 상위 계층의 귀족이나 관리들이 분명해 보였다.

황궁 입구에 서자 근위대원들이 우리 일행을 막았다.

공중 부양 차에서 내린 후 마법으로 도배된 검색대를 한 명 한 명 지나가게 하며 검사를 하는 것을 보니 내성 입구와는 달리 보안에 무척 신경을 쓰는 모습이다.

그렇게 황궁 입구를 통과해 우리 일행은 황제가 업무를 보는 대전으로 갈 수 있었다.

"대한민국 사절단이 도착했습니다!!!"

대전 앞에 서자 기사 중 하나가 큰 소리로 우리의 등장을 알렸다.

커다란 대전의 문이 열리고 안으로 들어간 우리는 대리석으로 쌓아 올린 용상에 앉은 황제를 볼 수 있었다.

강상진을 선두로 황제가 앉아 있는 곳 10미터 앞까지 간 우리는 마도 네트워크를 통해 배운 대로 예를 차렸다.

"브리턴 제국의 고귀하신 황제이신 브링엄 칸 브리턴 폐하를 뵙습니다."

"폐하를 뵙습니다."

"오시느라 노고가 많소."

고개를 숙여 인사를 끝내고 머리를 들자 브린턴 황제가 우리를 격려했다.

"로하트 경의 안내로 편히 왔습니다, 폐하."

"하하하, 그렇기는 하겠군. 이번이 첫 번째 교역이지만 앞으로도 잘 부탁하오."

"폐하의 성은을 바랄 뿐입니다."

강상진이 인사를 하고 난 뒤 두루마리 하나를 꺼냈다.

"이것은 대한민국의 대통령님께서 보내시는 친서입니다."

"알겠소."

황제가 고개를 끄덕이자 용상 아래 있던 시종장이 친서를 받아들었다.

"어려운 걸음을 했을 테니 오늘은 쉬도록 하고 내일부터 교역과 앞으로의 방향에 대해 협의를 하도록 하라."

"폐하의 은혜에 감사드립니다."

브리턴 황제는 강상진의 인사를 받은 후 대전을 나섰고, 우리는 그를 향해 고개를 숙여 인사를 했다.

"쉬실 곳으로 안내를 해드릴 테니 따라 오십시오."

"그러지요."

우리는 로하트의 안내에 따라 브리턴에 있을 동안 머물게 될 별궁으로 향했다.

브리턴 제국을 찾아오는 타국의 사신이나 귀빈들이 머무는 영빈관 형태의 별궁이었는데, 황궁과는 교묘하게 격리되어 있는 곳이었다.

"이곳에서 쉬시면 됩니다. 방들은 이미 배정이 되어 있으니 시종들이 안내해 드릴 겁니다. 그리고 바깥으로 나가 관광을 하실 분은 하셔도 됩니다. 혹시나 몰라 개인별 신분 패를 만들어 두었으니 큰 문제는 없을 겁니다."

"편의를 봐주셔서 감사합니다, 로하트 경."

"별말씀을 다 하십니다. 그나저나 그분은……."

"윤성찬입니다."

옆에서 듣고 있던 나는 고개를 약간 숙여 인사를 했다.

"그러시군요. 어려운 일을 맡으셨습니다."

"제가 해야 할 일일 뿐입니다."

"그런데 필요한 것이 근위 기사 한 명과 안내할 길잡이 한 명이 맞는 겁니까?"

"그렇습니다."

"저희에게도 신탁이 내려와 협조는 하겠습니다만, 그것은 대륙의 금지에 속하는 곳입니다."

"그 정도면 충분합니다. 본래 혼자 가고 싶기는 하지만 지리를 모르니 길잡이가 필요했습니다. 그리고 신탁을 받으셨다고는 하나 결과가 궁금하실 테니 이번 일에 대해 확인을 하시라고 근위 기사 분도 요청한 겁니다."

"으음."

로하트가 얼굴을 찌푸리며 나를 바라보았다.

"크게 염려하지 않으셔도 될 겁니다, 로하트 경."

"금지는 마스터라도 생사를 장담할 수 없는 곳입니다."

"성찬 군은 충분히 임무를 수행할 능력을 지니고 있다는 것을 대한민국에서 보장하니 염려하지 않으셔도 됩니다."

강상진의 거듭되는 말에 로하트가 고개를 흔들었다.

"할 수 없군요. 이번 일은 전적으로 대한민국에서 책임을 지고 해결해야 한다고 신탁이 내려왔으니 말입니다. 하지만 폐하의 염려가 있어 인원을 교체했습니다."

"교체라니 무슨 말씀입니까?"

"근위기사단의 부단장과 블루문 길드의 부길드장이 수행하게 될 겁니다. 괜찮겠습니까?"

"별 상관은 없습니다. 실력이 좋으신 분들 같으니 일정이 빨라질 것 같군요."

나에게 묻는 것이라 대답을 해주었다.

"신탁으로 내려진 임무라서 거절하실 줄 알았는데 다행입니다."

"출발 준비는 끝난 겁니까?"

"바로 가실 생각입니까?"

"그렇습니다. 질질 끄는 것은 제 성미에 맞지 않아서 말입니다."

"별궁 입구에서 대기 중입니다. 자와 같이 가시죠."

일행들이 시종의 안내를 받아 각자의 배정받은 방으로 가는 사이 나는 로하트를 따라 별궁 입구로 향했다.

그곳에는 편안한 복장을 하고 있는 두 사람이 세 마리의 말 같은 것의 고삐를 쥐고 대기하고 있었다.

나와 그곳으로 가기로 한 근위 기사단의 부단장과 블루민 길드의 부길드장이 분명했다.

"이쪽은 리차드 헤이만 부단장, 이쪽은 알렉스 테너 부길드장입니다."

"반갑습니다. 윤성찬이라고 합니다."

로하트의 소개에 나도 이름을 말하며 손을 내밀었다.

"리차드라고 불러 주십시오."

"잘 부탁드립니다. 윤성찬입니다."

"하하하, 알렉스라고 합니다."

"윤성찬입니다."

브리턴에서도 처음 볼 때 악수를 하는 것이 인사법이라 두 사람과 어색하지 않게 통성명을 할 수 있었다.

"바로 출발하실 겁니까?"

"그렇게 하려고 합니다. 제가 탈 건가요?"

"그렇습니다. 지구에 있는 말과 비슷한 나난이라는 동물입니다. 근위대에 속한 나난 중 제일 좋은 놈들이니 타시기 불편하지 않을 겁니다."

승마를 할 줄 안다고 해서 준비를 한 모양이었다.

"그렇군요. 감사합니다."

"일단 금지와 가까운 테라트 백작령까지는 게이트를 이용하게 될 겁니다. 그곳부터 나난을 타고 가게 되는데, 대략 열흘 정도 가게 될 겁니다."

"알겠습니다. 바로 출발하는 것으로 하시죠."

"그러시죠."

빨리 끝내는 것이 좋기에 서둘러 출발하려 하자 로하트가 나섰다.

"잠깐만 기다리십시오."

"왜 그러십니까?"

이유를 묻자 로하트가 품에서 작은 상자 하나를 꺼냈다.

"이건 황제 폐하께서 내리시는 겁니다."

"황제 폐하께서요?"

"이번 임무에 도움이 될 거라고 하사하신 겁니다."

"고마운 일이군요. 감사하다고 전해주십시오."

고삐를 잡고 있던 리차드가 상당히 놀란 눈빛을 보내는 것을 보니 좋은 것 같았기에 거절하지 않고 받았다.

"이만 가보겠습니다."

"무사히 돌아오시기를 빌겠습니다."

"알겠습니다. 이제 출발합시다."

로하트의 인사를 받으며 나난에 올라탔다.

차원통제사 교육을 받으며 승마를 배웠던 터라 등자를 밟고 올라타는 것은 그리 어렵지 않았다.

나난을 타고 별궁을 나와 게이트가 있는 곳으로 갔다.

영지를 단번에 오갈 수 있는 게이트는 군에서 관리하고 있었다. 수도에 있는 게이트는 관공서가 밀집한 곳에 있었고, 수도 방위군이 관리하고 있었다.

군사적인 일이거나 귀족이 아니면 이용할 수 없는 것이었지만, 이미 연락을 취해두었는지 우리는 아무런 제지 없이 게이트를 이용해 백작령으로 이동할 수 있었다.

금지에 가까이 있는 테라트 백작령은 변경백의 지위를 가지는 곳이었다.

다른 변경백의 영지들이 국경을 마주하고 있는 것과는 달리 금지 때문에 변경백으로 지정된 곳이었다.

테라트 백작령에서 나난으로 열흘 정도 달렸을 때 나오는 하늘 고원이라는 금지에서 내려오는 몬스터들을 막기 위해 지정된 곳으로 군사 도시를 방불케 하는 곳이었다.

근위 기사단의 부단장이 끼어 있는 터라 영지에 도착한 후 테라크 백작에게 인사를 해야 하는 것이 관례였지만, 비밀스러운 임무였기에 우리는 곧바로 영주성을 벗어나 하늘 고원으로 향했다.

나난을 타고 열흘간 하늘 고원을 향해 달리는 동안 요충지로 보이는 곳에 설치된 요새를 다수 볼 수 있었다.

하늘 고원에서 내려오는 몬스터들을 막아내기 만들어진 것들로, 밤이 되면 노숙을 하지 않고 요새에 들러 머물 수 있었다.

식량이 부족해지는 겨울의 경우에는 몬스터 웨이브가 일어나서 힘들었을 테지만 지금은 여름이라 그런지 별다른 일 없이 열흘 만에 하늘 고원 근처에 도달할 수 있었다.

처음 본 하늘 고원은 아주 특별해 보였다.

보통은 산처럼 경사가 이어지다가 그 위에 고원이 나타나야 정상인데, 하늘 고원은 달랐다.

거의 삼천 미터에 달하는 절벽이 마치 성벽처럼 끝도 없이 이어져 있고, 그 위가 고원이 펼쳐져 있는 것이다.

마도 네트워크에서 보았던 정보로 이미 알고 있었지만 직접 보니 정말 엄청났다.

'저래서 리차드와 알렉스를 붙여준 것이로군.'

가까이 다가가 보니 일반 근위 기사나 길잡이였다면 오를 엄두도 내지 못할 정도의 깎아지른 절벽이었다.

다른 이들이라면 여기까지만 안내하고 발걸음을 돌려야 했을 테니 두 사람을 붙여준 이유는 분명했다.

하늘 고원에서 내가 무엇을 하려는지 보겠다는 말이었다.

"올라가실 수 있겠습니까?"

리차드가 우려스러운 목소리로 물었다.

"어디나 길은 있는 법이 아니겠습니까?"

"그렇기는 하지만 하늘 고원은 조금 다릅니다. 절벽을 오를 수 있는 방법은 있기는 하지만 워낙 높고 험해서 최소한 익스퍼트 중급은 되어야 정상으로 올라 갈 수 있습니다."

"후후후, 염려하지 않으셔도 될 겁니다."

"알겠습니다. 그럼 바로 오르시겠습니까?"

"오후니까 내일 아침 일찍 오르는 것이 좋을 것 같습니다. 오르다가 밤이 될 수도 있으니 말입니다."

"그러시죠."

브리턴의 하루는 지구 시간으로 27시간 정도다.

여름철이라고는 하지만 늦은 오후이기도 하고, 돌발 사태가 발생할 수도 있어 등반을 내일로 미뤘다.

요새에 머물던 다른 날과는 달리 노숙을 해야 하기에 서둘러 야영 준비를 했다.

어차피 말들은 풀어둘 생각이었기에 고삐와 안장을 떼어내 자루에 집어넣은 후 절벽 한쪽을 파고 묻어두었고, 모닥불을 피운 후 마지막으로 들렸던 요새에서 얻어온 고기를 구워 저녁을 먹었다.

　'지나오면서도 느꼈지만 방관자적 입장을 취하는군.'

　저녁을 먹고 난 후 알람 마법이 인챈트 된 마도구를 주변에 설치한 후 잠자리에 들면서도 두 사람은 나에게 이무에 대해 일언반구 묻지를 않았다.

　지난 열흘 동안 같이 나난을 타고 오면서도 내가 맡은 임무에 대해서 묻지 않았던 것을 보면 특별히 지시를 받은 것이 분명해 보였다.

　'하긴, 이번 임무에 대해 말해주는 것이 어렵기는 했을 것이다. 금지에 얽혀 있는 암흑을 광명으로 이끌라는 신탁이 내려갔을 테니 그럴 만도 하겠지.'

　브리턴 대륙에 내려진 신탁은 아버지가 마도 네트워크를 통해 내린 것이다.

　애매모호한 내용이지만 이면에 있는 진실이 알려질 경우 큰 파장을 일으킬 수 있는 내용이라서 아예 비밀로 한 모양이었다.

　암흑을 광명으로 이끌라는 내용은 다른 것이 아니다.

　브리턴 제국의 황실에서는 암흑 마나를 정화하는 일이라고 알고 있겠지만 우주로 퍼져 나간 아홉 존재의 잔재 중 하나를 제거하는 것이다.

지구 대차원에 남아 있는 것에 있는 것은 아홉 중 하나였다. 이전 우주의 절대 의지의 사념이 깃들지는 않았지만 순환의 법칙이 다른 에너지를 가지고 있다.

자칫 에너지 간섭이 일어나게 되면 대차원의 균형이 깨질 수도 있기에 새로 생긴 우주의 법칙에 맞게 바꾸는 것이 내가 해야 하는 일이다.

잠을 자는 동안 알람 마법이 울리는 일은 없었기에 푹 자고 동이 트기 전에 일어날 수 있었다.

간단하게 육포로 아침 식사를 마치고 여명이 움터 날이 밝아 오기 시작하자 절벽을 오르기 시작했다.

깎아지르기는 했지만 유리처럼 평명이 아닌 까닭에 돌출 부위나 들어간 홈을 이용해 절벽을 올랐다.

그런 것도 없는 곳이 나올 경우 능력을 사용해 손발을 절벽에 박아놓고 올라가야 했다.

해가 지며 노을이 사방으로 물들 때까지 장장 13시간 정도 오르자 절벽 끝에 도달할 수 있었다.

'마치 경계 같구나.'

하늘 고원에서 절벽 가까이는 암석 지대였지만 안으로 100미터 정도 들어가서부터는 숲을 이루고 있었다.

숲과 암석 지대의 에너지는 상당한 차이를 보이고 있었다.

"헉헉!"

"후우우."

두 사람 모두 꽤나 지쳤는지 숨을 몰아쉬었다.

"식사는 제가 준비할 테니 두 분은 좀 쉬십시오."

별로 힘이 들지 않았기에 저녁 식사를 준비하겠다고 하자 상당히 놀라는 표정이다.

"헉헉, 힘들지 않으십니까?"

"이력이 나서요."

"지구인들은 대단하군요."

"지구인 전부가 저 같은 것은 아닙니다. 차원통제사가 되려면 이 정도는 통과해야 해서요."

내 말은 거짓이 아니다.

교육 과정 중에는 히말라야 고원에서 실시하는 암벽 등반과 눈 덮인 험준한 산악 일주하는 훈련도 포함되어 있기 때문이다.

"그렇군요. 그럼 저희는 조금 쉬겠습니다.

하늘 고원에서 절벽 가까이는 암석 지대였지만 안으로 100미터 정도 들어가서부터는 숲을 이루고 있다.

암석 지대는 몬스터가 없기에 두 사람이 쉬는 것을 보고 저녁을 준비했다.

'칼로리가 높고 간편하게 먹을 수 있는 것으로 준비를 해야겠군.'

올라오는 중간에 육포를 이용해 허기를 채웠다고는 하지만 상당한 체력을 소모했을 터라 고칼로리 음식을 준비하기로 했다.

아공간 가방에서 요새에서 구한 식재료와 요리 도구를 꺼내 저녁 식사를 준비했다.

얇게 고기를 썰어 밑간을 하고 모닥불 위에 얹은 불판 위에 불 향이 배도록 구웠다.

그리고 빵과 채소, 소스를 꺼낸 후 햄버거처럼 만들어 두 사람에게 나눠주었다.

"쩝쩝! 으음, 맛있군요."

"지구에서 햄버거라고 불리는 음식입니다. 양은 충분하니 마음껏 드십시오."

"알겠습니다."

"잘 먹겠습니다.

브리턴에는 없는 형태의 요리였지만 두 사람은 아주 맛있게 햄버거를 먹더니 내가 만들어주지 않아도 자신들이 알아서 빵을 가르고 고기 등을 넣어 먹었다.

다 먹고 나자 알렉스가 햄버거에 관심을 보였다.

"아주 간편하고 맛도 훌륭합니다. 노숙할 때 만들어 먹으면 아주 좋을 것 같습니다."

"영양도 골고루 섭취가 가능합니다. 들어가는 재료나 소스에 따라 다양한 맛을 즐길 수도 있고 말입니다."

"전문적으로 배우신 겁니까?"

"아닙니다. 지구에서는 무척이나 대중적인 요리입니다."

"이게 대중적인 겁니까?"

"햄버거를 전문적으로 만들어 지구의 전 대륙을 대상으로 파는 상단이 몇 개나 있을 정도로 지구인들이 아주 좋아하는 음식입니다."

"세계를 대상으로 팔다니 놀랍습니다. 상단마다 맛이 다 다른가요?"

"그렇습니다. 상단마다 독특한 소스와 레시피로 지구인의 입맛을 사로잡고 있습니다."

"그렇군요. 지구로 가게 되면 상단별로 어떻게 다른지 한 번 먹어봐야겠습니다."

"한 상단에서 파는 햄버거라도 각 대륙이나 나라별로 맛이 조금 다릅니다."

"레시피는 동일하겠지만, 현지 식재료가 조금씩 달라서 그런 것이겠군요?"

"하하하! 그렇습니다."

"알겠습니다. 그나저나 어떻게 하실 생각이십니까? 이곳부터 하루 정도 거리는 문제가 없지만 그 이후부터 목적지까지는 아무리 저희라도 생사를 장담하기 힘듭니다."

"변이된 몬스터들이 득실거리겠지만, 저에게는 그리 큰 상관은 없습니다."

"예?"

길잡이 역할을 하는 알렉스는 하늘 고원에 존재하는 몬스터에 대해 잘 알고 있어서인지 놀라며 나를 바라본다.

"하하하! 별다른 위험이 없을 거라는 말입니다."

"어느 정도 아시겠지만, 여기 부단장님과 저는 마스터입니다. 그런 저희조차도 하늘 고원은 장담할 수 없는 곳입니다. 중간 이후부터 나타나는 몬스터들은 수준이 완전히 달라서 오러 블레이드로도 죽이기 힘든 놈들입니다."

"알고 있습니다. 걱정하지 않아도 될 정도 됩니다."

"으음."

"사실 제가 본래 안내를 허락한 것은 절벽을 올라오기 전까지였습니다. 여기서부터 중심부까지는 저 혼자 움직일 생각이었으니까 말입니다."

"혼자서 움직이시려고 했던 겁니까?"

"예, 그게 제일 안전하니까요."

자신들이 방해가 될 수도 있다는 뜻을 은근히 내비치자 두 사람 다 얼굴을 찌푸린다.

"위험할 수 있는 만큼 두 분은 저와 같이 가지 않아도 됩니다."

"하지만……."

"황실에서 어떤 명령을 내렸는지 모르겠지만 여기 계셔도 괜찮습니다. 신탁이 내려진 임무라서 제가 따라오지 말라고 했다면 아무 책임도 묻지 않을 것이고 말입니다."

"무슨 일인지 확인하는 것도 임무지만 중간까지는 같이 가도록 하겠습니다."

"중간까지요?"

"그전에 나타나는 몬스터들은 저희가 처리해 드리겠습니다. 중심부로 들어가기 전에 체력을 보존하는 것이 좋을 테니 말입니다."

"그렇게 해주시겠다니 감사합니다. 내일 아침 일찍 출발하는 것으로 하겠습니다. 이곳에서는 마법이 무용지물이라고 하니 오늘은 제가 초번과 마지막 불침번을 서겠습니다."

"알겠습니다."

두 사람을 먼저 재우고 불침번을 섰다.

열흘 동안 말을 달려오느라 제대로 쉬지 못해 많이 피곤한지 두 사람은 금방 잠에 빠져들었다.

알렉스가 다음 불침번을 섰고, 리차드, 그리고 마지막으로 내가 불침번을 서며 아침 식사를 준비했다.

식재료와 요리 도구들이야 아공간에 많이 있었기에 고기를 이용한 걸쭉한 스프를 만들고, 밀가루를 이용해 난을 만들었기에 아침 식사 준비는 그다지 어렵지 않았다.

날이 밝아오기 시작하자 두 사람을 깨워 식사를 했다.

햄버거와 마찬가지로 두 사람 모두 맛있게 식사를 마치고, 차를 한잔 마신 후에 무장을 갖추고 암석 지대를 지나 숲으로 들어섰다.

숲 안에 들어선 후 하늘 고원이 어째서 브리턴 대륙의 금지로 정해졌는지 이유를 알 수 있었다.

하늘 고원은 새로운 우주와는 상성이 전혀 맞지 않는 기이한 공간이었다.

'으음, 하늘 고원에 있는 존재가 숲 전체를 장악하고 있는 것이 분명하다.'

나무 하나하나가 평범한 것이 아니었다.

언뜻 보면 그저 나무 한 그루에 불과해 보이지만 숲에 존재하는 나무들은 모두 연결이 되어 있었고, 집단의식을 공유하고 있었다.

'숲이 오염된 생명체들을 만들고 있구나.'

숲 전체에 이전 우주의 잔재가 가진 에너지와 새로운 우주의 에너지가 엉겨 있었다.

특이한 형태로 변화한 에너지는 숲 안에 존재하는 다른 생명체들을 변이시키고 있었다.

그리고 변이된 생명체들은 무척이나 강했고, 중심부에 가까이 시는 생명체일수록 마스터도 버거울 정도의 힘을 지니고 있었다.

'중심부에만 머물던 끔찍한 존재들이 몰려오고 있구나.'

알렉스가 나에게 알려준 것과는 다른 모습이다.

몬스터라 불리는 괴물들은 자신의 영역을 절대 벗어나지 않는다고 하는데, 이리 몰려오는 것을 보면 숲을 잠식한 존재가 내가 온 것을 알아차린 것이 분명하다.

자신을 제거하기 위해 왔다는 것을 알기에 특별한 존재들을 보냈음을 짐작할 수 있었다.

'중심부로 들어가는 입구까지도 같이 가지 못하겠군.'

리차드와 알렉스가 아무리 마스터라 할지라도 다가오고 있는 존재들은 절대 상대할 수 없는 것들이다.

에너지 자체가 상성이 맞지 않으니 맞붙었다가는 죽음을 면치 못하니 두 사람과 동행하는 것도 그리 길지 않을 것 같다.

"크르르르……."

숲으로 들어선 지 한 시간 정도 지났을까, 모골이 송연해지는 으르렁거림이 낮게 들려왔다.

숲이라는 지형에 맞게 길이가 짧은 소드를 꺼내든 두 사람이 전면에 서며 경계를 했다.

"마수들이 먼저 우리를 발견한 것 같습니다. 놈들의 기척은 저희라도 알아차리기 힘드니 경계를 단단히 하십시오."

알렉스가 긴장된 목소리로 주의를 촉구했다.

으르렁거림 이외에는 아무런 기척도 느낄 수 없다.

사방으로 살기를 뿜어 옥죄면서도 자신의 존재를 완벽하게 감추고 있으니 그럴 만도 할 것이다.

"위!!"

파파팟!

내가 외치는 것과 동시에 리차드와 알렉스가 동시에 검을 휘둘렀다.

알렉스의 소드가 나무 위에서 소리 없이 덮친 표범을 닮은 마수의 옆구리를 훑었지만 깊이가 얕았다.

공격이 실패한 마수는 땅에 다리를 디디자마자 곧바로 훌쩍 뛰어 올라 나뭇잎이 무성한 가지 사이로 사라졌다.

'검에 베이는 것과 동시에 곧바로 재생을 하는군.'

에너지로 만들어진 집합체이기 때문인지 눈 깜짝할 사이에 사라지는 마수의 옆구리에 생긴 상처가 순식간에 사라지는 것을 볼 수 있었다.

리차드와 알렉스도 그 모습을 본 것인지 안색이 심각하다.

'이 세계의 법칙에 적용을 받지 않는 것을 보니 내 존재를 확실히 인식하고 보낸 것이 분명하다.'

얇다고는 하지만 오러 블레이드로 베인 상처가 그리 쉽게 아문 것을 보면 지금 우주에 적용되는 에너지의 법칙에서 얽매인 존재가 아니었다.

새로운 우주가 생성될 당시 흩어져 나간 존재들 중 하나가 보낸 것이 분명하다.

중심부에 가까운 것도 아니고 아직 외곽인데, 벌써 저런 존재가 나타난 것을 보면 그 존재가 나를 심히 경계하고 있음을 알수 있었기에 두 사람과 여기서 헤어져야 할 것 같다.

"이만 돌아가셔야 할 것 같습니다."

"그게 무슨 말씀입니까?"

내 말에 알렉스가 반문했다.

"방금 공격을 했던 마수는 아무래도 중심부에서 출몰하던 것중 하나 같아서 하는 말입니다."

"중심부 외곽까지는 아직 며칠을 더 가야 합니다."

"알고 있습니다만, 아무래도 제가 이곳으로 왔다는 것을 중심에 있는 존재가 알아차린 것 같습니다."

"으음."

리차드가 신음을 흘렸다.

"하늘 고원이 금지가 된 원인이 중심부에 알 수 없는 존재 때문입니까?"

"그렇습니다."

"역시, 그렇군요."

"오러 블레이드로 입은 피해를 아무렇지 않게 복구시킬 정도로 강력한 힘을 가진 존재가 보낸 마수입니다. 이제 상황이 달라졌으니 이만 돌아가십시오."

"중심부 외곽까지 같이 갈 수 있습니다."

"피해만 생길 뿐입니다. 저 혼자라면 임무를 무사히 마칠 수 있으니 이만 돌아가 주시는 것이 저를 돕는 길입니다."

"으음……."

내가 두 사람을 하찮게 취급해서 하는 말이 아니라는 것을 느꼈는지 리차드가 신음을 흘렸다.

"두 분이 마스터의 반열에 올랐다고는 하지만 지금 이곳에서는 소용이 없습니다. 이곳은 세상의 법칙이 통하지 않는 곳이니 말입니다."

황제의 명령으로 부탁한 것을 벗어나 하늘 고원까지 온 사람들이다.

괜히 안으로 진입을 했다가는 생명을 장담할 수 없기에 알고 있는 사실 중 일부를 말할 수밖에 없었다.

"후우, 알겠습니다. 따르도록 하겠습니다."

"두 분 다 이리로 오십시오."

이대로 돌아가게 리차드와 알렉스가 위험해질 수도 있기에 내 앞으로 불러들였다.

"왜 그러십니까?"

"지금은 느껴지지 않겠지만 두 분은 오염된 상태입니다. 이

대로는 하늘 고원을 벗어날 수 없으니 정화를 해야 할 것 같습니다."

이곳에서는 그다지 큰 문제가 되지는 않겠지만 하늘 고원을 벗어나는 순간 인과율이 뒤틀려 버린다.

두 사람은 이전 우주를 관장한 법칙의 지배를 받게 되어 세계를 파괴하는 존재로 변화될 것이기 정화를 해야 한다.

"정화라면, 우리가 마기 같은 것에 오염되었다는 겁니까? 아무것도 느낄 수 없는데……."

"마기 같은 것이 아닙니다, 하지만 그와 비슷한 것이라고 할 수 있습니다. 지금 정화하지 않으면 자칫 자신을 잃고 괴물 같은 존재가 될 수 있습니다."

"으음, 알겠습니다. 그럼 정화해 주십시오."

"두 분 다 제 손을 잡아주십시오."

리차드와 알렉스가 내미는 손을 잡고 두 사람의 몸 안에 침습한 이전 우주의 에너지를 흡수했다.

정화가 끝난 것이다.

"됐습니다."

"이렇게 간단한 겁니까?"

"이게 무슨?"

간단히 손 하나씩만 잡고 난 뒤 정화가 끝났다고 하자 다들 의아한 표정이다.

"하하하하, 제게는 그리 어려운 일이 아닙니다. 이제 그만 하늘 고원을 벗어나십시오."

"으음, 알겠습니다."

"조심하십시오."

자신들에게 일어난 변화를 느끼지 못하면서도 신탁 때문인지 내 말에 수긍을 하는 것 같았다.

"그렇게 하겠습니다. 지구로 돌아갈 때 다시 볼 수 있으면 좋겠습니다."

"그럼!"

"예."

간단하게 목례로 인사를 한 두 사람은 곧바로 암석 지대로 향했다.

'선물도 하나씩 드렸으니 좋은 결과가 있을 겁니다.'

이전 우주의 에너지의 흡수하면서 두 사람에게 선물을 하나씩 주었다.

마스터라 자칭했지만 두 사람은 아직 완전한 경지에 오르지 못한 상태다.

그저 자신의 무기에 오러를 유형화시켜 내뿜을 수 있는 경지일 뿐이라 더 높은 경지로 올라갈 수 있도록 에너지 흐름을 원활하게 해준 것이다.

스스로가 노력을 해야겠지만 지난 열흘 동안 오면서 노숙을 할 때마다 수련을 멈추지 않았던 것을 보면 새로운 경지를 볼 수 있을 것이다.

'자, 이제 그만 가볼까?'

스르르르.

다른 곳이라면 힘이 들었겠지만 이전 우주의 에너지가 남아 있는 하늘 고원이기에 생각을 하자마자 몸 위로 전투 슈트가 생성됐다.

투—투투퉁!

숲을 향해 에너지 탄을 발사했다.

퓨퓨퓨퓨퓨퓻!

늘어서 있는 나무들에 연속적으로 구멍이 뚫으며 날아간 에너지 탄이 몸을 숨기로 있는 마수들의 몸에 명중했다.

파파파팟!

중심부에 있는 존재가 나를 막기 위해 보낸 마수들이 몸에 구멍이 뚫리며 나무 아래로 떨어지는 것을 보며 전속력으로 달리기 시작했다.

길을 만들어가며 중심부로 달려가는 길이지만 그리 어렵지는 않았다.

몸 앞에 에너지 배리어를 원뿔형으로 생성하고 속도를 내며 달렸기 때문이다.

위—이이잉!

콰드드드득!!!!

최대한 빠른 시간 안에 중심부로 가야 했다.

나무들은 물론이고, 연이어 나타나는 마수들과 몬스터들의 몸이 드릴처럼 회전하는 에너지 배리어에 갈려 나가는 것을 보면서 달리는 것을 멈추지 않았다.

중심부에 당도하는 데까지 거의 하루가 걸렸다.

움직이기 시작한 곳부터 중심부까지 모든 것을 제거하고 왔기에 흔적이 짙게 남았다.

일직선으로 이어진 도로가 하나 만들어진 것이다.

'으음, 예상보다 빠르다.'

중심부는 온통 검은색으로 이루어진 미지의 물질이 반경 1킬로미터 정도를 뒤덮고 있었다.

에너지가 변화되고 있는 중이기는 하지만 의지가 완전히 정립되지 않아 만들어진 물질이다.

아주 조금씩 몸집을 불리고 있었는데, 그 속도가 점차 빨라지고 있는 중이었다.

'새로운 우주의 에너지를 이전 우주의 것으로 변화시키는 속도가 빨라지고 있다.'

절대 의지의 인과율이 작동하지 않는데도 불구하고, 생각한 것보다 잠식되는 속도가 빨랐다.

새로운 우주로 건너온 존재의 흔적이 가진 의지가 강력하다는 뜻이었기에 빠르게 손을 써야했다.

푸욱!!

에너지 흐름에 간섭하기 위해 양손을 검은 물질에 박아 넣었다.

— 크아아아!!! 방해하지 마라.

검은 물질에 담긴 존재의 의지가 지르는 포효가 들려왔다.

'으음, 아직도 미련을 버리지 못했기에 이런 상태겠지.'

창조주의 뜻에 따라 절대 의지가 관장하는 법칙을 정면으로 거부하며 자신의 모든 것을 봉인했던 의지는 하나도 남아 있지 않았다.

지금 발악하고 있는 의지에는 마치 굶주린 짐승이 먹이를 찾는 것처럼 자신만의 대차원을 만들기 위한 욕망만이 가득할 뿐이다.

— 크아아, 네놈을 집어삼켜 창조주가 될 것이다.

놈이 자신의 탐욕을 읽어낸 나를 인식했다.

내가 가지고 있는 에너지를 빼앗으면 새로운 대차원을 만들 수 있다고 생각했는지 에너지의 흐름이 더 빨라지기 시작했다.

'그래, 원하는 대로 해주마. 내 의지를 집어삼켜라.'

존재의 흔적이 남긴 의지가 원하는 대로 놔두었다.

내가 가진 모든 에너지를 흡수하도록 의지를 거두어들이자 아귀처럼 허겁지겁 먹어치운다.

에너지를 빼앗긴다고 해도 염려할 것은 없다.

존재의 흔적이 가진 에너지는 이전 우주의 법칙에 따라 순환계를 형성하니 그렇게 해줄 생각이기 때문이다.

빨려 들어간 에너지가 존재의 흔적이 가진 에너지와 쌍을 이루기 시작했다.

이전 우주에서 지구 대차원과 암흑 대차원을 움직이는 순환계를 에너지만으로 구현한 것이다.

— 지금이다.

놈이 구축한 에너지 순환계는 내가 더 잘 알고 있어 관여하는 것은 어렵지 않았기에 의지를 일으켰다.

절대 의지가 정한 순환계를 역으로 돌렸다.

대차원의 탄생하는 순간으로 되돌리기 위해서다.

콰드드드득!

우주의 탄생이 시작되는 특이점의 순간으로 되돌아가며 존재의 흔적이 흡수한 내 에너지가 하나의 점으로 수렴하기 시작했다.

— 크으으, 뭐냐?

존재의 흔적이 가진 의지가 처음 작용하기 시작한 시점으로 되돌아가기 시작하자 당혹과 놀람이 가득한 의지가 전해져 온다.

순환계의 법칙이 적용이 되고 있어 쌍을 이루는 자신의 에너지가 점점 쪼그라들고 있으니 그럴 만도 하다.

─ 하나가 될지어다!!!!

대차원이 창조되는 시작의 순간으로 되돌린 후 의지를 부여
했다.

각각 하나의 점으로 결집된 에너지가 합쳐지며 완벽한 시작
의 순간이 되었다.

파츠츠츠츠츠츠!!!!

하나의 의지로부터 대차원이 창조되기 직전이라서 그런지 반
발이 장난이 아니다.

특이점이 생성되는 순간은 빅뱅으로 가기 바로 직전 단계라
품고 있는 에너지가 무한에 가까우니 당연한 일이다.

통제를 못하면 욕망만 남은 의지의 바람대로 새로운 대차원
을 탄생시킬 수도 있기에 통합 의식의 전력을 기울여 의지를 세
웠다.

절대 의지가 대차원을 성장시킨 후 소멸을 통해 에너지를 얻
는 방식과는 완전히 반대의 방법으로 에너지를 흡수하기 위한
작업을 시작할 차례다.

─ 나에게 오라!!

콰─아앙!!!!!

에너지를 불러들이자 통합된 내 의식에 충격파가 밀어닥쳤
고, 뒤이어 강대한 에너지가 전신을 휩쓸었다.

'크으으……'

고통스럽지만 내 의지에 따라 조금씩 에너지가 흡수되기 시작했다.

이제는 사라지고 없지만 혼원주의 에너지 운용법이 내 의식에 각인되지 않았다면 불가능한 일이었을 것이다.

중심부를 뒤덮었던 검은 물질이 줄어드는 것이 보였다.

이전 우주의 에너지가 사라지며 잠식당한 새로운 우주의 에너지가 정화되고 있기에 벌어지는 현상이었다.

노을이 지고 브리턴에 존재하는 세 개의 달이 떠올랐다가 태양이 다시 떠오를 때 즈음 검은 물질은 하나도 보이지 않았다.

제 10 장

혹시라도 흔적이 남아 있을지 몰라 중앙을 향해 걸어가며 주변을 살폈다.

'뭐지?'

검은빛을 띤 하나의 물체가 놓여 있었다.

검은색에 표현할 수 없는 광택을 뿌리는 물체는 한 꼭짓점에 정오각형이 세 개가 모여 있는 정십이면체였다.

'새로운 우주로 넘어온 존재의 흔적이 이거로군.'

아홉이라는 절대의 수로 이루어진 이전 우주와는 다른 형태의 에너지 집합체인 것을 보니 존재의 흔적이 남긴 의지 또한 새로운 우주를 갈망했던 것이 분명했다.

'이것도 흡수할 수 있으니……'

정십이면체는 이전 우주의 디바인 마크처럼 현세에서 초월적인 존재의 신체를 구성하는 물질인 터라 의지를 부여하자 곧바로 흡수되어 머릿속에 자리 잡았다.

정십이면체가 흡수되어 머릿속에 자리 잡는 순간, 아홉 존재가 지금까지 일어난 일들이 인식이 되었다.

'새로운 우주로 넘어오며 다른 존재들이 파생되었구나. 이전 우주부터 존재했던 아홉은 흡수하도록 하고, 다른 셋은 생각을 해봐야겠다.'

아홉 존재의 흔적이 새로운 우주로 넘어오면 새롭게 탄생된 의지들은 그들과는 완전히 달랐다.

이전 우주의 절대 의지와 연결될 가능성이 있는 아홉 존재들은 흡수해야 하지만 새로 생겨난 의지들은 고민을 해봐야 할 것 같다.

새로운 우주의 기반이 되는 에너지를 이용해 성장하는 존재들인 까닭이다.

하늘 고원에 드리웠던 이전 우주의 에너지와 의지가 사라지자 숲이 제 모습으로 돌아왔다.

그 안에 살던 동물들과 몬스터들도 브리턴에 존재하는 것들과 같은 모습을 환원되었다는 것을 느낄 수 있어 기분이 좋았다.

더욱 기분이 좋았던 것은 다른 여덟 존재가 어디로 흩어진 것인지 알 수 없었는데 지금은 알게 되었다는 것이다.

'잘됐군. 시간을 절약할 수 있을 것 같다.'

새로운 우주가 생성되면 넘어온 존재의 흔적들이 어디로 갔는지 아버지와 큰아버지도 알지 못했다.

두 분은 모든 의식과 의지가 새로운 우주를 탄생시키는 데 집중이 되어 있었기 때문이다.

어떻게 처리를 해야 할지 사실 걱정스러웠는데, 이렇게 실마리를 찾을 수 있어 다행이다.

'돌아가는 것이 늦어지겠군. 후우, 할 수 없지.'

브리턴에서의 일이 끝나면 일단 지구로 가서 정보를 찾아보려고 했는데 정보를 얻은 이상 단번에 처리를 해야 할 것 같다.

에너지를 잠식하는 속도가 내가 예상한 것보다 빨라서 아리와의 약속을 지키지 못할 것 같지만 어쩔 수가 없다.

그대로 내버려 두었다가는 새로운 우주를 걷잡을 수 없이 잠식할 테니 지금 바로 처리를 해야 한다.

'지금과 같은 방법으로 정화를 하면 금방 끝날 수 있을 테니 서둘러 보자.'

급하게 움직이면 아리가 아이를 낳기 전까지 지구로 귀환할 수 있을 것 같아 서둘기로 했다.

'황도로 돌아가서 형에게 말하고 곧바로 떠나도록 하자.'

마음을 정하고 곧바로 하늘 고원을 내려왔다.

날듯이 절벽 아래로 내려온 후 리차드가 알려준 대로 휘파람을 부르자 풀어 놓았던 나난이 달려왔다.

'영특한 놈이군.'

절벽을 파고 숨겨 놓았던 안장과 고삐를 찾아 나난에 씌운 후 황도를 향해 달리기 시작했다.

서둘러 가기 위해 나난에게 회복 마법을 걸어주며 요새에도 들르지 않고 전속력으로 달리다가 황도를 향해 천천히 달리고 있는 두 사람과 조우할 수 있었다.

두 사람 다 상당히 놀라는 모습이다.

"임무가 끝나신 겁니까?"

"다행히 마칠 수 있었습니다. 이제 브리턴에는 금지가 사라졌습니다."

"오오!!"

"금지가 사라지다니……."

헤어진 지 사흘이 지나지 않았는데, 신탁으로 내려진 임무를 벌써 마친 것에 두 사람은 무척이나 놀라워했다.

"죄송합니다. 임무를 마치기는 했지만 급한 일이 있어서 저 먼저 황도로 가야할 것 같습니다."

"잠깐만 기다리십시오."

서둘러야 하기에 급히 떠나려 하자 알렉스가 나를 불러 세

차원★통제사

왔다.

"무슨 일이십니까?"

"무슨 급한 일이시기에 서둘러 가시려고 하는 겁니까?"

"다른 차원에도 이곳과 비슷하게 수행해야 할 임무가 있습니다."

"그러시군요. 잠시만 기다려 보십시오."

알렉스가 품에서 뭔가를 꺼냈다.

육각형으로 된 백색의 원판이었다. 위에 새겨져 있는 것을 보니 포탈을 생성하는 마법진이었다.

"포탈을 생성하는 마법진이 새겨져 있군요."

"그렇습니다. 일회용으로 만들어진 아이템입니다. 잠시만 기다려 보십시오."

알렉스가 원판에 마나를 불어넣었다.

새겨져 있는 마법진이 푸른빛을 내며 허공으로 떠올랐다.

"금지의 영향으로 여기서는 활성화시킬 수 없었는데 포탈이 열린 것을 보니 정말로 금지를 없애셨군요."

"후후후, 그렇습니다. 그런데 이건 어디까지 갈 수 있는 겁니까?"

"이건 황도를 방어하는 요새까지 갈 수 있는 포탈입니다. 요새에서 황도까지는 금방입니다."

"시간을 절약할 수 있겠군요."

"어서 가시죠. 나난까지는 안 되지만 다섯 명까지는 동시에 이동이 가능하니 순식간에 황도로 가실 수 있을 겁니다."

"고맙습니다."

시간이 조금 걸릴 거라고 생각했는데 알렉스 덕분에 절약할 수 있어 다행이었다.

"자, 가시죠. 먼저 앞장서겠습니다."

"예."

알렉스를 선두로 포탈을 넘었다.

우리가 공간을 이동해 도착한 곳은 요새 안에 있는 블루문 길드의 본거지였다.

나와 리차드는 알렉스가 내어준 나난을 타고 황도까지는 금방 갈 수 있었다.

리차드 덕분에 별다른 검문을 거치지 않고 황도 안으로 들어간 후 황궁 옆에 딸린 별궁으로 갈 수 있었다.

우리에게 배정된 숙소로 들어가자 교역을 모두 마친 후 구입한 것들을 정리하려고 숙소에 남아 있던 성진이 형을 만날 수 있었다.

"형!"

"돌아왔구나. 임무가 끝난 거냐?"

"다행히 임무를 마칠 수 있었어. 이건 교역 물품이야."

"그래. 황실에서 신경을 써줘서 목록에 적힌 것을 전부 구할 수 있었다."

"다행이네. 문도들은 어때?"

"교역도 모두 끝나 할 일이 없어서인지 여기 별궁에 있는 연무장에서 수련한다고 난리다."

"하하하! 다들 열심히 하네."

"장문인인 네가 차원통제사로서 임무를 맡았다고 하니 마음이 달아오른 모양이다."

"그렇기도 하겠지. 교역을 하는 것이 차원통제사가 할 일이 아니니까 말이야."

"그나저나 지구로 돌아가려면 당분간 여기 머물러야 하는데 어떻게 할 생각이냐? 나는 이번 기회에 문도들을 수련시켰으면 한다만."

"그건 곤란할 것 같아. 이번 임무를 끝내면서 해야 할 일이 생겨서 먼저 떠나야 하니까 말이야."

"우리와 같이 지구로 돌아가지 못하는 거냐?"

"응, 그럴 것 같아. 내가 꼭 처리를 해야만 해서 말이야."

"제수씨는 어떻게 할 거냐?"

"출산하기 전에는 돌아갈 수 있을 것 같으니까, 형이 아리에게 이야기 좀 잘해줘."

"그러기는 하겠지만 제수씨가 걱정할 거다."

"나밖에는 할 수 없는 일이라서 어쩔 수 없어, 형."

"알았다. 현화 씨에게도 부탁을 해보마."

"고마워, 형. 그럼 나는 바로 떠나도록 할게."

"성찬아! 무슨 일인지는 모르지만 조심해라."

"알았어."

이전 우주처럼 아무것도 묻지 않고 나를 믿어주는 성진이 형이 고마웠다.

형을 뒤로 하고 별궁을 나왔다.

황도로 오며 미리 의논한 대로 리차드가 일을 끝마쳤는지 나를 기다리고 있었다.

"어떻게 됐습니까?"

"하늘 고원이 본래의 모습으로 되돌아왔다는 보고를 드렸더니 황제 폐하께서 매우 흡족해하셨습니다."

"다행이군요."

"그리고 포탈을 이용에 대해서는 폐하의 재가가 떨어졌습니다."

"그렇습니까? 쉽지 않을 거라 생각했는데, 다행이군요."

"허락을 받았지만 차원 간 포탈을 열기 위해서는 엄청난 마나석이 필요한데 가능하시겠습니까?"

차원 간 포탈을 활성화시키는 데는 황실로서도 부담이 될 정도의 마나석이 필요하다.

리차드에게 부탁할 때 활성화는 내가 알아서 할 테니 포탈을 사용할 수 있게만 해달라고 했는데 걱정이 되는 모양이다.

"방법이 있으니 걱정하지 마십시오."

"알겠습니다. 그럼 가시죠."

"부탁드립니다."

나난을 타고 리차드와 함께 차원 간 포탈을 열수 있는 첨탑으로 향했다.

첨탑에 도착해 보니 황실에서 파견한 기사단의 주변을 지키고 있었다.

중갑으로 무장한 기사들의 면면을 보니 상당한 수준이다.

미리 연락을 받은 듯 기사단장으로 보이는 자가 정중하게 맞아주었다. 내가 아니라 리차드 때문인 것 같다.

"어서 오십시오."

"황실로부터 연락을 받았나?"

"황명이 방금 전에 도착했습니다. 안으로 들어가십시오."

"고맙다."

"들어가시죠."

기사단원들이 옆으로 비켜서자 리차드가 앞장서서 나를 안내했다.

"성찬 님, 이제 헤어져야 할 것 같군요. 무사히 임무를 마치시길 빌겠습니다."

"신세 많이 졌습니다. 기회가 되면 다음에 다시 뵙도록 하겠습니다."

포탈이 생성되는 경계까지만 안내할 수 있는 것 같아 리차드에게 작별 인사를 했다.

"저도 다음에 뵐 수 있으면 좋겠습니다, 그럼."

나에게 고개를 숙여 인사를 한 리차드는 경계 밖으로 나갔고, 나는 품고 있는 에너지를 발상해 첨탑에 주입했다.

지—이이잉!!!

진동이 시작되고 첨탑 끝에서 빛이 하늘로 올라간 후 다시 지상으로 떨어졌다.

의지를 일으켜 존재의 흔적이 남긴 의지를 찾도록 했더니 좌표가 자동으로 설정이 됐다.

— 이동!!

차원을 넘어서 목표한 지점으로 이동을 했다.

도착한 곳은 생명체들은 아주 많았지만 지성을 가진 존재는 찾아보기 힘든 차원이었다.

차원의 중심이 되는 행성이지만 지성체의 의지가 아직은 작용하지 않는 탓인지 반 이상이 하늘 고원에서 보았던 검은 물질로 뒤덮여 있었다.

차원 이동 포탈을 열 수 있는 첨탑에서 불과 100킬로미터도 떨어지지 않는 곳까지 잠식되고 있는 중이었다.

하늘 고원에서 흡수한 이후 가장 시급한 지역을 먼저 온 것이었기에 곧바로 검은 물질이 있는 곳으로 움직였다.

엄청난 속도로 잠식되고 있었기에 서둘러야 했다.

'곧바로 시작하자.'

검은 물질에 양손을 박아 넣은 뒤 이전 우주의 순환계를 역으로 돌렸던 하늘 고원에서처럼 의지를 일으켰다.

비교조차 할 수 없는 반발력이 내 의지를 공격했지만, 브리턴 때와 같은 방법으로 에너지를 흡수할 수 있었다.

두 번에 걸쳐 존재의 흔적이 가진 근원적인 에너지를 흡수한 탓인지 통합 의식이 성장한 것을 느낄 수 있었다.

'후우, 성공이다. 이제 정화된 흔적으로 찾아야 한다.'

에너지를 잠식하려 한 흔적을 찾아야 하기에 공중으로 몸을 띄웠다.

하늘을 향해 날아올랐고, 엄청난 속도로 사흘을 날았을 무렵 근원지를 찾을 수 있었다.

중심부에는 하늘 고원에서와 같이 정십이면체가 있었다.

크기는 하늘 고원에서 얻은 것보다 컸는데 어린아이 머리통만 했다.

손에 쥔 후 곧바로 흡수할 수 있었다.

'급한 불은 껐다. 어떻게 변할지 모르니 서두르자.'

이번에도 정십이면체로부터 정보를 얻을 수 있었기에 곧바로 움직이기로 했다.

품고 있는 에너지가 이전과는 비교할 수 없을 정도로 충만했기에 첨탑이 있는 곳까지 다시 날아가 포탈을 열었다.

전해진 정보에서 추출한 좌표를 통해 공간과 차원을 넘어 목표한 지점에 도착할 수 있었다. 이번에는 무수히 많은 몬스터들을 처리한 후에 검은 물질을 제거하고 정십이면체를 얻을 수 있었다.

정보를 얻고 다음 흔적을 찾아 차원 이동하며 역시나 같은 일을 했다.

그렇게 지구를 떠난 지 딱 한 달이 지났을 때 아홉 존재 중 마지막 흔적을 찾아올 수 있었다.

'여기가 지옥이군.'

계속해서 포탈을 열어 도착한 이곳은 새로 생성된 우주의 맨 끝자락에 최근에 생성된 행성으로 시야가 닿는 곳에는 거대한 화산들이 즐비하다.

생명체가 존재할 수 없는 환경이다.

콰르르!

콰콰콰쾅!!!

지금 막 터져 오르는 화산 위로 수증기와 화산재가 솟아오르더니 붉은 용암이 흘러나온다.

내가 서있는 첨탑의 주변만 지반이 안정되어 있을 뿐, 다른 곳은 발을 디딜 틈도 없이 용암천지다.

매캐한 연기와 유리 가루보다 날카로운 화산재가 대기에 가득해서 사람이 있을 곳이 못 되지만 배리어를 이용해 차단한 상태라 그나마 견딜 만하다.

'어디에 있지?'

정보를 얻은 대로 좌표를 설정해 왔지만 주변을 살펴봐도 존재의 흔적이 느껴지지 않는다.

자신의 의지를 물질로 구현한 검은 물질이 아무 데서도 느껴지지 않으니 이상한 일이다.

'아니다. 느껴지지 않는 것이 아니라 변했다.'

신경을 집중시켜 감각을 확대해 보니 내가 도착한 이 행성이 다른 곳과는 다르다는 것을 알 수 있었다.

행성 전체를 구성하는 에너지가 새로운 우주를 받치고 있는 에너지와 비슷하면서도 확연히 달랐다.

더군다나 이전 우주의 에너지가 가지는 몇몇 특징까지 포함하고 있으니 이상한 일이다.

감각을 행성 바깥으로 확장했다.

'벌써 잠식이 끝난 건가? 아니야, 그건 아닌 것 같다.'

잠식이 끝났다면 이 행성이 중심이 된 차원 전체가 변해야 정상인데, 다른 행성들은 전혀 변함이 없다.

'혹시?'

아홉 존재의 흔적이 새로운 우주로 넘어올 때 생겨난 세 개의 다른 의지로 인해 이런 변화가 생겼을지 모른다는 생각이 들었다.

퍼퍽!

의식만으로 감각을 확장하는 것으로는 제대로 된 정보를 얻을 수 없다는 생각이 들어 지표면을 향해 양손을 박아 넣었다.

에너지를 방출해 행성의 핵을 향해 뻗어 나가게 했다.

'역시 변화를 이끌어낸 것은 세 개의 다른 의지로구나.'

아홉 존재의 흔적 중 마지막으로 남은 한 개의 흔적이 행성의 중심부에서 서로 다른 세 개의 의지에게 뜯어 먹히고 있는 것이 느껴졌다.

신이라 불렸던 존재의 의지를 뜯어 먹고 있는 세 개의 다른 의지는 무척이 광폭하고 거칠었다.

그 의지들을 따르는 에너지들 또한 들뜬 상태로 다른 에너지들을 아주 빠르게 변화시키고 있었다.

— 그만!!!

아홉 존재 중 마지막 의지가 뜯어 먹혀 사라지고 난 뒤 세 개의 기세를 일으키는 것을 확인하며 의지를 일으켰다.

— 크아아아아!!!

내 의지로 기세를 일으켜 제압하려 했지만 반항을 한다.

거칠게 반항하는 세 개의 의지는 야수와 같은 상태라 제압하기가 까다로웠지만 의지를 더욱 크게 일으켜 행성 전체를 감싼 후 권능의 원천이 되는 에너지를 뽑아냈다.

이제 막 생성된 행성이라 그런지 흡수되는 에너지가 거칠기 그지없었다.

'으음.'

지금까지 존재의 흔적을 제거하며 상당히 달라진 나였다.

에너지 속성이 무척이나 특이했지만 날뛰는 세 개의 의지를 제압하며 흡수해 나갔다.

'아직 의지가 남아 있었군. 하기야 쉽게 지워질 수 있는 것이 아니니까.'

세 개의 다른 의지는 자신들을 탄생하게 한 의지를 모두 뜯어먹었다고 생각했겠지만 아니었다.

흡수되는 에너지에 남아 있는 의지를 보니 숨어 기회를 기다리고 있었던 것이 분명하다.

'모두 제거하자.'

변형된 에너지를 없애는 방식은 이전과 동일했다.

순환계를 역으로 돌려 우주가 처음 탄생한 순간으로 맞춘 후 흡수하는 것이다.

의지가 일자 또 다시 우주의 탄생 순간을 맞이했다.

"후우, 힘들군."

마지막으로 남은 아홉 번째 흔적을 지울 수 있었다.

새롭게 탄생한 세 개의 의지만 남겨 놓고 변형된 아홉 개의 에너지는 모두 정리했지만 무척이나 힘들었다.

이전 우주에서 건너오면서 새롭게 생겨난 세 개의 의지를 제압한 후 내 의식에 봉인해 두었기 때문이다.

새로운 우주가 생겨나는 특이점이 발생하는 순간에 탄생한 존재들이라 쓸모가 있어서 봉인을 한 것이다.

'이것들을 어떻게 할지 결정하는 일만 남았군. 두 분이 새로운 우주를 열었지만 완벽한 것은 아니다. 무한히 성장하는 것이 결코 좋은 것만은 아니니까. 이 의지들은 우주가 혼란으로 치닫는 것을 막는 견제 장치로 써먹자.'

차원 씨앗을 발아시킨 대적자들이 전 우주로 퍼져 나갔다.

차원 씨앗이 발아된 존재들은 무한하게 성장할 수 있도록 법칙의 한계를 풀어놓은 터라 대적자들은 초월자를 넘어 창조주로도 성장할 수 있을 것이다.

그들이 아버지와 큰아버지께서 이 우주를 열었던 뜻과는 다른 길을 걸을 수도 있기에 견제할 장치가 필요하다.

이전 우주를 만든 절대 의지와 같이 자신의 성장을 위해 의지를 가진 존재들을 먼지보다 못하게 여기는 경우가 없을 것이라고는 장담을 하지 못하기 때문이다.

내가 봉인한 의지들이라면 훌륭한 견제 장치가 될 것이다.

'지구로 돌아가서 이전 우주의 잔재를 바꾸는 일부터 해야겠군. 일단 돌아가자.'

이전 우주와는 이제 완전히 단절되었으니 집으로 돌아가야 할 시간이다.

아리의 출산일이 머지않았으니 서둘러야 할 것 같다.

첨탑에 에너지를 주입해 포탈을 열고 곧바로 지구로 귀환했다.

갑작스럽게 포탈이 열려서 그런지 지구에 도착해 보니 외곽에서 경비를 서고 있던 군인들이 일제히 나를 향해 총을 겨눴다.

"누구냐?"

'놀란 모양이군.'

"적이 아니다. 모두 총을 내려라!"

포탈의 경계를 맡은 이들은 군인들이었지만 그들을 지휘하는 것은 차원통제사였는데, 그가 급하게 명령을 내렸다.

정부에서 실시하는 차원통제사 교육을 같이 받았던 터라 얼굴을 알고 있는 사람이었다.

그가 경계를 넘어 나에게로 다가왔다.

"임무를 끝내고 귀환하신 겁니까?"

"그렇습니다."

내가 정부에서 준 임무 때문에 다른 차원으로 갔다는 것을 알고 있었던 모양이다.

"지구로 돌아오는 즉시 성공 여부를 보고해 달라는 연락이 있었습니다."

"제가 직접 가야하나요?"

"아닙니다. 저에게 성공 여부만 알려만 주시면 됩니다."

아버지와 큰아버지의 뜻에 따라 정부에서 임무를 준 것으로 해놨던 것이라 보고하는 것도 간단하게 한 모양이다.

"그렇군요. 그럼 성공했다고 알려주십시오."

"알겠습니다. 수고하셨습니다."

"바쁜 일이 있어서 저는 그만 가봐야 할 것 같습니다."

"차량을 지원해 드릴 테니 목적지를 말씀하시면 태워다 드릴 겁니다."

"고맙습니다, 그럼."

감사를 표시한 후 경계 밖으로 나가자 군용 차량이 다가와 내 앞에 섰다.

"강동구청 쪽으로 가면 됩니다."

"예! 알겠습니다."

차에 올라탄 후 목적지를 말하자 운전병이 경직된 목소리로 대답한 후 차를 몰았다.

브리턴으로 가기 전에 장호가 새롭게 개발한 스킨 패널을 장착하고 있었기에 성진이 형에게 연락을 했다.

— 형, 나 도착했어.

— 다친 데는 없는 거냐?

— 멀쩡해.

제일 먼저 내 상태가 어떤지 묻는 것을 보니 역시 형이다.

— 임무는?

— 전부 완수했어.

— 다행이다. 제수씨는 지금 병원에 있으니 빨리 와라.

— 병원?

— 진통이 시작돼서 병원에 와 있다.

— 얼마나 남았는데?

— 2시간 정도 진통을 해야 한다고 하더라.

— 알았어. 바로 갈게.

아리가 출산 때문에 병원에 있는 것 같다.

운전병에게 아리가 정기적으로 검진을 받던 산부인과 병원으로 가자고 했다.

'늦지 않아서 다행이다.'

강동구청에서 그리 멀지 않은 곳이니 아이가 태어나기 전에 갈 수 있을 것 같았다.

병원으로 가는 동안 의식 속에 봉인해 둔 의지들에게 이 우주의 기반이 되는 에너지의 운용법을 각인했다.

이전 우주의 특성도 내가 생각하는 방향으로 바꾸고, 마지막으로 아버지와 큰아버지가 정한 인과율에 맞춰 최후의 대비책으로서의 사명도 부여했다.

'후우, 됐다.'

두 우주의 특성을 모두 가지고 있는 의지들이라서 쉽지 않은 작업이 될 것이라고 생각했는데 워낙 원초적인 것들이라 성공할 수 있었다.

'이 정도면 앞으로 생길지 모르는 파탄에 대해 대비를 할 수 있을 것 같구나.'

내가 생각하는 일이 벌어지지 않기를 바라지만 설사 벌어진다고 하더라도 충분한 대책이 될 수 있을 것이기에 안도할 수 있었다.

의지들을 개조에 가깝게 변형하는 동안 병원에 도착할 수 있었다.

안으로 들어가 보니 성진이 형이 연락을 했는지 아버지를 비롯해 가족들이 모두 모여 있다.

"마무리를 하느라 고생했다."

"아닙니다, 아버지."

"얼른 들어가 봐라. 간호사가 방금 전에 들어갔다."

"예. 들어가 보겠습니다."

병실 안으로 들어가자 아리가 이동식 침대로 옮겨져 있는 것을 보니 분만실로 들어가기 직전이다.

"왔어요?"

"응. 많이 아파?"

"괜찮아요. 견딜 만해요."

진통 때문인지 파리한 안색이면서도 괜찮다고 하는 것을 보니 안쓰럽다.

"자기도 같이 들어갈 거죠?"

"그래. 같이 들어갈게."

"무서웠는데, 고마워요."

안심이 되는지 아리가 미소를 짓는다.

"보호자 분도 분만실로 들어가실 준비를 해주세요."

"알겠습니다."

아리를 데리러 온 간호사의 말에 나도 준비를 했다.

아리가 분만실로 가는 사이 나도 준비를 했다.

분만실로 들어가겠다고 미리 신청을 해두었던 터라 간호사를 따라갔다.

부모님을 비롯해 가족들은 분만실 바깥에서 출산이 끝날 때까지 기다려야 했다.

손을 씻고 소독을 한 후 병원에서 주는 가운을 입고 분만실 안으로 들어갈 수 있었다.

의사와 간호사들이 분주한 가운데 출산 과정을 지켜보며 흥분된 마음을 감출 수 없었다.

임신을 한 상태에서도 차원통제사 과정을 마칠 정도로 강했던 터라 아리는 고통을 잘 참으며 의사의 지시를 따르고 있었다.

"이제 얼마 남지 않았습니다. 숨을 깊게 들이 쉬고 아랫배에 힘을 주세요."

"으으윽!"

아리가 힘을 주자 아이의 머리가 보이기 시작했다.

"아아!"

이제 막 나기 시작한 검은 머리카락에 이어 이목구비가 보이기 시작하자 진정이 되지를 않는다.

"아아아앙!"

마침내 아이가 태어났다.

양수에 오랫동안 있었던 터라 피부가 쪼글쪼글했는데도 무척이나 예뻐 보인다.

세상의 기반을 만드는 에너지를 다룰 수 있는 권능을 사용할 때보다 더한 충족감이 느껴진다.

내 아이가 세상에 태어난 다는 것은 정말이지 성스러운 일이 아닐 수 없다.

'뭐지?'

아이가 태어난 기쁨도 잠시였다.

내 의식 속에 봉인되어 있던 의지들이 갑자기 사라졌다.

이런 일을 할 수 있는 존재는 단 두 분뿐이다.

— 걱정하지 마라. 그 의지들의 주인은 네 아이니 말이다.

— 그게 무슨 말씀입니까?

— 이전 우주의 대변혁 당시 새로운 우주를 창조하기 위해 네가 태어났다면, 그 아이도 마찬가지다. 네가 생각하는 것처럼 이 우주에 파탄이 일어나는 것을 막을 수 있는 존재로서의 사명

을 부여받았다.

─ 으음.

─ 이건 선택할 수 있는 일이 아니다. 모든 것의 근원이자 태초의 존재가 우리에게 우주를 생성하는 것을 허락하면서 내건 조건이었으니 말이다.

─ 그렇군요.

예전부터 느끼고 있는 것이었지만 확실해졌다.

혼원주 정도의 격을 가진 유물들이 세상에 나타날 수 없다는 것을 깨달은 순간부터 어느 정도 예상을 한 바였다.

두 분이 절대 의지를 배신하고 새로운 우주를 창조한 이면에 더 큰 존재가 있었던 것이다.

─ 성찬아, 이로써 이 우주는 완성이 됐다. 대적자들이 성장해 초월자로 성장하게 되면 여러 가지 일들이 일어날 것이다. 또한 그들이 일탈하는 것에 대한 것은 네 아이가 해결할 일이다. 그러니 너는 네 아이가 마음껏 날개를 펼칠 수 있도록 훗날을 준비하도록 해라.

─ 알겠습니다, 아버지.

무슨 말씀이신지 알아들었다.

초월자에 대한 처리는 이것으로 끝이라는 뜻이었다.

그리고 내가 할 일은 차원통제사로서 차원과 항성 간의 채널을 단단히 엮어놓는 것이라는 것을 말씀하신 것이다.

— 그런데 아이 이름은 어떻게 짓는 것이 좋겠습니까?

— 아이 이름이라……. 하나라고 짓도록 해라.

— 윤하나. 좋은 이름이군요.

아리와 나의 첫 번째 아이는 딸이다.

세상에 유일하다는 뜻을 가진 하나라는 이름이 아주 좋다.

"어서 자르십시오."

탯줄을 자르라는 의사에 말에 아버지와의 대화를 끊었다.

"가위로 자르는 것은 싫군요."

하나에게 날붙이를 대기 싫었기에 손을 가져다 댔다.

탯줄을 에너지로 변화시켜 하나가 흡수하도록 한 후 예쁜 배꼽을 만들어주었다.

"어, 어떻게?"

"제가 차원통제사로 일하고 있습니다."

"아!! 그러셨군요."

모든 인류가 각성한 상태로 특별한 능력을 지닌 이들이 차원을 넘나들며 차원통제사로 활약하고 있다고 알려진 터라 놀랐던 의사도 쉽게 수긍을 했다.

"잠시만요. 와이프도 치료를 좀 해야 해서요."

"그, 그러십시오."

의사에게 양해를 구한 후 출산으로 입은 아리의 상처를 치료했다.

"수고했어."

"고마워요, 자기."

"아니야. 내가 더 고맙지."

"나 지금 밉지요?"

"아니야. 세상에서 제일 예뻐."

"자기는……."

"이제 집에 가자."

"그래요."

상처도 모두 치료했고, 붓기도 모두 가라앉은 상태라 당장 움직여도 지장이 없었지만 아리는 이동식 침대로 옮겨져 분만실을 나왔다.

밖에서 기다리고 있던 가족들이 환하게 웃으며 축하를 해주었다.

아버지와 어머니, 그리고 큰아버지와 큰어머니는 할아버지 할머니가 되었다고 투덜거리면서도 아리의 품에 안겨 있는 하나를 바라보는 입가에는 미소가 끊이지 않았다.

이제 삼촌이 된 성진이 형도 마찬가지였다.

언제나 무뚝뚝한 표정으로 일관하는 형의 눈에서 꿀이 떨어지는 것을 처음 보는 것 같다.

병실로 돌아온 아리는 몸이 완전히 회복이 된 상태라 집에서 산후 조리를 하겠다는 뜻을 내비치며 퇴원을 원했다.

이제 할아버지, 할머니가 된 네 분도 손녀를 돌봐주고 싶다고 적극 찬성했다.

퇴원 수속을 받고 간 곳은 창고를 개조해 만든 우리 집이 아니라, 네 분이 살고 있는 집이었다.

삼환문의 이름으로 세원 차원 교역 회사와 문도들의 관리는 성진이 형에게 맡기고 나도 당분간 가족과 함께 하기로 했다.

내 의식에 봉인되었다가 하나에게 건너간 세 개의 의지를 안정적으로 안착시키기 위해서는 내 노력과 시간이 필요했기 때문이다.

하나는 하루하루가 다르게 무럭무럭 자라났다.

물과 모유를 제외하고는 다른 것은 일체 먹이지 않았는데도 불구하고 발육이 남달랐다.

갓난아기는 빨라야 10개월 정도에 혼자 설 수 있는데 하나는 불과 넉 달 만에 홀로 서더니 여섯 달이 되었을 무렵에는 뛰어다닐 정도였다.

여덟 달이 되었을 때는 말문도 열려 자신의 의견을 또박또박 제시하는 탓에 가족들의 사랑을 듬뿍 받았다.

그렇게 집에서 하나를 돌보는 동안에도 종종 삼환문에 들러 일을 보았다.

성진이 형과 현화가 아주 잘 운영하고 있어서 내가 크게 신경을 쓸 것은 없었다.

만 한 살이 되었을 때 내 딸 하나는 나에게서 넘어간 의지들을 자신의 의지로 통합할 수 있었다.

돌잔치를 하는 동안 아버지는 이제 완벽해졌다며 내가 하고 싶은 일을 하라고 말씀하셨다.

하나가 정상적으로 성장할 수 있는 상태가 되었기에 나는 차원통제사로 복귀했다.

차원과 항성 간을 연결하는 포탈을 열 때 필요한 에너지 문제가 해결되어 상시적으로 이동할 수 있었기에 삼환문의 일이 기하급수적으로 많아진 때문이었다.

정식으로 출근하는 첫날부터 현화의 주재하에 긴급회의가 열렸다.

공식적으로 인정된 포탈 이외에 비밀스럽게 열리는 불법 포탈에 대한 처리를 정부로부터 의뢰 받았기 때문이다.

"각 차원의 능력자들이 임시 포탈을 열고 밀수를 하는 것도 문제지만 범죄를 저지르고 있다는 말이지?"

"그렇습니다, 장문인. 밀수도 문제가 크지만 불법 포탈을 통해 차원 여행을 주선하는 자들 중에 범죄자가 증가하고 있습니다."

"어떤 범죄지?"

"차원통제사가 되지 못하고 탈락한 자들을 차원 여행을 주선한 뒤에 유인해 그들이 가지고 있는 능력을 흡수하는 빌런들이 있는 것 같습니다."

"으음, 각성자들의 능력을 흡수하다니 심각한 문제로군. 불법 포탈에 대해서는 파악을 했나?"

"지금까지 파악된 곳은 한 군데입니다. 에너지 감지 장치가 있어 수월하게 파악할 수 있었습니다."

"어떻게 할 계획이지?"

"빌런들이 주선하는 차원 여행에 참여할 수 있도록 위장된 신분을 하나 만들었습니다."

차원통제사가 되지 못했다고는 하지만 각성자들의 능력도 상당한데 강제로 흡수할 수 있는 것을 보면 빌런들의 능력이 심상치 않았다.

삼환문도 들 중에서 피해 없이 빌런들을 제압할 수 있는 능력을 가진 사람은 현재로서는 나밖에 없기에 위장 신분을 만든 모양이다.

"알았어. 내가 맡도록 하지."

"정식으로 출근하시는 첫날부터 이렇게 임무를 드려서 죄송합니다."

"죄송할 것까진 없어. 하지만 강력한 빌런들이 등장한 이상 문도들의 수련을 강화할 필요가 있을 것 같아. 놈들을 처리하고 난 뒤에 내가 직접 문도들의 수련을 주관할 테니까 준비를 좀 해줘."

"알겠습니다, 장문인."

"그나저나 국수는 언제 먹는 거야?"

"청혼은 남자가 하는 법입니다."

"하하하! 그래, 알았어."

서로 마음을 알았는데도 성진이 형이 아직까지 청혼을 하지 않은 것 같다.

아무래도 임무를 수행하러 떠나기 전에 이야기를 해봐야 할 것 같다.

"다녀올게. 돌아오면 날짜가 정해져 있으면 좋겠어."

"노력해 보도록 하겠습니다. 그리고 관련 정보는 패널로 전송해 드리겠습니다."

"알았어."

자신이 가진 능력을 오용하는 자들을 처리하기 위해 현화를 뒤로 하고 상황실을 나섰다.

차원통제사로서 진짜 임무를 수행하러 떠나게 되니 감회가 새롭다.

새로운 차원과 항성을 탐험해 안정적으로 연결하는 것이 차원통제사의 첫 번째 사명이다.

두 번째는 사명은 차원 채널을 악용하는 자들을 처리하는 것이고, 세 번째는 자신의 욕망을 위해 각성자들을 이용하거나 해치는 자들을 처리하는 것이다.

이번 임무는 두 번째와 세 번째에 해당된다.

'아리가 질투하겠지만 벌써부터 하나가 보고 싶으니 빠르게 임무를 마쳐야 할 것 같다.'

상황실을 나와 수련장에서 문도들을 수련시키고 있는 성진이 형을 만나 현화가 청혼해 주기를 바란다는 말을 은근슬쩍 흘렸다.

그동안 마음고생이 심했는지 입이 함지박만 하게 벌어지는 것을 보니 정말 좋은 모양이다.

말을 전하고 난 뒤 스킨 패널로 전송된 정보를 인식한 후 곧바로 목적지로 향했다.

차원여행을 주선하는 자라면 불법 포탈 근처에서 활동할 것이 분명하니 근처를 탐색해 볼 생각이다.

아니면 놈들 모르게 포탈을 넘어가 놈들이 지구에서 각성자를 데리고 넘어오는 것을 기다려도 되니 임무를 수행하는 데는 시간이 얼마 걸리지 않을 것이다.

지난 2년 동안 많은 것이 변했다.

전 인류에게 시스템 창이 보이기 시작한 후 자신의 능력을 성장시켜 능력자로 각성하는 사례가 많아지고 있었다.

각성한 이들 중 대부분이 교육에 참여하고 있지만 차원통제사가 되는 경우는 그리 높지 않아서 탈락한 이들은 대부분 차원과 관련된 계통에 종사하고 있다.

워낙 강력하게 통제하기에 지구에서는 각성한 능력자들의 범죄율이 높지 않지만 다른 차원의 경우에는 조금 달랐다.

차원통제사가 되지 못한 자들 중에 공간이동 능력자를 이용해 불법 포탈을 만들어 차원 이동을 한 후 능력을 향상시키는 자들이 생겨났고, 이들이 범죄를 저지르는 경우가 많았던 것이다.

특히나 행성자체의 에너지가 가지는 특이성으로 인해 기본적으로 지구의 인류보다 훨씬 강한 능력을 가지고 있는 차원이나 행성의 지성체의 경우 차원을 넘나들며 범죄를 저지르는 경우가 많았다.

성장할수록 큰 문제를 일으키니 하나가 클 때까지 앞으로 내가 주로 해야 할 일들은 이런 자들을 처리하는 것이다.

— 아빠!

— 왜?

— 조심하세요.

출발을 하려는 순간 하나의 텔레파시가 들려온다.

걱정이 깃든 말투를 보니 내가 임무를 맡아 움직이는 것을 느낀 것 같다.

— 알았다. 선물 뭐 받고 싶니?

— 아무거나 괜찮아요. 돌아오신 후에 맛있는 거 만들어주셔도 좋고요.

— 알았다.

인식하는 체계가 틀려 또래의 아이들과는 달라 아이처럼 여겨지지 않는 하나다.

아이답지 않은 터라 아쉬운 점도 없지 않아 있지만 타고난 사명이 있으니 어쩔 수 없는 일이다.

'하나가 크면 힘들지 않도록 열심히 해야겠군.'

커다란 권능을 가지고 있고, 차원의 대부분을 인식할 수 있는 나지만 아직도 하나가 가진 힘은 어느 정도 인지는 파악이 되지 않는다.

대차원을 너머 우주까지도 창조할 수도 있을지 모르는 의지를 세 개씩이나 흡수했기 때문인 것 같다.

하나가 커다란 힘을 가진 것이 분명하지만 아빠로서 내 딸이 힘들어하는 것을 보고 싶지는 않다.

자신이 맡은 사명을 편하게 수행할 수 있도록 하나를 위해 최대한 노력해 볼 생각이다.

차원통제사가 하는 일이 하나를 위한 일이기도 하지만 이 우주에 존재하는 지성체를 보호하는 일이기도 하니 말이다.

'나중에 하나가 차원통제사가 됐을 때 창피하지 않으려면 열심히 하자.'

하나의 사명은 차원을 수호하는 것으로 차원통제사가 되어야 가능한 일이다

일반적인 교육이야 프로그램을 통해 이수할 수 있을 것이고, 차원 관련 정보는 마도 네트워크를 통해 얻을 수 있겠지만 경험을 얻는 것은 쉽지 않은 일이다.

우주가 온전히 안정을 되찾고 차원과 항성은 독특한 에너지를 바탕으로 각기 다른 문명을 만들어나가고 있는 중이다.

탄생한 지 얼마 되지 않는 우주이기는 하지만 시간축이 모두 다르기 때문에 어떤 차원은 벌써 초도도 문명을 이룩하기도 했으니 차원통제사로서 임무를 수행하는 것은 쉽지 않은 일이다.

하나에게 선물을 이야기한 이유도 그 때문이다.

다른 차원이나 항성계에서 임무를 수행하게 되면 그곳의 대표적인 것들을 하나에게 선물해 차원과 문명에 대해 알려줄 생각이다.

그리고 하나가 큰 후에 차원통제사가 되면 길잡이로서 한동안 경험을 쌓게 해주고 싶으니 열심히 뛰어야 한다.

다양한 임무를 맡아 경험해 보고 하나에게 전해주어야 하니 말이다.

이제 새로운 세상으로 나가 보자.

〈『차원통제사』 完〉